HAYMON taschenbuch 265

KULTUR
NIEDERÖSTERREICH

Gedruckt mit freundlicher Unterstützung durch das Amt der Niederösterreichischen Landesregierung, Abteilung Kunst und Kultur.

MIX
Papier aus verantwortungsvollen Quellen
FSC www.fsc.org
FSC® C083411

Auflage:
4 3 2 1
2022 2021 2020 2019

HAYMON tb 265

Originalausgabe

www.haymonverlag.at

ISBN 978-3-7099-7912-9

Buchinnengestaltung nach Entwürfen von himmel.
Studio für Design und Kommunikation, Innsbruck / Scheffau – www.himmel.co.at
Umschlag: Eisele · Grafik Design, München
Umschlagabbildung: bigstock.com/DavidArds
Satz: Da-TeX Gerd Blumenstein, Leipzig
Autorenfoto: Barbara Stanzl

Gedruckt auf umweltfreundlichem,
chlor- und säurefrei gebleichtem Papier.

Werner Stanzl

Der Würger von Triest

Commissario Vossi ermittelt

Werner Stanzl

Der Würger von Triest

1

Armes Monfalcone. Trotz des klingenden Namens hatte es für die Stadt auf halbem Weg von Grado nach Triest zu keiner Zeit einen Platz auf der Perlenkette der Adria gegeben. Schon im 19. Jahrhundert, als das ganze Land weit und breit noch als *Österreichisches Küstenland* firmierte, dröhnten hier die Hämmer für den Bau der Schiffe der k.u.k. Transatlantikrouten und des Orienthandels. Heute wurden an diesem Ort stattdessen Kreuzfahrtriesen auf Kiel gelegt. Und wie eh und je rochen die Straßen und Plätze nach dem Schweiß der Kesselklopfer. Verließ man hingegen die Stadt in Richtung Süden, ebbte der Lärm der Hämmer jählings ab. Eine leichte Brise strich vom Meer her über den Schilfgürtel eines Reservats, in dem Wasservögel in einem fort balzten, ihre Jungen aufzogen und abermals balzten. An einer Kurve des Güterwegs öffnete ein schmaler Pfad den Zugang zu einem umzäunten Grün, das von Oleanderblüten, Sonnenblumen, Zitronenbäumen und knorrigen Rosenstöcken überragt wurde. Hinter dem Zaun eine Fischerhütte aus alten Planken, durch Anbauten zu einer bescheidenen Einheit erweitert. Das Ganze in einer Statik, die nicht klar erkennen ließ, ob die Balken der Hütte die Anbauten oder umgekehrt die Anbauten die Hütte stützten.

Trotz dieser Einschränkung diente das bauliche Kuriosum als spartanisches, kleines Paradies der sechsköpfigen Familie Vaccaro, Zuwanderern aus dem italienischen Süden. *Salvi* hieß die kalabrische Streusiedlung, über der sie in einer gefährlich baufälligen Keusche gehaust hatten, die sie sich mit ein paar Hühnern und vier Ziegen teilten. Beim Erdbeben vor sieben Jahren hatten sie sich gerade noch rechtzeitig ins Freie retten können, bevor das Gebälk in sich zusammenbrach. Die angebundenen Ziegen und die in einem Schlag eingesperrten Hühner aber hatten keine Chance gehabt. Die Trümmer erschlugen sie.

Für einen Wiederaufbau hatten den Vaccaros Mut und Kraft gefehlt. Ein weitschichtiger Verwandter, der sein Glück in Köln gemacht hatte, bot erste Hilfe für einen Neuanfang in Deutschland an. Darauf, auf ihn und auf Gott wollten sie bauen. Doch die staatliche Erdbebenhilfe hatte geradema1 für sechs Fahrkarten bis Udine gereicht. Aber es fügte sich. Vater Vaccaro hatte irgendwo aufgeschnappt, die Werft von Monfalcone hätte Arbeit zu vergeben. Auch an Ungelernte. Und nach drei Schichtjahren auf der Werft und dem behelfsmäßigen Hausen in einem Hinterhofloch bekamen sie hier im Schilfgürtel das Plätzchen Erde mit der alten Fischerhütte zugewiesen. Das Ersparte ging in den Anbauten auf und erblühte in Gemüsebeeten, Blumenrabatten, Rosenstöcken, Obst- und Zitrusbäumen.

Hinter dem Fenster mit den geklöppelten Vorhängen lag das Zimmer der drei Töchter. Mia, die Jüngste, blinzelte erwachend in die Morgensonne. Um nicht von ihren Strahlen geblendet zu werden, drehte sie sich von der Sonne weg. Schlaftrunken äugte sie nach dem Wecker. Das Ziffernblatt mit den mahnenden Zeigern holte sie in die Wirklichkeit, überschüttete sie mit Kummer, Sorge und Angst vor den Klippen des bevorstehenden Tages. Dies also war ihr letztes Erwachen im vertrauten Zuhause. Sie würde es für immer verlassen, Reißaus nehmen, wie man so sagte, sich befreien von dem archaischen Regime ihres Vaters, der die ganze Familie in einem bigotten Wahn terrorisierte. Das heißt, nicht alle. Nicolo, der Bruder, konnte als Einziger frei nach seiner Fasson leben.

Die beiden Schwestern, Alessia, die Älteste, und Bianca, die Mittlere, schliefen fest in ihren Betten an der Wand gegenüber. Ihr friedlicher Anblick weckte in Mia die Versuchung, sich einfach die Decke über den Kopf zu ziehen und ihren Abgang ein weiteres Mal hinauszuschieben. Schließlich raffte sie sich in einem Gegeneinander von Nichtwollen und Müssen hoch und stellte betroffen fest, auch die Knospen des Rosenstrauchs vor dem Fenster hatten sich gegen sie verschworen. Wie auf ein geheimes Zeichen waren die Knospen über Nacht erblüht und lockten in unschuldiger Schönheit zu bleiben. Sie begann sie abzuzählen wie die Blütenblätter der Margerite: „Er liebt mich, er liebt mich nicht, er liebt mich, er liebt mich nicht, er liebt mich.“ Sie seufzte. Was für ein Paradies, in das Gott sie geführt hatte. Aber eines, das der Vater mit seiner unerbittlichen Glaubensstrenge in eine Hölle verwandelte.

Just an Mias zehntem Geburtstag waren sie aufgebrochen und hatten in Catanzaro den Zug in das neue Leben bestiegen. Mit allem, was sie tragen konnten, wie man so schön sagt. Wahr ist, sie hätten noch einiges schultern können, besaßen aber nicht mehr. Mia erinnerte sich noch aus einem anderen Grund an jenen Tag ganz genau. Von diesem Tag an musste sie auf des Vaters Geheiß hin lange Röcke und Kopftuch tragen. Denn der Vater lebte streng nach den Regeln der Gebräuche der entlegenen Dörfer seiner Herkunft. Nach der Ankunft hier wurden sie noch strenger ausgelegt und befolgt. Denn für den Zuwanderer aus dem Süden lauerte im Glitzer des italienischen Nordens der Fluch der Versuchung, dem junge Mädchen nicht widerstehen konnten. So kam es, dass Mia, wenn sie zur Arbeit fuhr, und die beiden Schwestern, wenn sie sich in der Stadt ihr Arbeitslosengeld abholten, von Ortsfremden im Bus für Moslems gehalten wurden. Auch von den Nachbarn wurden sie anfangs abweisend beäugt und bestaunt. Islamische Migranten waren hier ebenso selten wie unerwünscht.

Zum Glück gab es im Stadtzentrum eine öffentliche Toilette mit Waschraum. Er war Mias direkte Anlaufstelle nach der Busfahrt. Zuallererst schaltete sie ihr Handy ein, das sie gar nicht besitzen dürfte, ginge es nach ihrem Vater. Beglückt und mit roten Wangen hörte sie die Liebesschwüre ihres teuren und einzigen Paolos ab. Dann hieß es: Adé Mittelalter. Mit Kopftuch, Rock und Umhängetuch verschwand das Mittelalter in einer Plastiktüte. Sie schlüpfte in enge Jeans und eine lockere Bluse, und schon war aus dem hässlichen Entlein ein Hingucker geworden. Rank und schlank, ausgestattet mit ansehnlichen Rundungen oberhalb der schmalen Taille. Die schüchterne Natürlichkeit, mit der sie ihre Vorzüge trug, unterstrich die optische Wirkung beträchtlich.

Mit den Maskeraden sollte jetzt Schluss sein. Sie würde das Elternhaus für immer verlassen und zu ihrem Paolo ziehen. Es war ein endgültiger Abschied, wusste sie doch, der Vater würde sie danach nicht wiedersehen wollen und die Mutter sie nicht wiedersehen dürfen. Bei jedem Gedanken daran spürte sie die Last dieses Bannes. Wie ein Fluch drückte er gegen ihre Brust.

Mit einem letzten Blick auf die Rosen erhob sie sich aus dem Bett, um einmal noch den Bus vom Schilfgürtel zur Arbeit zu nehmen und dann nie wieder. Auch wenn ihr zum Heulen war, das Morgenritual musste ablaufen wie immer, um nicht durchschaut zu werden. Alles hatte sie bestens geplant. Was sie von ihrer Habe für ein neues Leben an der Seite Paolos brauchen würde, hatte sie bereits in den Friseursalon Brioli, ihren Arbeitsplatz, gebracht. Jeden Tag ein Stück, um sich nur ja nicht zu verraten. Viel war es ja nicht und wirklich wichtig davon war eigentlich nur das Foto, aufgenommen zu ihrer Firmung, mit Vater, Mutter, den Schwestern und Bruder Nicolo. Sie im weißen Kleid mit Blumenkranz im Haar. Sie wusste, sie würde es in Zukunft oft betrachten.

Aufgeschoben konnte das Vorhaben nicht mehr werden. Ihr Bruder Nicolo musste zur Montage nach Udine. Damit fiel der Wachhund aus. Nicolo hatte vom Vater den Auftrag, sie täglich mit seinem Motorrad vom Salon Brioli abzuholen und auf direktem Weg nach Hause zu bringen. Abends lauerten ja für den bigotten Vater überall junge Männer, die nichts anderes im Kopf hatten, als Mia die Jungfernschaft zu nehmen. So spukte es in seinem Kopf herum. Da Nicolo sie heute nicht abholen konnte, sollte die älteste Schwester den Tugendwächter spielen. Ihr würde Mia ganz einfach sagen, dass sie nicht mitkäme. Alessia würde danach nichts anderes übrigbleiben, als unverrichteter Dinge mit dem Bus heimzufahren. Dort würde es wahrscheinlich Dresche geben, aber Alessia würde weder im Salon Brioli noch auf der Straße davor eine Szene machen. Da man jedoch nie wissen konnte, hatte sie ihrem lieben, einzigen Paolo eingeschärft, sie nicht abzuholen, sondern in seiner Wohnung auf sie zu warten. Keinesfalls sollte er Zeuge einer nicht auszuschließenden Auseinandersetzung mit Alessia werden.

Arme Alessia. Vor wenigen Tagen erst hatte Mia gehört, wie die Mutter den Vater fragte: „Unsere Töchter sind alle drei im heiratsfähigen Alter. Wie soll das werden?“

„Ein Ehrenmann wird kommen und nach Glauben und Sitte werben“, brummte der Vater abweisend.

„Wo soll der herkommen, wenn sie keiner kennt?“

„Ich habe mit Barbarino gesprochen. Ich werde zu Maria Himmelfahrt nach Salvi fahren, Alessia mitnehmen und sie verheiraten."

„Über Barbarino, den Kuppler?"

„Weißt du etwas Besseres?"

„Und Bianca und Mia?"

„Wenn Alessia erst einmal verheiratet ist, werden wir sie mit den beiden besuchen. Und da wird dann auch kein Mangel mehr sein an geeigneten Hochzeitern."

„Sie werden da unten im Süden nicht glücklich werden", schluchzte die Mutter.

„Und hier ist ihr Seelenheil in Gefahr. Gott prüft uns, indem er uns Töchter gab. Deshalb müssen wir darauf achten, dass sie von diesem gottlosen Pack hier nicht verdorben werden. Zum Glück haben wir Nicolo. Er und ich, wir beide passen schon auf unsere Täubchen auf. Keine Sorge. Er ist wachsam wie ich und schließlich sind die Mädchen brav und gehorsam."

„Und was wird mit unserem Sohn Nicolo?"

„Zum Bauern eignet er sich nicht. Aber er macht sich gut in seinem Beruf, hat sich hier gut eingelebt und wird einmal auf uns schauen, wenn wir alt und gebrechlich sind. Als Mann hat er hier alles und eine sittsame Braut aus dem Süden wird sich für ihn finden."

„Und wenn es eine von hier ist?"

„Da sei Gott vor. Aber Nicolo ist seines Glückes Schmied, nicht ich."

Mia würde Alessia später warnen, nahm sie sich vor. Jetzt galt es, aus dem Haus zu kommen.

Ein festes Frühstücksritual gab es bei den Vaccaros nicht. Jeder ging nach einem kurzen Morgengruß seinen Beschäftigungen nach. So auch diesmal. Nicolo trank hastig eine Schale Kaffee, startete sein Motorrad und ratschte davon in Richtung Udine. Birko, der Hund, sah ihm fassungslos nach. Vater war schon bei seinen Bienenstöcken, Mutter kniete vor ihrem Salatbeet und klaubte Schnecken, Alessia holte Holz, weil sie Brot backen sollte und Bianca, die Mittlere der Schwestern, brauchte wieder einmal zu lange im Bad. Mia zappelte davor und erinnerte durch die geschlossene Tür daran, dass der Bus nicht zu warten pflegte. Somit war tatsächlich alles wie sonst.

Zwei Stunden später betrat Mia den Friseursalon Brioli. Die Signora, ihre Chefin, sah ihr in die wässrigen Augen und sagte nur: „Heute ist es also soweit." Die kluge und liebevolle Frau stellte keine weiteren Fragen, sondern begann, die Vorzüge eines neuen, biologischen Haarfärbemittels zu verlesen. Es berücksichtige die besondere Struktur des Haares von Männern im fortgeschrittenen Lebensalter. Für Signora Brioli war das von Relevanz, da ihr Betrieb ein Salon ausschließlich für Herren war. Erwägungen, ihn auf Frauen zu erweitern, hatte sie bisher noch immer beiseitegeschoben: „Nicht, so lange sich jeden Morgen an die 50 alte Männer zur Rasur anstellen." Und zu Mias besserem Verständnis setzte sie nach: „Natürlich könnten die sich auch selbst rasieren. Aber uns ranzulassen, ist guter alter Brauch. Und wegen der Rasur kommen sie ja gar nicht. Die kommen, um miteinander zu tratschen. Über den Sport, die Weiber und die Politik. In der Reihenfolge. Hör ich doch jeden Tag."

Mia, die die dreistündige Mittagspause immer mit ihrem Paolo verbrachte, würde ihn heute eine halbe Stunde im Park warten lassen und sich bei Don Filippo zur Beichte anmelden. Der war ein guter Hirte, der ein Herz für seine Schafe hatte. Ganz besonders für die Lämmer unter den Schafen. Einmal hatte er vor allen Leuten den Vater für die Strenge gegenüber seinen Töchtern gescholten: „Übertreibung ist eine Spielart des Teufels, Signore Vaccaro. Seien Sie nicht so streng zu den Ihren. So viel Strenge könnte die Liebe zum Vater ersticken."

Und ein andermal scherzte Don Filippo: „Wäre nicht übel, wenn mehr so hübsche Mädchen zur Messe kämen. Das würde die Buben meiner Pfarre anlocken." Was allerdings den Vater nur zu noch mehr Strenge veranlasste. Seit dieser scherzhaften Bemerkung des Pfarrers musste ihr Bruder Nicolo Mia jeden Tag von ihrer Lehrstelle abholen und schnurstracks nach Hause bringen. Und weil er maulte, bekam er das Motorrad. Hätte Don Filippo auch nur geahnt, was seine Bemerkung auslöste, er hätte dem Vater ordentlich die Leviten gelesen. Ja, Don Filippo würde sie verstehen, trösten und von der Last der Sünde lossprechen.

Die Mittagsglocken hatten kaum ausgeläutet, da kniete Mia schon im Beichtstuhl von Santa Maria Assunta in Cielo. Doch es stellte sich heraus, so einfach war das mit der Lossprechung gar nicht.

„Ist der Mann, dem du dich hingibst, verheiratet?", fragte Don Filippo besorgt aus der Zelle seines Beichtstuhls.

„Gott bewahre, nein. Wir wollen doch heiraten und zwar so bald wie möglich."

„Willst du bis dahin in Keuschheit von ihm lassen?"

„Kann ich nicht. Die Beziehung, die bedingungslose, ist mir heilig."

Der Pfarrer räusperte sich. Nach einer Pause sagte er in einem Ton, zu dem Mias Vater nie fähig gewesen wäre: „Es tut mir sehr leid, Mia. Dann kann ich dich nicht lossprechen. Es fehlt die Reue und der ehrliche Wille, nicht mehr sündigen zu wollen. Mir ist die Macht gegeben, dich unter Erfüllung dieser Voraussetzungen loszusprechen. Ich bin aber nicht befugt, Ausnahmen zu machen. Für Ausnahmen ist nur der liebe Gott zuständig. Glaube fest an ihn und sei getrost. Er schaut nicht nur auf deine Sünden, er schaut auch in dein Herz."

Als Mia aus dem Beichtstuhl hervorkroch, war ihr, als setze die Orgel zum Jubel ein, so stark war das Gefühl der Erleichterung und ihre Zuversicht. Gott schaute in ihr Herz. Und das war rein. Deshalb würde Gott nichts finden, worüber er böse sein könnte. Konnte Gott überhaupt böse sein? Dem Taufscheinkatholiken Paolo, der sich wenig später beim Treffen im Park über ihr Hochgefühl wunderte, sagte sie nur, sie sei eben glücklich, weil er sie glücklich mache. Alles andere war viel zu kompliziert, um in schönen Stunden erklärt zu werden.

Auch Signora Brioli, ihrer Chefin und mütterlichen Freundin, fiel nach der Mittagspause Mias Stimmungshoch auf. Sie brabbelte etwas von der wundersamen Wirkung von Liebe am Nachmittag, was Mia mit einem bestimmten „Gott sieht nicht nur auf meine Sünden, er sieht auch mein reines Herz" quittierte.

„Woher hast du denn diese Weisheit?"

„Von Don Filippo, Pfarrer von Santa Maria Assunta in Cielo."

„Sag bloß, du warst beichten."

„Ja, war ich. Und bei Gott, es hat gutgetan."

„Und wie viele ‚Gegrüßet seist du Maria' gab es zur Buße?"

„Drei."

„Alle Achtung, Mia. Drei ‚Gegrüßet seist du Maria' für guten Sex, kein schlechter Tausch."

„Signora, wie können Sie nur! Schämen Sie sich, so etwas zu sagen."

„Ok, ich schäme mich. Aber ein guter Tausch bleibt es dennoch."

Da läutete das Telefon und Signora Brioli hob ab. Offensichtlich ein Kunde, der wegen eines Termins anfragte. Mia hörte, wie die Signora bedauerte. Dann schrieb sie mit dem Eyeliner eine Telefonnummer auf den Spiegel über dem Telefon und sagte, sie werde zurückrufen.

„Mia, könntest du heute eine Stunde länger bleiben? Dem Herrn in der Leitung scheint es sehr an einem Haarschnitt gelegen zu sein."

Mia zögerte. Ausgerechnet heute, an diesem für sie und Paolo so wichtigen Tag. Aber es ging ja nur um eine Stunde und die Signora war die beste Chefin, die man sich nur denken konnte. Deshalb sagte sie dienstbeflissen: „Sicher, Signora Brioli." Worauf die Signora zurückrief und sagte: „Ich selbst bin leider verhindert. Aber meine Mitarbeiterin wird Sie erwarten." Und gleich darauf: „Ich versichere Ihnen, meine Mia ist eine Könnerin im Umgang mit Kamm und Schere. Sie werden zufrieden sein." Danach meinte sie mit einem vielsagenden Lächeln: „Ein Mann mit einer tollen Stimme. Wäre vielleicht was für mich, aber ich muss unbedingt zum Zahnarzt. Und es macht dir bestimmt nichts aus, Mia?"

„Bestimmt nicht, Signora."

„Lass aber um Punkt sieben den Rollbalken runter, damit nicht noch ein Nachzügler kommt."

„Sicher, Signora."

Mia rief ihren Paolo an. Er sagte: „Kein Problem. Bei mir wird es heute auch etwas später. Ausgerechnet heute. Die Zentrale hat eine Stichkontrolle der Bücher angesagt. Da kann ich unmöglich weg. Aber du hast ja die Schlüssel. Weiß deine Schwester Alessia Bescheid?"

„Nein. Sie wird an der Bushaltestelle warten und warten und dann mit dem letzten Bus nach Hause fahren. Sie weiß nichts von meiner Entscheidung, mit dir leben zu wollen. Sie ist immer lieb und gut zu mir gewesen, und doch hätte sie es Vater verraten. Hätte sie es jedoch nicht verraten und er würde irgendwann dahinterkommen, würde er sie halb totprügeln."

„Ich werde versuchen, mich zwischendurch vom Geschäft loszureißen, um auf einen Sprung nach Hause zu kommen. Wenn nicht, haben wir ja das Handy. Du weißt, du brauchst es nie wieder auszuschalten."

„Und wenn mein Bruder anruft?"

„Wie sollte er, er hat ja deine Nummer nicht."

„Ich meinte, im Salon anruft."

„Dann ist Signora Brioli am Apparat und die wird ihm sagen, dass er nie wieder anrufen soll, sonst wird sie die Polizei rufen."

„Und wenn er mir nachgeht?"

„Heute wird er dir nicht nachgehen können, weil er in Udine ist. Und ab morgen hole ich dich immer von der Arbeit ab und ich bringe dich auch hin. Öffne aber keinem die Wohnungstür, bis ich nach Hause komme. Wie gesagt, das kann spät sein, aber wir haben ja das Handy. Ruf an, sooft du willst. Damit müssen sich die Buchprüfer abfinden."

Paolo war Filialleiter einer Brillenkette. Die Firma hatte ein bizarres Kontrollsystem, bei dem sich Prüfer anmeldeten und ein paar Stunden später schon vor der Tür standen. Geprüft wurde immer über Nacht, um den Geschäftsfluss nicht zu stören. Das alles war nicht sehr angenehm, wurde aber durch guten Lohn und Boni für den Filialleiter ausgeglichen.

Um 17 Uhr sagte Signora Brioli, sie müsse jetzt zu ihrem Zahnarzt und ging. So ein Weisheitszahn habe es in sich. Kurz vor sechs klingelte die Ladentür, ein großgewachsener Mann trat ein, grüßte freundlich und sagte: „Sie sind also Mia. Nun gut, wir haben einen Termin, mein Fräulein."

Am nächsten Morgen bog Signora Brioli wie immer in die Via Vecchio, in der ihr Salon lag. Die Via Vecchio gehörte zu den wenigen Gassen, die in der Industriestadt Monfalcone von den Verwüstungen der Industrialisierung verschont geblieben waren und sich die Etikette schmuck verdienten. Man musste sie also kennen, um ein vollends gerechtes Urteil über Monfalcone abgeben zu können. Und Signora Brioli kannte sie. Hier in der Via Vecchio hatte sie als Kind gespielt, hatte sich in der Kapelle Santa Clara am oberen Ende zur Erstkommunion vor den Altar gekniet. Vor dem „Pergolato", dem Restaurant an der unteren Ecke, hatte sie zehn Jahre danach ihr erstes Rendezvous gehabt und sich im Schutz des Torbogens von Haus 11 erstmals von einem Jungen betasten und küssen lassen. Und seit nunmehr 30 Jahren ging sie jeden Morgen an Haus 11 vorbei zum Herrensalon Brioli, den ihr Urgroßvater vor Jahrzehnten gegründet hatte.

Nachbarinnen wiederholten sich gerne in der Feststellung, dass sie noch keinen Tag pünktlich den Salon geöffnet hätte. Was diese aber herzlich wenig anging. Schließlich war Brioli ein Herrensalon. Aber der Tratsch hatte Wahrheitsgehalt. Denn tatsächlich standen die Zeiger meist auf zwanzig nach acht, wenn sie, an ihrer bereits wartenden Kundschaft vorbei, in das Wohnhaus huschte, um von hinten in den Salon zu gelangen. Sie machte dann das Licht an, zog sich ihren weißen Arbeitsmantel über und prüfte kurz ihre Frisur in einem der drei Spiegel. Danach schob sie den Rollbalken des Portals hoch und empfing die Herren mit einem strahlenden „Guten Morgen allesamt, meine Herren" zur Rasur.

Diesmal aber stutzte Signora Brioli, als sie die ersten Meter der Via Vecchio hochging. Wohl hatte Mia den Rollbalken nach unten gezogen, aber die zwei Kugeln der Abendbeleuchtung über dem Portal brannten. Es wird doch hoffentlich nichts passiert sein? Bei Mias verrücktem Familienanhang konnte man ja nicht wissen.

Wie gewohnt brachte ihr Näherkommen Bewegung in die Herrenrunde. Die Raucher dämpften ihre Zigaretten aus, andere strichen sich ihr Jackett glatt oder fummelten an ihrem Hemdkragen herum, während sie darauf warteten, dass der Rollbalken hochging. Doch stattdessen drang ein dumpfes Poltern und gleich danach ein gellender Schrei aus dem Salon.

Mit einem besorgten „Signora?“ drückte einer aus der Runde sein Gesicht gegen die Auslage, um etwas erkennen zu können. Andere rannten kurzum in das Haus, um, wie die Signora, von hinten in den Salon zu gelangen. Im spärlichen Licht durch die Verdunkelung des Rollbalkens ließen sich nur Silhouetten ausmachen. Die Signora stand da, leicht gebeugt und hielt sich an einem der schweren Stühle fest. Sie rang hörbar nach Luft. „Sie ist über etwas gestolpert“, sagte einer der Männer zur allgemeinen Beruhigung. Ein anderer suchte und fand den Lichtschalter.

Nach etlichen Zuckungen verschafften die Neonröhren Klarheit. Die Signora war tatsächlich über etwas gestolpert, und zwar über eine Leiche. Die weit geöffneten Augen der Angestellten starrten ziellos ins Leere.

Erst jetzt erkannte auch die Signora die Tote. „Mia“, schrie sie und verlor endgültig den Halt. Einer der Männer keuchte ein „dieser verfluchte Vaccaro“, ein anderer stützte sie und half ihr in den Frisiersessel. „Sie zitterte am ganzen Körper und begann herzzerreißend zu weinen“, würde er später zu Protokoll geben.

2

Commissario Bruno Vossi saß grübelnd hinter seinem Schreibtisch. Sein Chef, der Questore, sonst eher überschwänglich, hatte es letzthin auffällig eilig und der Polizeipräsident übersah ihn bei den Feiern zum Tag der Republik. In normalen Kreisen nicht der Rede wert. Im bizarren Getriebe des Sicherheitsapparats aber kam normal nicht vor, hatte alles Bedeutung, geschah nichts aus Zufall oder ungewollt.

Sein Dienstbereich, dieses geschichtsträchtige Dreieck mit den Eckpunkten Triest, Gorizia und Grado, war erst seit 1918 italienisch. Hundert Jahre also. Und hundert Jahre konnten in der Geschichte eine sehr kurze Zeitspanne sein, wenn sich der neue Besitzer seiner Pfründe nicht sicher wähnt und zu Gleichschaltungsmaßnahmen neigt. Etwa, weil er an alten Gepflogenheiten aus der k.u.k.-Zeit Anstoß nimmt und hinter Banalstem Verrat wittert. Etwa, hinter der Tatsache, dass in den Läden des Umlandes die Gewichtsangaben altösterreichisch in Dekagramm statt in Gramm erfolgen. Einfach lächerlich, gewiss. Beamte des Sicherheitsapparats aber nahmen diese lächerlichen Blößen Roms besser ernst. Nach Vossis Überzeugung wurden diese Staatsneurosen weniger von den latenten Nostalgien in Richtung Habsburger Doppeladler provoziert, als vielmehr durch das anmaßende Auftreten der Lega und die um sich greifende Spaltung der Bevölkerung. Vorgänge zum Ende des Zweiten Weltkrieges hatten tiefere Spuren hinterlassen als 500 Jahre Doppeladler. Damals, 1945, drängte sich Jugoslawien in die Reihen der Siegermächte und Italien als ewigen Seitenwechsler in das Lager der faschistischen Verlierer. In diesem Gemenge hatte Jugoslawiens Partisanenführer und neuer

Präsident Josip Broz Tito die Italiener aus Istrien und Dalmatien vertreiben können. Sie, die seit Jahrhunderten zwischen Triest und Ragusa, heute Dubrovnik, zu Hause waren, mussten über Nacht weg und zurücklassen, was sie nicht tragen konnten. Ihre endlosen Kolonnen passierten ausgerechnet in den Hungerjahren der Nachkriegszeit die Grenzen. Sie waren in Triest und dem Umland ungefähr so willkommen wie der zerstörerische Fallwind, die Bora.

Unter den Vertriebenen waren auch die Eltern von Commissario Vossi. Einige Kilometer nach dem Überqueren der Grenze wurden sie, völlig erschöpft, in Baracken eingewiesen. Dort war Vossi mit unzähligen anderen Flüchtlingskindern aufgewachsen. Wer von ihnen den Aufstieg aus der Tristesse in höhere Schulen schaffte, galt als aus besonderem Holz geschnitzt. Vossi war einer von wenigen. Er hielt sich aber deshalb noch lange nicht für besonderes Holz, allenfalls für härteerprobt. Und die Grundhaltung, als ehemaliges Flüchtlingskind stets ein wenig mehr leisten zu müssen, war geblieben. Dass er dennoch nicht in den Ruf kam, ein Streber zu sein, lag an seiner warmen Herzlichkeit und an seinem ganzen Habitus, der weit entfernt war von Mailänder Schnittvorgaben. Bei seinem Dienstantritt vor nunmehr bald 25 Jahren versuchten die Kollegen, Vossis Abstammung zu orten. In dem hier ansässigen Völkergemisch war das geradezu ein Volkssport. „Italiener ist er keiner“, meinten die einen, „Slowene aber auch keiner“, die anderen. Jemand kam auf Abstammung Deutsch, womit dieser nicht ganz unrecht hatte. Denn auf dem k.u.k.-Geburtsschein von Vossis Urgroßvater stand ‚*Voss*‘. Doch der Steinmetz des Friedhofs von Jagodje auf der slowenischen Seite der Grenze musste den Namenszug unter der Diktatur Mussolinis um ein *,i'* verlängern. So entstand *Vossi*. Fünfzehn Jahre später überpinselten Titopartisanen grölend das Kreuz auf dem Stein des Familiengrabes mit einem fünfzackigen Sowjetstern und warnten: „Wenn du ihn abwäschst, endest du in der Foiba."

Foiba bedeutete im Glücksfall Genickbruch, im Regelfall Verrecken. Durch die Wende im Kriegsglück vogelfrei geworden, jagten die Angehörigen des slawischen Teils der Bevölkerung ihre italienischen Nachbarn aus ihren Häusern und Verstecken. Es genügte ihnen nicht immer, sich an deren Häusern und Feldern zu bereichern. Um sich ihrer Beute sicher zu sein, formierten sie sich zu Banden und trieben ihre wehrlosen Opfer den Foiben zu. Dort stürzten sie sie in diese senkrechten Erdlöcher im Karst, manche bis zu 200 Meter tief. An die Zehntausend fielen diesem Genozid zum Opfer. Zwei volle Jahre dauerten die Pogrome an. Sie ebbten ab und flammten wegen Nichtigkeiten wieder auf. 1943 begannen sie und erreichten ihren grässlichen Höhepunkt zwischen April und Juni 1945.

In seiner Jugend weigerte sich Vossi, solche Gräuelgeschichten zu glauben. Umso mehr, als er mit einer Slowenin verheiratet war und am Oberlauf der Soča Schwiegereltern hatte, die man einfach nur gernhaben und respektieren konnte. Erst als er im jugoslawischen Bürgerkrieg erfahren musste, wozu Menschen fähig waren, akzeptierte er die italienischen Vorhaltungen als historisch gesichert. Alles in allem ein dunkles Kapitel in der Geschichte des Zusammenlebens, aber eines, das, gottlob, überwunden erschien.

Umso mehr nervte ihn die Ahnenforschung der Kollegenrunde zur vorgerückten Stunde. Er versuchte einen Themenwechsel. Doch eine Runde von Mannsbildern ist nach dem dritten, vierten Glas Wein für einen solchen nicht leicht zu haben. Schließlich platzte es aus einem heraus: „Ich hab's. Bruno Vossi ist kein Italiener. Er ist auch kein Slowene und schon gar kein Deutscher. Ich sage euch, was er ist. Er hat von allem etwas und ist schlicht und einfach ein Epocano." Die Runde zollte grölend Beifall.

Epocano? Damit konnte Vossi leben. Das klang nach Gediegenheit, nach Palazzi mit zierlichen Fassaden und üppigen Portalen, hinter denen man unter Stuck und Kristall auf Sternparketten parlierte. Diese Assoziationen waren allerdings relativ neu und Folge der umfassenden Stadtrenovierung, die 1989 mit dem Fall des Eisernen Vorhangs einsetzte und Triest das aristokratische Flair alten Glanzes zurückgab. ‚Epocano' war also eher ein verbaler Ritterschlag und sicherlich gut gemeint. Wie aber würde sich ‚Epocano' in Vossis Personalakt des Ministeriums für Inneres in Rom lesen? Würde man dort Epocano nicht ungeprüft als habsburgtreu oder österreichverbunden bewerten? Wahrscheinlich fragten sich die Zentralisten schon längst, ob er nicht doch zum Lager der Vorgestrigen gehörte, die an jedem 18. August im benachbarten Cormòns auf den Geburtstag des Kaisers von Schönbrunn anstießen und zum „Gott erhalte, Gott beschütze unsern Kaiser, unser Land" den Hut zogen. Dass er bei dem jährlichen Festzug erst ein einziges Mal gesichtet worden war, machte ihn für die Observanten womöglich noch verdächtiger. „Alle von der Questura pilgern dort hin", wunderten sie sich vielleicht. „Warum nicht auch Commissario Vossi? Was will er uns damit vormachen?"

Möglich war auch, dass sein Eintreten für Giuseppe, den Türmer der Festung Görz, Eingang in seinen Personalakt fand. Dieser Giuseppe hatte seinen Vorgesetzten, den ausgewiesen rom-orientierten Burghauptmann, wieder einmal mit einer Fahne in Habsburgs Schwarzgelb auf dem Burgturm zum Schäumen gebracht. Wahrscheinlich hatte er sich den Lappen im Lager des Vereins „Altösterreich“ gegriffen. Besoffen wie er war, hatte er dem Burghauptmann dann auch noch Paroli geboten: „Görz ist eine alte Kaiserstadt und die Farben des Kaisers sind nun mal schwarzgelb.“ Weshalb ihn der Burghauptmann hinauswarf und ihm eine Anzeige wegen Hochverrats hinterherrief. So der Kantinentratsch. Sicher war nur: Giuseppe war gefeuert worden und untergetaucht.

Über all das hatte sich Vossi vor Kollegen lustig gemacht. Er könnte sich dabei etwas zu weit aus dem Fenster gelehnt haben. Umgeben von einem Vielvölkergemisch aus Slowenen, k.u.k.-Deutschen, Kroaten, Juden und Griechen – alle im Laufe von fünf Jahrhunderten unter Habsburg waschechte Friulaner geworden – fühlten sich die Rom-Zentralisten immer wieder mal bemüßigt, den Okkupanten hervorzukehren.

All das hatte sich Vossi in Erinnerung gerufen, als sein Handy anschlug. Capitano Giuseppe Scappo von den Carabinieri nervte wieder einmal. Es ging um eine Verkehrstote und Fahrerflucht auf der Staatsstraße von Monfalcone nach Gorizia.

„Was haben wir mit einem Verkehrsopfer zu tun?“, fragte Vossi etwas ungnädig.

„Naja, ich dachte, ihr solltet euch das ansehen. Fahrerflucht. Ein Wagen mit ausländischer Nummer wurde dabei gesichtet. Also vielleicht ein grenzüberschreitender Fall und damit deine Zuständigkeit. Zudem handelt es sich bei dem betreffenden Fahrzeughalter um einen Diplomaten.“

„Wo steht ihr?“

„Auf dem Parkplatz des Castellos di Spessa. Das auffällige Fahrzeug hat am rechten vorderen Kotflügel eine Delle und ein paar Kratzer. Ein Wiener Kennzeichen. Vielleicht könntest du den Besitzer befragen, Bruno. Du sprichst ja Deutsch."

„Ein Diplomat, sagst du?"

„Ja."

Vossi hatte nur schlechte Erfahrungen mit Diplomaten. Zumindest die, mit denen er bisher zu tun gehabt hatte, waren aufgeblasen, Profis im Finden von Ausflüchten und hatten bei Bedarf immer irgendeine Staatskanzlei in der Hinterhand. Die ganze Wiener Konvention mit ihren Immunitätsklauseln für diese besondere Klientel konnte ihm einfach gestohlen bleiben. Er stöhnte: „Ok, wir kommen. Wo steht der Wagen?"

„Vor dem Castello."

„Und der Wagen wurde im Bereich der Unfallstelle gesichtet?"

„Ein Wagen mit ausländischem Kennzeichen. Und der Wagen hier hat eines und dazu noch einen verdächtigen Blechschaden."

„Gut. Halte die Stellung, wir kommen."

„Es gibt Arbeit", rief Vossi seinem Assistenten Roberto Vialli zu und beide machten sich auf den Weg.

Roberto stammte aus dem sonnigen Sizilien. Er war abkommandiert worden, um sich unter Vossis Fittichen Sporen zu verdienen und später einmal eine Dienststelle in seiner Heimat zu übernehmen. Roberto war in mehrfacher Hinsicht ein Zauberer. Noch nicht mal richtig angekommen, wusste er schon, wo er sich zu Preisen, die zu seiner niedrigen Gehaltsstufe passten, einkleiden konnte. Und sah darin aus wie ein Dressman für Armani oder Versace. Zur Verwunderung Vossis machten die jungen Damen der Truppe vom ersten Tag seines Erscheinens an einen weiten Bogen um Roberto. Bis Rita Jurinec, die Grande Dame in seinem Team, aus dem Nähkästchen plauderte: „Er sieht den Gören zu sehr nach Herzensbrecher aus. Da sehen sie sich vor. Und jede von ihnen weiß: Ein freundliches Wort für Roberto, ein direkter Blick in seine Augen, und schon hast du die Meute der weiblichen Belegschaft unter fünfunddreißig zum Feind."

„Ach, deshalb sind alle Damen so nett zu mir. Weil ich als Fang uninteressant wäre."

„Du sagst es. Es ist wie bei den Fischern. Der Beifang zählt nicht."

„Ist Roberto damit verurteilt, lebenslang ein Eremit zu bleiben?"

„Kaum. Irgendeine Mutige oder Übermütige wird sich schon finden. Und lebenslang einsam sowieso nicht. Schönheit vergeht, wie wir wissen. Auch bei Männern. Sie lassen Haare, setzen einen leichten Bauch an und bekommen Falten."

„Ich auch?", fragte Vossi scheinheilig.

„Falten nein, dafür kocht deine Jelena wohl zu gut."

Nach Vossis Schätzung konnte Roberto die Zurückhaltung der jungen Kolleginnen locker verschmerzen. Die aufmerksame Zuwendung der Reiferen entschädigte reichlich. Deren Herzen flogen ihm ungebremst zu. Sein Gesang rührte sie bei Betriebsfeiern regelmäßig zu Tränen und entlockte Lobeshymnen: „Wie ein Pavarotti der frühen Jahre." Vossi war sich ziemlich sicher, dass die Seufzer nicht nur mit Robertos Stimme zu tun hatten. Sei's wie's sei: Bei ihm jedenfalls hielt sich die Begeisterung für den Pavarotti der frühen Jahre in Grenzen. Bei Dienstfahrten zu Leichen, Zeugen oder Tätern irritierten Robertos Arien.

„Andere atmen, Roberto singt", hatte er sich einmal bei Rita beklagt.

„Versuch es zu genießen“, war Rita wie immer auf Robertos Seite. „Gesang ist doch etwas Schönes, Befreiendes.“

„Befreiend ist gut. Diese südlichen Lieder werden mit jedem Takt schneller und Roberto pflegt seinen Fahrstil den Tarantellas anzupassen. Dann entscheiden nicht Straßenzustand oder Verkehrsaufkommen unser Tempo, sondern die jeweilige Nummer aus Robertos Musikladen.“

„Dann sag ihm doch, er soll mal etwas Langsames singen.“

Auf der Fahrt zu einer Leiche nach einer Messerstecherei hatte Vossi es versucht: „Roberto, sing mal etwas in Moderato, etwas Trauriges.“

„Trauriges?“, fragte Roberto, als ob er das Wort noch nie gehört hätte.

Vossi probierte es mit einem Beispiel. Da ihm nichts Besseres einfiel, mit Rudolfos Jammern über Mimis Verfall in Puccinis *La Bohème*:

„Schrecklich klingt dieser Husten,
der die Brust ihr erschüttert ...“

Mimis so besungenes, unaufhaltsames Verwelken schien Roberto sehr zuzusetzen. Tieftraurigen Blicks wandte er sich Vossi zu und sagte seufzend: „Sie mögen Musik nicht, stimmt's Commissario?“

Worauf sich beide biegen mussten vor Lachen.

Das Castello di Spessa wurde 1359 erstmals urkundlich erwähnt und musste seit seiner Grundsteinlegung allerlei Renovierungen über sich ergehen lassen. Auch die eines gewissen Rudolf Völkl, Gewürzhändler aus Wien, im 19. Jahrhundert. Und so grüßte der Komplex als Bauteil einer Walt-Disney-World. Zwar in Kupfer, Nippes und Sandstein statt in Plastik, aber unverkennbar frei nach Walt Disney.

Capitano Scappo von den Carabinieri hatte sie längst erwartet. Alles verhielt sich so, wie er gesagt hatte. Die Delle am rechten vorderen Kotflügel war beachtlich, das Blech laienhaft zurechtgebogen. Gerade genug, um den Wagen lenken zu können, ohne die Reifen aufzuschlitzen. Reste von Schlieren verrieten, dass Blut verwischt worden war. Vossi wandte sich an Roberto: „Ruf die Spurensicherung. Ich vermute ja, dass die kurzen braunen Haare von einem Reh stammen und somit auch das Blut. Aber ich kann mich täuschen. Und wir alle wissen: Lorenzo Bettini, unser Chef der Spusi, täuscht sich nie. Also, her mit dem Meister im Nanobereich."

Die Zulassungsnummer des Wagens war die eines Honorarkonsuls. Betuchte konnten sich diesen Titel erkaufen, meistens von irgendeiner Bananenrepublik. Damit war ihnen erlaubt, mit einem CC-Aufkleber für Corps Consulaire herumzufahren. Diplomatenstatus, also diplomatische Immunität, gab es aber nicht dazu. Vossi klärte Scappo darüber auf. Der lachte: „Also CC wie Cash and Carry!"

In diesem Moment traf Lorenzo Bettini mit seinem Helfer ein. Mit einer Pinzette sammelte er die kurzen braunen Haare auf dem Blech der Karosserie, während sein Assistent an dem verbeulten Kotflügel herumschabte. Vossi wollte abwarten, ob Lorenzo mit Soforterkenntnissen dienen konnte und genoss etwas abseits die Brise vom Meer her. Der Wind spielte mit den Blättern der Sträucher, sodass deren Rückseite zwischendurch silbern aufblitzte. Die Äste hielten dagegen, was Vossi an Mädchen und Frauen erinnerte, die verbissen ihre Röcke vor plötzlichen Windböen niederhielten.

„Und wie findest du das Stück Disney-Florida inmitten dieser herrlichen Landschaft?"

Roberto gab sich beeindruckt.

„Mich stößt es ab“, gestand Vossi. „Der Kitsch inmitten dieser herrlichen Landschaft kommt mir vor wie eines dieser Plastikpärchen auf Hochzeitstorten. Die reinste Schmähung für die Kunst der Konditormeister. Da mischen sie mühevoll Cremen, Marzipan und Biskuit in kulinarischer Perfektion zu optischer Vollendung. Und dann setzt irgendein Banause diese grässlichen Püppchen oben drauf.“

Ein schlaksiger Mann von etwa 40, in zu großem Anzug und zu weitem Hemd, näherte sich dem verbeulten BMW. Vossi hörte, wie er Lorenzo fragte, was ihn an seinem Wagen so fasziniere. Er konnte die Antwort nicht genau verstehen, aber im Näherkommen hörte er den Schlaksigen sagen: „Ich konnte es nicht verhindern. Der Rehbock ist rechts aus dem Gebüsch direkt in meinen Kotflügel gelaufen. Und das bei helllichtem Tag.“

Vossi und Roberto traten hinzu und stellten sich vor. „Und, hat der Rehbock überlebt?“, wollte Vossi wissen.

Der Schlaksige verfiel in Begräbnisstimmung und bedauerte: „Eben nicht. Ich musste reversieren und nochmals über ihn hinwegfahren. Gezielt über seinen Kopf. Jetzt noch höre ich das Geräusch, schrecklich.“ Der Mann war tatsächlich dem Weinen nahe.

„Haben Sie Anzeige erstattet?“

„Ja. Drüben in Slowenien, wo es passierte. Wollen Sie die Bestätigung sehen?“

„Wenn es keine Umstände macht. Sie wissen ja, Polizisten sind von Natur aus neugierig.“

Der Schlaksige holte einen Zettel aus der Innentasche seines Jacketts und reichte ihn Vossi. Seine Hand hatte einen leichten Tremor. „Scheint krank zu sein“, dachte Vossi und musterte ihn genauer: Die gelblichen Augen standen mit hoher Wahrscheinlichkeit für schlechte Leberwerte.

Lorenzo von der Spusi hatte inzwischen begonnen, seine Gerätschaften in seinem Hexenkoffer zu verstauen und konstatierte: „Das wär's Bruno. Ich bin hier nicht mehr von Nöten. Alles Tierblut und Rotwildhaare, kein Zweifel."

Vossi gab dem Mann das Stück Papier zurück: „Dann kann ich nur einen schönen Nachmittag wünschen. Also, alles Gute."

Der Schlaksige nahm die Anzeigebestätigung entgegen und machte kehrt.

Vossi wollte ihn noch etwas fragen, aber das Handy schlug an. Nach konzentriertem Hineinhören und einem „Via Vecchio, kenne ich" rief er Lorenzo von der Spusi zu: „Es gibt Arbeit, diesmal echte Arbeit. In Monfalcone. Roberto du fährst, die anderen fahren uns einfach nach. Details klären wir über Funk."

Auf dem Beifahrersitz des Lancia bemühte Vossi die Straßenkarte, denn das Navi streikte seit Wochen. Laut Fahrbereitschaft waren alle Updateversuche vergeblich gewesen und die Anlieferung eines Tauschgeräts ließ auf sich warten. Nachdem er den Bestimmungsort auf der Karte ausgemacht hatte, zitierte er den Forensiker, Dottore Stefano Lamberti, zum Tatort und beschrieb ihm den Weg.

Dottore Stefano Lamberti, für seine Freunde auf Slowenisch Stipe, war ein wacher Geist mit dem Gesicht eines Draufgängers und einem Faible für Eleganz und Luxus. Er war nicht besonders beliebt. Schon gar nicht bei den Kolleginnen. Bei den Älteren von ihnen, weil sie sich seinetwegen um das Herzenswohl ihrer Töchter sorgten, bei den Jüngeren, weil sie entweder mit ihm auf Tuchfühlung gegangen waren oder er ihre auffordernden Blicke, auf Tuchfühlung zu gehen, absichtlich übersah. Wie immer hatte Stipe eine lustige Begebenheit auf Lager und setzte zum Erzählen an. Doch Vossi wehrte ab: „Später, Stipe. Später."

Die bevorstehende Bekanntschaft mit einer Leiche hatte seine Stimmung gedämpft, zumal Vossi den Frisiersalon kannte. Eine Signora Brioli, hatte der anrufende Carabinieri gesagt. Das musste wohl das junge Ding von seinerzeit sein, als er ab und an beim alten Brioli eine Stoppelglatze verpasst bekam.

Die Via Vecchio war kaum breiter als ihr Dienstwagen. Sie war sorgfältig gepflastert. Vor den Fenstern hingen Sonnensegel in Orange und Bordeauxrot. Eine leichte Brise vom Meer her setzte sie in Bewegung und fächerte den Passanten südliches Flair zu. Die Spusi mit Lorenzo am Steuer hatte offenbar eine bessere Route genommen und war schon vor Ort. Ihr Wagen blockierte die Fahrbahn. Vossi und Roberto mussten deshalb die letzten 50 Meter zu Fuß zurücklegen.

Dabei passierten sie einen der für Italien so typischen dreirädrigen Piaggios, die überall durchkamen und deshalb gern für Zulieferungen und Abtransporte in den Windungen der Altstädte eingesetzt wurden. Mit diesem wurde Hausmüll abgeholt. Allerlei unangenehme Gerüche stiegen aus ihm auf. Jener nach totem Fisch und sonstigem Küchenabfall vom Restaurant Pergolato an der unteren Ecke der Gasse dominierte.

Vossi traf sogleich eine Vorkehrung: „Sorge dafür, dass der Müllkutscher nicht einfach weiterfährt. Vielleicht hat er den Abfall des Friseursalons schon geladen. Und wir wollen doch nicht eine ganze Deponie von oben nach unten durchwühlen, bloß, weil uns ein paar Haare zwecks DNA-Abgleich fehlen."

Vor dem Geschäft hatten sich Schaulustige zusammengerottet. Zwei Carabinieri hielten sie in Zaum. Der eine als Good Cop, mit freundlichem Zureden, der andere als Bad Cop, mit herrischem Gehabe. Vossi stellte mit stillem Bedauern fest, dass der in der Rolle des Bad Cop mehr bewirkte.

Im Frisiersalon lag ein Frauenkörper, halb abgedeckt von einem Tuch in Zuckerlrosa, an normalen Tagen das Umhängetuch für Kunden. Vossi stellte erleichtert fest, die ihm bekannte Besitzerin des Ladens war es nicht. Die Lehne des Frisierstuhls war dem Spiegel zugewandt, so als ob sich gerade jemand daraus erhoben hätte. Er registrierte: Zwei Armstützen des Stuhls waren lederbespannt. Für Lorenzo also eine Kleinigkeit, darauf die Fingerabdrücke des Kunden zu isolieren, der zuletzt in dem Sessel saß und sich auf den Lehnen abstützte, um sich zu erheben. Vielleicht auch, um zu töten, wer weiß?

Lorenzo flüsterte, über das Opfer gebeugt, Tatortdetails in sein Diktaphon. Vossi gesellte sich zu ihm und nahm eine ähnliche Haltung ein. Wie zwei Trauernde standen die beiden da, während Roberto im Hintergrund die Personalien einer Frau von etwa 50 abfragte. Nach einer Weile wandte sich Vossi ihnen zu: „Ich bedaure die tragischen Umstände an einem sonst so schönen Tag, Signora ...?“

„Brioli, Dorotea Brioli.“

„Ach Signora Brioli. Ich kannte noch Ihren Vater. Vossi mein Name. Sie haben in den Salon investiert. Gute Arbeit. Ein wahres Aushängeschild für Ihr Handwerk. Respekt, alteingesessen und doch ganz im Schwung der Gegenwart. Bravo.“

„Kannten Sie auch meinen Großvater? Der hat das Geschäft 1936 gegründet“, schluchzte sie, als ob der Vorfahre ihr damit schweres Leid zugefügt hätte.

„Nein, ich hatte nicht das Vergnügen. Ich bin wohl etwas jünger als ich aussehe, Signora.“

„Scusi, Commissario. Ich bin heute völlig durcheinander."

„Kein Problem. So etwas Tragisches passiert ja auch, Gott sei Dank, nicht alle Tage."

Ein Schatten im Rahmen der Eingangstür und der Klang schneller Schritte unterbrachen sie. Der Duft nach abgestandenem Haarspray vermischte sich umgehend mit dem süßlichen von Formaldehyd. Der Forensiker Dottore Lamberti war da. Mit einem indifferenten „Buongiorno" ging er an Roberto, Vossi und Signora Brioli vorbei und kniete sich vor der Toten hin, ohne auf die Haarschnipsel um den Frisiersessel zu achten. Weshalb Lorenzo fauchte: „Pass doch auf die Haare auf. Es könnten ja die des Mörders darunter sein."

„Ist es überhaupt Mord?"

„Das fragst du mich! Du bist doch dafür der Experte."

Stipe hatte sich Latexhandschuhe übergezogen und tastete die Tote ab. Er öffnete den Kragen ihrer Bluse, suchte ihren Nacken nach Würgespuren ab und roch an dem Glas, das die Tote in ihrer Rechten hielt. Er ließ die letzten Tropfen daraus auf seine hohle linke Hand tröpfeln, benetzte den Zeigefinger der Rechten damit und rieb ihn gegen den Daumen. Danach roch er daran und überreichte Lorenzo das leere Glas.

„Wasser, also nichts Böses", sagte Stipe halblaut zu Vossi, der hinzugetreten war. Stipe öffnete die Manschetten der Bluse der Toten und zog die Ärmel hoch. Keine Einstiche. Drogensüchtig war die Tote also kaum. Stipe zeigte auf ein Hämatom oberhalb des Ellbogens des linken Arms, meinte aber beruhigend: „Das hat nicht unbedingt etwas zu bedeuten."

Danach öffnete er mit Daumen und Zeigefinger den Mund der Toten. Vossi dachte, wie bei einem Hund, der etwas ausspucken muss. Gleich danach sagte Stipe:

„Wahrscheinlich erstickt. Mehr in zwei Stunden. Oder willst du, dass ich ihr hier den Schlund aufschneide."

„Zwei Stunden reichen durchaus", brummte Vossi, worauf Stipe die Latexhandschuhe abstreifte.

„Ich brauche deine Hose", forderte Lorenzo.

„Wie bitte?"

„Deine Hose!" Lorenzo hielt dazu die Hand auf, als ob er Stipe um eine Spende anbettelte.

„Mir scheint, du spinnst."

„Du hast dich mit der Hose in die Haarbüschel gekniet. Um meine Arbeit ordentlich machen zu können, brauche ich jedes einzelne Haar, das hier herumliegt. Also, her damit."

„Soll ich etwa in der Unterhose in der Prosektur aufkreuzen?"

„Mir egal. Nimm meinetwegen eines der Umhangtücher und binde es dir als Lendenschurz um. Jedenfalls brauche ich deine Hose."

„Und wenn es gar kein Mord ist, wenn es gar keinen Täter gibt?"

„Bekommst du deine Hose zurück." Lorenzo war nicht aus der Ruhe zu bringen, Stipe aber drohte von jetzt auf gleich laut zu werden. Da meldete sich Signora Brioli zu Wort: „Versuchen Sie es doch mit einem unserer Arbeitsmäntel. Sie sind ja schlank, das müsste also durchaus gehen."

Der Dottore sah in dem zuckerlrosanen Kaftan aus wie der Papageno einer Vorstadt-Zauberflöte. Sein Blick für Lorenzo bei seinem Abgang war nur mit „Dafür bringe ich dich an der nächsten Ecke um" zu deuten. Ein Glück, dass er vor lauter Wut im Bauch übersah, dass der Spusi-Assistent die Szene mit seinem Handy verewigte. Ansonsten hätte sich der Forensiker auf ihn gestürzt, die Szene wäre zum Eklat geworden.

Minuten später wurde die Tote abtransportiert. Die Carabinieri mussten die Neugierigen auseinanderdrängen, damit der Sarg unbehindert zum Leichenwagen an der unteren Straßenecke getragen werden konnte. Jetzt musste auch der Good Cop laut werden.

Vossi konnte nur tatenlos zusehen. Ob ein Verbrechen vorlag, war noch zu klären. Schließlich sagte er zur Saloninhaberin in angemessenem Tonfall: „Mein ehrliches Mitgefühl, Signora Brioli. Trifft Sie eine vorübergehende Sperre hart?"

„Alles trifft mich hier hart. Aber die Sperre kaum. Ich könnte ohnedies nicht weitermachen, als ob nichts geschehen sei. Da wo Mia eben noch tot lag, müsste ich stehen, rasieren und Haare schneiden. Nein, nein, dafür brauche ich Abstand."

„Also, die Tote hieß Mia. Wie noch?"

„Mia Vaccaro. Mia für Maria. Arme Mia." Signora Brioli drohte wieder zu schluchzen, weshalb Vossi sie auf Trab hielt: „Arbeitete sie schon lange bei Ihnen?"

„Sie begann hier vor zwei Jahren, um den Beruf zu erlernen und war immer gelehrig und brav."

„Hatte sie einen Freund?"

„Ja, Paolo. Ein netter Junge, beide zusammen ein nettes Paar. Und ich sage das nicht, weil Mia tot ist, sondern ich habe das auch schon früher gesagt." Jetzt begann Signora Brioli doch heftig zu schluchzen. Vossi ließ ihr Zeit, die Lorenzo für die Frage nützte, ob die weitere Unterhaltung nicht in dem Restaurant Pergolato fortgesetzt werden und er versiegeln könne. Er sei durch.

„Einen Moment noch", beharrte Vossi. „Mich interessiert, ob vor unserem Eintreffen etwas hier verändert wurde."

„Verändert wurde nichts. Ich öffne für gewöhnlich den Laden um acht Uhr früh."

„Eine ungewöhnliche Zeit, Signora. So früh schon kommen Kunden zum Haareschneiden?“

„Zum Haareschneiden nicht, aber zur Rasur. Mein Geschäft steht auf zwei Säulen. Frühmorgens die männlichen Senioren, die es nicht mehr in den Betten hält. Durchwegs nette, honorige Herren aller Einkommensschichten.“

„Also Sie sperren um acht Uhr früh für die Senioren auf. Und die zweite Säule?“

„Haareschneiden, Haare färben und vereinzelt Dauerwellen.“

„Dauerwellen?“

„Manche der Jüngeren wollen das. Wir verpassen ihnen eine Dauerwelle und dann bekommen sie die Haare ganz kurz geschnitten. Das ergibt eine sportliche Frisur aus gekräuseltem Haar. Scheint in zu sein.“

„Und wie war das heute früh? Sie sperrten wie immer um acht Uhr auf, richtig?“

„Ja. Ich wohne nur um die Ecke und komme morgens die Via Vecchio herauf, um den Salon zu öffnen.“

„Fiel Ihnen heute früh etwas Ungewöhnliches auf?“

„Ja. Ich wunderte mich, dass die Außenlichter noch brannten. Die werden bei Ladenschluss abgeschaltet. Auch als Zeichen für nichts geht mehr, verstehen Sie? Und Mia ist ... war ... sehr gewissenhaft. Deshalb wunderte ich mich.“

„Und die Tür hinter dem Rollblech? War sie verschlossen?“

„Ja, die war versperrt und der Schlüssel steckte innen. Das war so wie immer.“

„Also versperrt und der Schlüssel steckte. Dessen sind Sie sich sicher?“

„Ja. Ich habe später für Dottore Pavlo aufgesperrt.“

„Dottore Pavlo?“

„Ja, der Arzt, zwei Häuser weiter."

„Wie spät war es da genau, Signora?"

„Ich schätze zehn nach acht."

„Zehn nach acht, sagen Sie. Wieso hat es dann so lange gedauert, bis wir gerufen wurden?"

„Ich habe zuerst Dottore Pavlo angerufen. Unser aller Arzt. Seine Praxis ist ja so gut wie nebenan."

„Und der Dottore kam auch sogleich?"

„Wie der Blitz. Er warf einen Blick auf Mia, berührte sie am Hals und sagte mir, dass sie schon länger tot sei. Wahrscheinlich Herzschlag. Das gäbe es auch bei so jungen Menschen, neuerdings immer öfter. Dann fragte er mich nach dem Hausarzt von Mia. Da ich den nicht kannte, gab ich ihm Mias Wohnadresse und er ging zurück in seine Ordination. Etwa eine halbe Stunde danach kam Dottore Pavlo zurück und sagte, er rufe jetzt die Polizei. Er wolle nicht auf Verdacht einen Totenschein ausstellen."

„Wär's das jetzt?", unterbrach Lorenzo ungeduldig und zeigte Vossi den Aufkleber zum Versiegeln wie ein Schiedsrichter die rote Karte. Der aber ließ sich nicht so einfach vom Feld schicken: „Wer war gestern Ihr letzter Kunde?"

„Ein Herr hatte sich angemeldet. Ich war voll gebucht, wollte aber nicht nein sagen und habe Mia gefragt, ob sie länger bleiben könnte. Sie meinte ja und ich gab dem Mann einen Termin für knapp vor der Sperrstunde."

„Und, kam er?

„Das weiß ich nicht. Ich war da schon weg. Ich hatte ja einen Zahnarzttermin."

Vossi überdachte die Aussagen und meinte schließlich: „Ich mache Ihnen ein Vorschlag, Signora Brioli. Wir warten das Ergebnis der Untersuchungen unseres

Dottore Lamberti ab. Und falls nötig, würden wir uns morgen vormittags hier wieder treffen, um ein Protokoll anzufertigen. Was sagen Sie dazu?“

„Kein Problem. Das heißt, morgen bleibt mein Geschäft geschlossen?“

„Ich glaube, es ist besser so. Meinen Sie nicht auch?“

„Ich glaube, es geht um ein Muss. Mir zittern nämlich ganz schön die Knie.“

„Na sehen Sie. Dann geben Sie uns jetzt bitte die Schlüssel. Wir sehen uns hier noch ein wenig um und versiegeln.“

Signora Brioli war bei den letzten Worten blass geworden. Sie wankte und musste sich an der Garderobe festhalten.

„Haben Sie es weit nach Hause?“

„Zweimal um die Ecke.“

„Bestens. Mein Kollege hier wird Sie begleiten, sobald Sie sich wieder bei Kräften fühlen.“

„Geht schon, ich schaffe den Weg auch allein“, sagte sie, versuchte aufzustehen, setzte sich aber gleich wieder hin. Worauf sich Lorenzo als vollendeter Kavalier bewies: „Sie haben doch sicher so ein scharfes Rasierwasser. Wo steht es denn?“

Bevor Signora Brioli die Frage begriffen hatte, war Lorenzo schon mit einem Flacon zur Stelle. „Augen zu“, kommandierte er und sprühte ihr eine kleine Fontaine von dem scharf riechenden Wässerchen ins Gesicht. Sie bekam Farbe, stand auf und meinte peinlich berührt: „Ich bin knapp an Bargeld. Die Tageslosung ist noch in der Lade. Darf ich sie an mich nehmen?“

„Was sagt unser Mann vom kriminaltechnischen Dienst dazu?“

Lorenzo bedauerte. Auf den Geldscheinen könnten Spuren sein, die später ein Indiz ergeben könnten. War aber kein Problem. Die Signora würde sich des Bankomaten bedienen.

Vossi hatte noch eine Frage. Die letzte, wie er versicherte: „Wo bewahrt Ihre Mitarbeiterin ihre persönlichen Sachen auf?"

Signora Brioli zeigte auf den Schrank im Nebenraum.

„Sehr gut, Signora. Mein Kollege wird Sie jetzt nach Hause bringen."

Vossis letzter Satz klang bestimmt. Also überreichte ihm Signora Brioli die Geschäftsschlüssel und den Schlüssel für die Tür nach hinten ins Stiegenhaus. Fragen hätte es noch zur Genüge gegeben. Vossis primäres Interesse war jedoch, der Signora eine Atempause zu verschaffen. In ihrem Zustand war sie eher hinderlich als eine Hilfe. Diese Rücksichtnahme würde ihm die Gelegenheit bieten, sich in aller Ruhe ein klares Bild von Ort und Handlung zu machen. „Lorenzo, wieso steht die Lehne des Frisierstuhls zum Spiegel so, als ob jemand nach dem Haarschnitt aufgestanden wäre?"

„Wollen wir nicht doch lieber warten, bis Stipe mit seiner Arbeit fertig ist?"

„Schon. Aber nun sind wir schon einmal hier. Warum hat der letzte Kunde nicht bezahlt?"

„Vielleicht ist er gar nicht gekommen, wie die Signora vermutete."

„Aber sie hat doch gesagt, dass ihm an dem Termin sehr gelegen war."

„Ist dir noch nie etwas dazwischengekommen?"

„Aber ich würde absagen", schaltete Vossi auf stur.

„Vielleicht hat er. Weiß man's? Übrigens hängt da eine Krawatte an der Garderobe. Der Signora wird sie nicht gehören, dem Opfer auch nicht. Soll ich sie mitnehmen?"

„Tu das."

„Gut, dann gehen wir."

Vossi aber machte dazu keinerlei Anstalten: „Die Haare um den Stuhl herum. Ich habe in den Mülleimer geguckt. Alles voll mit Haaren. Also hat das Opfer oder hat die Signora immer gleich nach dem Schnitt die Haare aufgekehrt. Saubere Friseure machen das und ich rechne die Signora zu den ganz besonders sauberen. Alles blitz blank. Hast du die Armlehnen des Friseursessels auf Fingerabdrücke geprüft?"

„Bruno, du nervst. Habe ich und basta. Ein, zwei Stunden noch und wir wissen von Stipe, ob ein Verbrechen vorliegt. So lange wirst du es doch wohl noch aushalten. Ich jedenfalls rücke jetzt ab, versiegle du."

Die Salontür ging auf, Roberto war zurück: „Zweimal um die Ecke. Genau wie die Signora sagte. Ein nettes Haus mit Garten. Sie hat sich ein Gläschen genehmigt und wollte sich hinlegen. Also habe ich mich verabschiedet."

Im Nebenraum wollte Roberto den Schrank mit den Privatsachen der Toten öffnen. Vossi aber fuhr dazwischen: „Stopp, stopp, stopp. Noch wissen wir nicht, ob ein Verbrechen vorliegt, noch ist dies ihr persönlicher Bereich und für uns tabu."

Mit „ciao Bruno" und „ciao Roberto" versiegelte Lorenzo die Hintertür. Vossi und Roberto räumten das Feld durch den Straßeneingang. Nun durften auch die zwei Carabinieri nach Hause, die noch immer vor der Tür Wache standen. Roberto zog den Rollbalken nieder und Vossi klebte, wie der Signora versprochen, von außen einen Zettel neben das rechte Schloss: „Wegen Todesfall geschlossen". Ein Herr, der zufällig vorbeikam, fragte beunruhigt: „Grundgütiger, ist der Signora etwas passiert?" Also änderte Roberto den Text auf „Heute und morgen geschlossen". Damit wurde es auch für die letzten Gaffer langweilig.

Auf dem Weg in die Questura ließ Vossi vor seinem Stammfriseur Carlo anhalten. Der bedauerte mit ehrlicher Bestürzung: „Sie hätten anrufen müssen, Commissario. Jetzt müssen Sie warten. Tut mir leid."

„Nein, nein, Carlo. Ich habe nur eine Frage. Wenn Sie mit Ihrer Arbeit an einem Kunden fertig sind und Ihr Kunde erhebt sich, wie steht danach der Sessel?"

Mit dem Einverständnis eines älteren Herren, der gerade einen Haarschnitt bekam, begann ein Test. Es stellte sich heraus, dass der Stuhl immer nur ein wenig zur Seite gedreht wurde, niemals um 180 Grad. Commissario Vossi zeigte, wie der Stuhl der Signora Brioli stand. „Wann kommt er so zu stehen?", wollte Vossi wissen.

„Eigentlich nie, Commissario."

„Beim Saubermachen vielleicht?"

„Auch nicht, denn schauen Sie, Commissario, die Sitzfläche bleibt doch immer picobello. Wozu soll ich dann den Stuhl herumdrehen. Ich darf wohl nicht fragen, wozu Sie dies wissen wollen, Commissario?"

„Wie klug Sie doch sind, Carlo. Also vielen Dank und bis zum nächsten Mal."

In der Questura angekommen wählte er die Nummer des Hausarztes der zu Tode gekommenen Maria Vaccaro. Der Anruf ergab, dass die Tote laut Hausarzt gesund war. Abgesehen von erhöhten Zuckerwerten. Aber nichts Ernstes, von Diabetes könne keine Rede sein. „Noch nicht", betonte Dottore Pavlo streng, ganz so, als ob es Vossis Werte wären.

Nach genau einer Stunde meldete sich Dottore Lamberti: „Deine Kleine ist erstickt. An einem Kaugummi. Als sie gefunden wurde, war sie schon 12 bis 14 Stunden tot."

„Erstickt an einem Kaugummi? Geht das überhaupt?"

„Wenn verschiedene Faktoren ungünstig zusammenspielen, geht das. Der Kaugummi kommt in die Luftröhre und dichtet alles ab. Der Betroffenen bleibt die Luft weg, sie erstickt."

„Also keine Fremdeinwirkung?"

„Ja und nein."

„Also was jetzt?"

Stipe erklärte, dass ein Kaugummi nicht so mir nichts dir nichts in die Luftröhre kommen und dort stecken bleiben könne. „Aber ich spekulier mal. Das Zusammentreffen mehrerer ungünstiger Faktoren könnte ein fatales Szenario auslösen. Vielleicht hat im gegebenen Fall etwas oder jemand die junge Friseurgehilfin heftigst erschreckt. Der Schrecken löste ein Luftschnappen aus. Ein Reflex, weil das Gehirn mehr Sauerstoff braucht, um das Erlebnis zu sortieren und passende Reaktionen einzuleiten. Durch das Schnappen nach Luft gelangte der Kaugummi in die Luftröhre. An sich kein Problem. Ein krampfhaftes Husten und die Kugel wird ausgeworfen. Doch hier setzt das große Aber ein: Die ständigen Belastungen durch Spraydämpfe, die aus Friseursalons von heute nun mal nicht wegzudenken sind, haben ihre, wohl von Natur aus empfindliche, Luftröhre aufgeraut, sodass der Kaugummi an ihren Wänden kleben bleiben konnte. Bis der Sauerstoffmangel zu Bewusstlosigkeit führte und mit Ersticken endete."

Dottore Lamberti legte eine Pause ein, damit Vossi alles sortieren konnte.

„Dann habe ich noch Druckstellen an beiden Backen gefunden", setzte er fort. „Könnte von dem Versuch herrühren, ihr den Mund zuzuhalten, damit sie nicht schreien kann. Nochmals Pech für die Kleine. Einmal ordentlich brüllen und der Kaugummi wäre ihr wie ein

Frosch aus dem Mund gesprungen. Trotz der lädierten Luftröhre."

„Fremdeinwirkung mit Todesfolge, ja oder nein?"

„Eher ja. Ich würde sagen, der, der ihr den Mund zuhielt, müsste intensiv dazu befragt werden. Den zu finden ist Sache eines gewissen Commissario Vossi. Und es gibt da noch Druckspuren an verschiedenen Körperteilen. So als ob sie jemand niedergerungen hätte."

„Niedergerungen? Also Spuren sexueller Gewalt?"

„Nein. Die ganz normale Haushaltsstellung könnte auch schon solche Druckspuren hinterlassen, wenn die Unterlage hart ist, er auf ihr zu liegen kommt und sie zur Hämatombildung neigt."

„Hat sie nun Sex gehabt, da auf dem Boden, in dem Friseursalon, ja oder nein?"

„Nein. Jedenfalls nicht zur Tatzeit. Wir haben Spermien gefunden, aber da, wo sie hingehören, in der Vagina. Und sie sind älter, ich würde sagen von einem Geschlechtsverkehr vor zwei Tagen."

„Kannst du das näher eingrenzen?"

„Etwa achtundvierzig Stunden, genauer geht's nicht. Jedenfalls etliche Stunden vor ihrem Tod."

„Also was jetzt genau? Todesfolge mit Fremdeinwirkung oder natürlicher Tod durch Ersticken an einem Kaugummi?"

„Auch das wird ein gewisser Commissario Vossi herausfinden."

„Meinst du!"

„Ganz sicher meine ich das", sagte der Dottore und legte auf.

Vossi rief umgehend Lorenzo an: „Sie ist an einem Kaugummi erstickt. Ob ihr dabei jemand zusätzlich den Mund zuhielt, sollen wir herausfinden, meint Stipe. Ich schlage vor, wir fahren gleich nach Monfalcone und sehen uns in dem Salon genau um. Du nimmst an Fingerabdrücken, was du finden kannst und wir gehen so vor, als ob wir es mit Mord zu tun hätten. So machen wir das.“

„Ich kann nicht, habe einen wichtigen Termin bei Saintrope. Sagen wir, gleich morgen früh, Schlag acht?“

„Ok, wenn es nicht anders geht, morgen früh, Punkt acht zur Rasur.“

3

Beim Ortstermin des nächsten Tages stellte sich heraus, dass jemand das Siegel der Hintertür gebrochen hatte. Zudem war sie nur angelehnt. „Am Schloss wurde nicht herumgekratzt“, konstatierte Roberto.

Im Salon hatte jemand gründlich saubergemacht. Der Boden war gekehrt, der Frisierstuhl zurechtgerückt und die Illustrierten für die Wartenden auf Schnitt und Kante gelegt. Vossi brummte etwas wie „hätten wir doch nur gleich ...“, doch Lorenzo beruhigte: „Was immer unser Mann hier bezwecken wollte, er wird damit nichts erreichen. Ich habe alle Fingerabdrücke von den Sitzlehnen und ich habe ein paar Haarbündel. Fehlt nur noch, dass uns der Saubermann auch noch ein paar Fingerabdrücke an der Türklinke hinterlassen hat. Das wäre ein Volltreffer.“

Lorenzo nahm sie unter Augenschein und kam zu dem Schluss: „Die Freude hat er uns nicht gemacht.“

„Aber Dank des Siegelbruchs und dem Saubermachen wissen wir, ein Täter geht um, also liegt ein Verbrechen vor. Da ein Friseursalon hauptsächlich von Stammkunden lebt, haben wir schon mal ein erstes Revier. Fremde fallen hier auf. Die Nachbarschaft wird irgendetwas gesehen haben. Das alles erleichtert wohl unsere Arbeit. Und dann haben wir die Haare des mutmaßlichen Täters und seine Fingerabdrücke von den Armlehnen des Stuhls hier und vielleicht findet Stipe DNA-Samples auf dem Leichnam. Apropos, was ist eigentlich aus Stipes Hose geworden?“

„Habe ich schön in Papier verpackt und beim Empfang für ihn abgegeben.“

„Das heißt, alles nur Bosheit?“

„Wenn's unter uns bleibt, ja. Und für ein einmaliges Foto. Unser Casanova in Zuckerlrosa. Das ist gut für die Herzen der Frauen, die er gebrochen hat."

„Ihr stellt das Bild aber nicht ins Internet!"

„Schon geschehen. Kurz vor Dienstschluss gestern Abend standen wir bei über 2000 Klicks."

„Stipe wird schäumen!"

„Hoffentlich."

„Hat er dir vielleicht eine Flamme weggeschnappt?"

„Guter Gott, wo denkst du hin. Nein, aber ich habe junge Assistenten mit jungen Bräuten. Reicht das?"

„Armer Stipe!"

„Das ist jetzt aber nicht fair, Bruno."

„Ihr seid alle verrückt, aber lassen wir das."

Worauf sich Lorenzo im Salon genauer umsah: „Alles so sauber hier. Hat die Signora gestern hier aufgeräumt?"

„Nicht, dass ich wüsste."

„Interessant. Als ich gestern einen Blick in die Kassenlade warf, war der Inhalt ein ziemliches Durcheinander. Jetzt ist alles geschlichtet. Unser Täter ist wohl ein Ordnungsfreak."

Alles war zurechtgelegt, geschruppt und poliert worden, nicht aber die Armlehnen des Behandlungsstuhls, wie Lorenzo feststellte. Danach prüfte er alle glatten Flächen im Salon, von der Kassenlade bis zum Griff des Schuhlöffels im Nebenraum. Schließlich sagte er mit Frust: „Der Teufel trug Handschuhe."

„Na, wenn schon. Du hast seine Fingerabdrücke ja gestern gesichert."

„Nein, du verstehst nicht, Bruno. Ich glaube, der trug Handschuhe bei seiner Tat."

„Wie kommst du darauf?"

„Sonst hätte er doch sicher die Sitzlehnen poliert, den Griff der Kassenlade, den Griff der Tür zur Straße hin. Aber nichts davon. Der kam nicht, um Spuren zu verwischen, sondern der hat etwas gesucht."

„Dann lass uns mal überlegen, was es gewesen sein kann."

Roberto dachte in eine andere Richtung: „Und wenn es doch die Signora war?"

„Glaube ich nicht", meinte Vossi. „Aber ich werde sie fragen. Und auch danach, ob sie sich vorstellen kann, wonach unser Saubermann gesucht hat. Vielleicht hat ihn jemand bei seiner Aktion hier gesehen. Frag dich mal durch, Roberto, und kümmere dich nicht um mich. Ich nehme später ein Taxi."

Danach ließ Vossi seinen Blick wie einen Scanner über die Wände mit den Spiegeln und Werbetafeln gleiten. An der Ecke zum Nebenraum hin blieb er hängen: „Lorenzo, schau mal. Das Radio war gestern nicht angesteckt. Das Kabel hing vom Regal bis zum Boden. Ich werde mir das auf den Fotos noch genauer ansehen. Gibt es da Fingerabdrücke?"

Lorenzo prüfte. „Nichts. Poliert wie ein Babypopo."

„Das heißt, unser Unbekannter hat damit hantiert. Und jetzt, bei seinem zweiten Besuch, hat er das Kabel wieder angesteckt. Hat das etwas zu bedeuten? Was meinst du?"

„Na ja, er war beim Saubermachen. Es störte seinen Ordnungssinn. Also gehörte das für ihn dazu", sagte Lorenzo leichthin.

„Oder er wollte Nachrichten hören. Vielleicht, um in Erfahrung zu bringen, ob wir von einem Verbrechen ausgehen."

„Da war er sich wohl sicher. Würde er sonst das Siegel aufbrechen und den Saubermann spielen?"

„Alles sehr ungewöhnlich, Lorenzo. Einen Täter, der zum Tatort zurückkehrt, um alles auf Glanz zu bringen, hatten wir auch noch nicht. Es muss wohl irgendetwas gegeben haben, das uns weitergeholfen hätte und das er aus der Welt schaffen wollte. Ganz sicher waren es nicht seine Fingerabdrücke. Denn es muss ihm klar gewesen sein, dass wir die schon hatten oder keine bekommen können, weil er Handschuhe trug. Aber wir hätten immer noch seine Haare. Dessen war er sich wohl sicher. Also gab es noch etwas, das wir keinesfalls finden durften. Was kann es gewesen sein? Hat er es gefunden oder liegt es hier noch irgendwo rum?"

„Gute Frage."

„Die uns die Signora beantworten soll. Ich hole sie hierher. Das war's dann, Lorenzo."

Zu Dorotea Briolis Haus waren es tatsächlich bloß ein paar Schritte. Die Signora öffnete nicht gleich. Als sie sich in der Tür zeigte, stellte Vossi fest, dass ihr Gesicht verschwollen war.

„Signora Brioli, was ist denn mit Ihnen passiert?", fragte Vossi teilnahmsvoll.

„Ach, der Weisheitszahn. Er muss einfach raus."

„Haben Sie schon einen Termin?"

„Ja, heute um 17 Uhr. Aber Dottore Fertoni meint, er möchte mir zuerst etwas gegen die Entzündung geben, sie abschwellen lassen und erst danach extrahieren."

„Dottore Fertoni in Ronchi?", fragte Vossi aufs Geradewohl, um ihr Alibi überprüfen zu können, ohne die peinliche Frage „und wo waren Sie zur Tatzeit" stellen zu müssen. Er wollte Signora Brioli nicht auf diese Bullenart kommen und doch mussten ihre Angaben überprüft werden. Aber Signora Brioli war schlau. Sie durchschaute seine Absicht. Mit gequältem Lächeln sagte sie: „Ich kann Ihnen zur Überprüfung meines Alibis gern Adresse und Telefonnummer meines Zahnarztes geben, Commissario. Da müssen wir nicht lange darum herumreden. Aber danke für den netten Versuch. Polizist, Gefühlsmensch und Gentleman in einem. Das gibt es also doch noch."

„Oh, sogar eine ganze Menge davon, Signora. Aber ich gebe zu, Sie haben mich ertappt. Es ist mir einfach zuwider, Unverdächtigen die Pflichtfrage nach ihrem Alibi stellen zu müssen, anstatt sie in ihrem Schmerz unbehelligt zu lassen."

„Und, war es Mord?"

„Laut Forensik ist Ihre Mitarbeiterin Maria Vaccaro an einem Kaugummi erstickt. Inwieweit unter Fremdeinwirkung müssen wir noch herausfinden. Jedenfalls gibt es Druckspuren an ihren Wangen, so als ob ihr jemand mit erheblichem Kraftaufwand den Mund zugehalten hätte. Das führt mich zur wichtigsten Frage: Kaute Maria Vaccaro öfters an einem Kaugummi?"

„Ja. Das Kauen sollte dabei helfen, ihre schlanke Figur zu behalten. Sie schwor darauf."

„Wie standen Sie zu Ihrer Mitarbeiterin, Signora?"

„Ich habe sie ganz in mein Herz geschlossen. Sie kam als junges Ding aus einem Dorf im tiefen Süden bei mir an. Total ungebildet, aber klug, lernfähig und willig. Dass sie bei ihrer total rückständigen Familie wohnte, war ein Hemmschuh in ihrer Entwicklung. Die Umgangsformen, da lag es im Argen. Als sie bei mir anfing, konnte sie nicht grüßen. Nicht weil sie ein unfreundliches Naturell hatte, sondern weil sie zu schüchtern war. Damals musste ich schon manchmal die Chefin hervorkehren. Sie hatte ja ursprünglich Krankenschwester werden wollen. Doch schon nach der zweiten Woche holte sie der Vater aus dem Schwesternheim heraus."

„Wieso das?"

„Er hatte sie an der Bushaltestelle vor dem Krankenhaus bei einer Unterhaltung mit einem Burschen gesehen. Nicht knutschend oder so, sondern bloß lachend. Das reichte dem alten Knochen. Lief total gegen seine Vorstellung von einer Tochter mit Anstand."

„Im Ernst?"

„Ganz im Ernst. Von Mia erfuhr ich Dinge, da sind die Moslems um keine Spur besser oder schlechter. Religionen eben. Jedenfalls, sie lernte schnell mit Kamm und Schere und den Chemikalien unseres Gewerbes umzugehen. Und ihre Scheue legte sie dank ihrer Verbindung zu Paolo, dem Burschen von der Bushaltestelle, allmählich ab. Ein prächtiger Junge, dieser Paolo. Hat sie auf Händen getragen und war wohl sehr feinfühlig."

„War die Verbindung als etwas Bleibendes gedacht?"

„Ganz bestimmt. Nach ihrem ersten Sex hatte sie sich mir anvertraut. Das arme Ding. Sie meinte, das hätte nie passieren dürfen und wenn es ihr Vater wüsste, würde er sie oder Paolo oder sie beide totschlagen. Heißer Süden eben. Das klebt und vergeht nicht mit dem Übersetzen in nördlichere Breitengrade."

„Waren Sie in diesem Fall quasi die große Schwester für die Arme?"

„Vielleicht. Jedenfalls hat sie sich mir anvertraut. Aber ich musste höllisch aufpassen, dass sie meine liberalen Ansichten nicht für Teufelswerk und mich für eine notorische Sünderin hielt. Sie hätte sich sonst zurückgezogen wie eine Schnecke in ihr Haus."

„Hat eigentlich Mias Freund, dieser Paolo, bereits mit Ihnen Kontakt aufgenommen?"

„Ja, er versuchte es im Salon und kam dann zu mir nach Hause."

„Ach, er kannte Ihre Adresse?"

„Nein. Die bekam er im Restaurant Pergolato. Mia war nicht wie vereinbart in der Wohnung erschienen, also wollte er eine Abgängigkeitsanzeige machen. Gott sei Dank hat er von den Carabinieri von Mias Tod erfahren. Ich wäre nicht im Stande gewesen, ihm das mitzuteilen. Wissen Sie, zu trösten ist ja doch um vieles leichter, als jemandem so eine Hiobsbotschaft zu überbringen."

„Wem sagen Sie das, Signora, wem sagen Sie das. Haben Sie Paolos Adresse?"

„Ich bin sicher, die finden Sie in Mias Spind. Er ist nicht verschlossen. Wie gesagt, wir vertrauten einander."

„Ganz andere Frage, Signora. Waren Sie heute schon im Geschäft?"

„Nein. Sie haben es doch versiegelt."

„Es war aber jemand im Geschäft."

„Wie ist er hineingekommen?"

„Durch die Hintertür. Es braucht kein besonderes Können, ein so einfaches Schloss auszutricksen."

Diese Nachricht erschreckte Signora Brioli: „Was ist geschehen? Alles kaputt?"

„Im Gegenteil. Alles auf Hochglanz gebracht. Würde es Ihnen etwas ausmachen, mich zu begleiten, um zu prüfen, ob etwas fehlt?"

Im Salon stellte Signora Brioli fest, dass alles irgendwie anders war: „Schauen Sie, die Abstände zwischen Schere, Kamm und Rasiermesser sind fast aufs Haar genau gleich. Wir sind schon um Ordnung bemüht, aber hier war jemand mit dem Millimetermaß am Werk." Plötzlich weiteten sich die Augen der Signora vor Entsetzen. Sie hielt sich die Hand vor den Mund und zeigte auf den kleinen Wandspiegel über dem Telefon: „Da war sie. Da war die Nummer des bewussten Herren, der anrief und um einen Termin bat. Wie konnte ich das gestern nur vergessen."

Vossi blieb ganz ruhig: „Kein Problem Signora. Wir haben alles fotografiert. Die Nummer findet sich sicher auf einem der Tatortfotos. Außerdem können wir sie bei der Telefongesellschaft ausheben."

Ganz sicher war Vossi sich da aber nicht. Weder im Fall des Fotos, noch im Fall der Telefongesellschaft. Nicht alle Wechselköpfe waren von jüngerer Bauart und fähig, Nummern zu speichern.

Signora Brioli öffnete die Kassenlade. „Bitte sehr, hier habe ich immer mein organisiertes Chaos. Und schauen Sie, Commissario, alle Papiere auf Kante gestapelt, die Münzen nach Wert getrennt und die paar Banknoten geschlichtet. Wo gibt's denn so was?"

„Fehlt etwas?"

Signora Brioli prüfte den Inhalt nochmals genau: „Nein, da fehlt nichts."

Vossi stellte fest, dass die Belege nicht nur Kante auf Kante sortiert, sondern nach Datum gereiht waren. Er ließ es aber unerwähnt, um die rätselhafte Ordnung nicht zum Mysterium zu steigern. Stattdessen bemühte er sich, möglichst viel über die Kunden des Salons zu erfahren.

„Alles Stammkunden, Laufkundschaft bloß fünf, vielleicht zehn die Woche."

Zu den Tageseinnahmen wusste sie zu sagen, dass sie vor ihrem Gang zum Zahnarzt Kassensturz gemacht hatte. Er ergab 310 Euro. Genau die Summe, auf die Lorenz kam, bevor er die Scheine auf Spuren prüfte.

„Sie sagten gestern, Sie wären knapp an Bargeld."

„Ja, war ich. Für den Zahnarzt brauchte ich allerdings keines. Und ich wollte nicht unnütz die Kasse abschöpfen und Mia bloß mit Wechselgeld zurücklassen. Sie hätte das als Misstrauen fehlinterpretieren können. Das wollte ich nicht."

„Deshalb gehen wir davon aus, dass der geheimnisvolle Anrufer da war. Die sichergestellten Haare stammen laut Spurensicherung aller Wahrscheinlichkeit von ihm. Unsere Experten glauben, dass während des Haarschnitts etwas passierte. Sie haben Experten ihrer Zunft beigezogen. Die schlossen aus der Summe der Haare und ihrer Länge, dass ihre Assistentin bei ihrer Arbeit unterbrochen wurde. Irgendetwas hat ein Geschehen ausgelöst, das für sie mit dem Tod endete. Ich gebrauche bewusst nicht das Wort Mord, weil es auf ein solches Verbrechen keine zwingenden Hinweise gibt."

Signora Brioli starrte betroffen ins Leere. Um von dem dramatischen Vorgang ein wenig abzulenken, nahm er eine Plastikhülle mit einer Krawatte als Inhalt aus seiner Aktentasche: „Wir fanden gestern diese Krawatte auf einem der Kleiderhaken und haben sie sichergestellt. Wissen Sie, wem sie gehört?"

„Nein, nie gesehen."

„Nun zu den schwarzen Haaren, die um den Frisierstuhl herumlagen. Kann es sein, dass Ihre Mitarbeiterin sie einfach nicht wegkehrte?"

„Niemals. Außerdem: Bei meinem Abgang waren zwei Herren im Salon. Einer, Signore Tucci, war gerade an der Reihe und Signore Cortoni in der Warteschlange."

„Wie kommt es dann, dass sich am Kassenstand nichts änderte? Werden die gratis bedient?"

„Nein, die zahlen monatlich."

„Signore Tucci und Signore Cortoni sagen Sie." Vossi notierte die Namen. Sie würden noch zu befragen sein. Vielleicht hatte wenigsten einer von ihnen den Kunden mit dem schwarzen Haar noch gesehen. „Was mir noch auffällt, Signora: Das Radio auf dem Pult da war gestern nicht angesteckt. Das Kabel mit dem Stecker endete hier irgendwo auf dem Fußboden. Haben Sie dafür eine Erklärung?"

„Nein. Ich weiß nur, Mia hatte immer Musik laufen. Und wenn mich das mal nervte, meinte sie immer, sonst sei es so still."

„Nerven ist gut. Ich kenne das Signora. Bisweilen ist das Plärren der Radios tatsächlich unerträglich."

„Commissario, ich habe viel darüber nachgedacht. Ich glaube, dass gestern früh, als ich hier ankam, die hintere Tür zum Stiegenhaus nicht versperrt war. Sehen Sie, das Schloss ist ausgeleiert und gibt ja fast keinen Widerstand, wenn Sie auf- oder zusperren. Dennoch bin ich mir sicher."

Sie zeigte es ihm nicht nur, sondern ließ es ihn überprüfen. Vossi stellte fest: Kein Widerstand.

„Gut möglich, dass ich bei meinem Kommen gestern unbemerkt aufgesperrt habe, glaube ich aber nicht. Und es fehlt Mias Schlüssel. Den steckt sie immer innen an. Kommt sie vor mir ins Geschäft, weiß ich das sofort, weil ich nicht aufschließen kann, da ja ihr Schlüssel innen steckt. Dann läute ich." Sie betätigte die Klingel. „Kommt sie nach mir, sperrt sie für sich auf und steckt ihren Schlüssel von innen in das Schlüsselloch. Das sind nicht bloß Rituale, sondern feste Regeln. Im Haus wohnt ein Mann, Benito, an die dreißig aber das Gehabe eines Fünfjährigen. Der probierte früher immer, ob hinten offen sei. Wenn ja, stand er mitten im Salon und wollte spielen. Und war er einmal im Geschäft, ging er nicht freiwillig. Dann mussten wir ihn mit Schokolade oder dieser Stoffpuppe da in das Stiegenhaus locken und schnell absperren." Die Signora zeigte Vossi einen ramponierten Pinocchio. Ihr Vater hätte ihn dem kleinen Benito zum Spielen gegeben. Der wäre oft stundenlang im Geschäft gewesen. Gestört hätte das damals keinen. „Das war eine andere Zeit, Commissario. Signora Lattone, Benitos Mutter, pflegte damals ihren todkranken

Vater und wenn sie für ein paar Stunden wegging, dufte klein Benito im Geschäft bleiben. Vater und die Kunden waren dann praktisch die Babysitter."

Vossi beschäftigte noch immer das Schloss in der Hintertür: Wahrscheinlich hatte der „Werwowarum" – Vossis Synonym für einen noch unbekannten Täter – Mias Schlüssel an sich genommen. Damit brauchte er bei seinem zweiten Besuch einfach nur aufzusperren.

„Eine letzte Frage noch, Signora. Hatte Mia auch Schlüssel für die Straßenseite?"

„Nein. Der Rollbalken wurde immer von innen versperrt. Die Glastür wurde ebenfalls von innen versperrt. Eine Schlüsselgarnitur hatte ich immer auf meinem Schlüsselbund, die zweite hat ihren Platz in der Kassenlade, wo sie auch jetzt noch liegt. Der Eindringling hat sie nur geradegerückt."

Vossi suchte im Spind der Toten nach der Adresse ihres Freundes Paolo und wurde fündig. Er fand auch eine Plastiktüte mit einem langen Rock, einem Umhängetuch und abgetretenen Christussandalen. Als Antwort auf seinen fragenden Blick sagte die Signora: „Das hatte Mia nach den Anordnungen ihres Vaters zu tragen, wenn sie zur Arbeit ging und am Abend wieder, wenn sie ihr Bruder abholte."

„Was ist das für ein Typ, dieser Nicolo?"

„Ein kleiner Gockel mit reichlich Gel auf den Locken und nichts als der Überzeugung im Hirn, dass er einmal als zweiter Marcello Mastroianni alle Mädchen Italiens flachlegen wird."

„Verstehe. Das wär's auch schon für heute, Signora. Ich danke für Ihre Auskünfte und sage toi, toi, toi für Ihre Sitzung beim Zahnarzt. Und um den Salon machen Sie sich keine Sorgen. Jemand von meinem Team wird mit einem Schlosser hier anrücken und ein ordentliches

Sicherheitsschloss in die Tür zum Stiegenhaus einbauen. Die Schlüssel bekommen Sie dann morgen früh in der Questura. Dort machen wir ein kleines Protokoll. Passt Ihnen das so?“

„Das passt. Ich werde den Salon noch ein paar Tage geschlossen halten. Hoffentlich verläuft sich meine Kundschaft nicht.“

„Da kann ich Sie beruhigen, Signora. Alte Knaben sind treu, schon aus Mangel an Versuchungen.“

Mit diesem Lacher nahm Vossi Abschied. Auch Signora Brioli lachte, fasste sich aber sogleich schmerzverzerrt an ihre angeschwollene Backe.

Dottore Lamberti hatte sich gemeldet. Kurz angebunden, sagte er: „Komm doch vorbei, ich möchte dir etwas zeigen.“ Ob er das Foto von ihm im Internet schon entdeckt hatte? Und wenn, würde er ewig so tun, als ob nicht. Die billige Freude, dass jemand vor ihm darüber lachen konnte, gönnte er keinem. Wahrscheinlich war er schon dabei, auf Rache zu sinnen. Lorenzo und die Seinen konnten sich auf etwas gefasst machen.

In der Prosektur lag die Tote Mia auf dem Seziertisch. Vossi musste bei ihrem Anblick tief durchatmen. Aus den Erzählungen der Brioli hatte er sich eine ganz persönliche Vorstellung von dem erblühenden jungen Wesen aus dem armseligen Süden aufgebaut und jetzt lag sie da, nackt und kalt wie ein toter Fisch. So wird von jetzt auf gleich ein Mensch zur Sache, dachte Vossi und hatte Mühe, sich auf Stipes Vortrag zu konzentrieren: „Das sind die Fotos vom Tatort. Tatort, weil es auf jeden Fall eine Fremdeinwirkung gegeben haben muss. In genau dieser Stellung lag sie auf dem Boden. Und genau in dieser Lage entstehen diese Druckstellen hier, wenn sich jemand auf sie wirft.“ Dottore Lamberti wendete dazu die Tote und zeigte auf rotblaue Flecken an Teilen des Gesäßes und auf dem Rücken. „Unser Werwowarum hat sich also auf die junge Frau hier gestürzt, aber Sex hatte er nicht im Sinn. Keine Spermien, nichts Auffälliges im Genitalbereich, an den Brüsten oder im Gesicht."

Vossi hatte sich wieder gefasst. Mit professioneller Routine fragte er: „Irgendetwas für eine DNA-Analyse?"

„Bloß ein paar Haare, die mit Bestimmtheit ident sind mit jenen, die Lorenzo auf dem Boden rund um den Frisierstuhl sicherte. Sie müssen aber nicht unbedingt von dem Mann stammen, der sich auf die Tote warf."

„Na gut, ein Mann also. Aber wieso lag sie überhaupt da? Hat er sie umgestoßen?"

„Sieht nicht so aus. Kampfhandlungen hat es jedenfalls keine gegeben. Auch wenn unser Unbekannter auf ihr zu liegen kam, würde ich sagen, er hat sie nicht einmal angerührt."

„War er vielleicht rechtzeitig zur Besinnung gekommen?"

„Möglich."

„Sieht nicht so aus, als ob er sie niedergestoßen hätte, sagst du. Also ist sie gestürzt. Warum wohl? Im Salon gibt es nichts, über das sie stolpern hätte können."

„Na ja, sie trug Pantoffel mit hohen Absätzen. Wenn du da einen verkehrten Schritt machst, fällst du. Das kann schon passieren."

„Einen verkehrten Schritt. Fällt sie da nach hinten auf den Rücken?"

„Wohl kaum."

„Vielleicht wich sie erschrocken zurück. Vielleicht wurde sie mit einem Messer bedroht oder so." Vossi sagte das mehr zu sich selbst, Dottore Lamberti aber griff es auf: „Denk an das Glas. Lorenzo sagt, nur Fingerabdrücke von ihr darauf. Vielleicht hat sie ihrem Kunden ein Glas Wasser reichen wollen."

„Du warst schon hilfreicher", meinte Vossi und ging die Fotos vom Tatort durch. „Sind das alle?"

„Alle, die ich bekommen habe."

Ein Spiegel mit einer eiligst hingeschmierten Telefonnummer war nicht darunter. Ein Anruf in der Spurensicherung ergab, dass Dottore Lamberti alle Fotos vom Tatort bekommen hatte. „Bis auf eins", grunzte der Kollege am anderen Ende der Leitung. Vossi legte einfach auf. Ja, er konnte verstehen, dass man seinem Freund Stipe für bestimmte Verhaltensmuster eins auswischen wollte, aber herabwürdigende Fotos ins Internet zu stellen, fand er abscheulich.

Damit war die Fahrt zu Mias Eltern fällig. Dafür ließ er sich einen Wagen von der Fahrbereitschaft geben. Hinter dem Lenkrad überdachte er Stipes Einschätzungen. Angenommen, sie wollte dem Kunden ein Glas Wasser reichen. Dafür ging sie wohl in den Nebenraum und entnahm dem Kühlschrank Mineralwasser. Kein Mensch würde Monfalconer Leitungswasser zum Trinken reichen. Sie verließ also den Salon, ging in den Nebenraum und kam zurück. In dieser kurzen Zeit ihrer Abwesenheit musste im Salon etwas geschehen sein, das sie bei ihrer Rückkehr sosehr erschreckte, dass sie zurückwich, stolperte und stürzte. Ja, so musste es gewesen sein. Doch warum würde sie vor dem Mann, dem sie zuvor das Haar schnitt, dem sie ein Glas Wasser holte, dermaßen erschrecken? War jemand dazugekommen? Die Tür des Salons zur Straße war abgesperrt. Allerdings: Der Schlüssel steckte vermutlich wie üblich auf der Innenseite. War zu diesem Zeitpunkt der Rollbalken schon zugezogen oder hat ihn der Werwowarum zugezogen, um unbemerkt über die kleine Friseuse herfallen zu können? Die Friseuse holte also das Glas Wasser vom Nebenraum. In ihrer, wenn auch nur kurzen, Abwesenheit hätte der Kunde jemandem aufsperren und Zutritt verschaffen können. Vorausgesetzt der Rollbalken war oben. War ein geheimnisvoller Dritter im Spiel?

4

Das Haus der Vaccaros lag im Schilf des Vogelschutzreservats in der Nähe des winzigen Dorfes Punta Sdobba an der Isonzomündung. Eine Fischerhütte, sehr laienhaft ausgebaut. Ein wenig ärmlich vielleicht, aber sauber. Maiskolben, riesige Sonnenblumen, Olivenbäume in Töpfen und zwei Zitronenbäume gaben dem Ganzen ein südliches Flair. Die Familie Vaccaro, die Mutter, die zwei verbliebenen Töchter und der ausgelaugte Vater trugen, wie vor Jahrzehnten üblich, Trauerflor am Rockärmel und Sonntagsstaat. Mias Eltern waren wahrscheinlich so alt oder so jung wie Vossi, hätten aber dem Aussehen nach gut dreißig Jahre älter sein können.

Im Mädchenzimmer, einem Anbau mit großgemusterten Vorhängen und selbst gezimmerten Möbeln, brannte ein Windlicht vor einem Foto von der Toten. Die Familienmitglieder waren allesamt stumm. Immerhin erfuhr Vossi, dass Mias Schwestern arbeitslos waren. Er vermutete, dass sie sich ab und an etwas als Erntehelferinnen bei den Obstgärtnern im benachbarten Fiesole zur Stütze dazuverdienten. Mias Vater arbeitete als Hausmeister in der unweit entfernten Marina Julia, der Sohn war auf Montage. Von Freundinnen Mias wusste keiner etwas zu sagen. Von Freunden schon gar nicht. Nach Paolo wollte Vossi nicht fragen. Fürs erste reichte ihm dieser Blick in Mias Welt.

„Wäre mein Sohn Nicolo an dem Tag nicht in Udine gewesen, es wäre nicht passiert“, seufzte der Vater.

Die Älteste der Schwestern senkte schuldbewusst ihren Blick. Für Vossi reimte sich das alles nicht. Schließlich bestätigte hartnäckiges Hinterfragen: Für gewöhnlich holte Nicolo, der Bruder, Mia mit seinem

Motorrad von der Arbeit ab. Weil der aber auf Montage war, war Mias ältere Schwester Alessia der Abholer. Ihr war aufgetragen worden, mit dem Bus in die Stadt zu fahren, auf Mia zu warten, um sie wieder per Bus nach Hause zu bringen. Mit Tränen in den Augen schwor Mias Schwester, dass sie an dem bewussten Tag auf Mia bei der Bushaltestelle gewartet habe. Da Mia nicht erschien, sei sie in die Via Vecchio gegangen, um beim Friseur nachzusehen. Sie habe an der Hintertür geläutet und gehorcht. Da niemand darauf reagierte und keiner da zu sein schien, habe sie bei der Haltestelle bis zum letzten Bus auf Mia gewartet. Vergeblich. Dann sei sie unverrichteter Dinge nach Hause gefahren.

„Und Sie und Ihre Familie haben nicht nach ihr gesucht?"

Alessia zögerte, sah kurz Vater und Mutter an, die dastanden wie Götzen, und flüsterte beinahe: „Nein, ein Mädchen, das nicht nach Hause kommt, wird nicht gesucht."

Vossi ließ das mal so stehen und versetzte sich in die Via Vecchio. Da war der Friseursalon. Es war dunkel. Das Straßenlicht über dem Portal leuchtete. Der Rollbalken war zugezogen. War alles abgefragt?

„Eines noch, Alessia, konnten Sie Musik aus dem Salon hören?"

„Nein, es war vollkommen still."

„Auch keine Stimmen?"

„Keine Stimmen."

Vossi seufzte und ließ es dabei bewenden. Das alttestamentarische Gehabe des Patriarchen ging an Vossi nicht spurlos vorbei. Am liebsten hätte er Signore Vaccaro zur Rede gestellt. Doch hatte er dazu ein Recht? Jedenfalls hatte der alte Vaccaro kein Recht, seine Töchter dermaßen an die Leine zu nehmen. Mia war tot und den anderen zwei nahm er die Chance, erwachsen und eigenverantwortlich zu werden. Genaugenommen ein Verbrechen. Er erhob sich, um zu gehen. Seine Abschiedsfloskeln fielen kühler aus, als gewollt. Dennoch wollte ihn Vater Vaccaro zum Wagen begleiten. Still schritt er auf dem schmalen Trampelpfad durch das Schilf neben ihm her. Er verabschiedete sich mit weichem Handschlag und rang um Fassung. Vossi spürte plötzlich ein kleines Stück Papier in seiner Rechten und bildete eine Faust. Zurück in seinem Wagen las er „Paolo“ und daneben eine Telefonnummer. Jetzt wollte er Vaccaro doch ein paar Grobheiten an den Kopf werfen. Der aber war schon im Schilf verschwunden.

Die paar Kilometer von Monfalcone in das Schilf waren wie eine Reise in eine andere Welt oder in eine andere Zeit. Roberto aber hielt das alles für südliche Norm. „Wahrscheinlich“, so resümierte er, „wusste die Schwester von Paolo und hat dem Vater gebeichtet.“

„Was würde so ein Vater tun, wenn seine Tochter abends nicht nach Hause kommt, so wie Mia an ihrem Todestag?“

„Er würde davon ausgehen, dass sie sich versündigt hat, sie als Hure beschimpfen und mit Flüchen verstoßen.“

„Ist dieser Paolo in Gefahr?“

„Jetzt nicht mehr. Mia ist ja tot. Anders wäre es, wenn sie noch am Leben wäre. Dann könnte wer weiß was geschehen. Es käme aber auch die unblutige Lösung in Frage: Nach der müsste Paolo seine Mia stante pede heiraten.“

„Warum nicht gleich so?“

„Weil Mia vielleicht irgendeinem Dörfler da unten schon versprochen ist. Das ist wie bei den Arabern, archaisch eben.“

„Ist das typisch für euch da unten im Süden?"

„Um Gotteswillen, nein. Die Dörfer sind eine Welt für sich und längst nicht mehr so traditionell. Die schreckliche Armut dort hat sie abgekoppelt. Aber ihre Kinder drängen in die Städte, schließen sich uns an und gebärden sich wie wir."

„Warum funktioniert das mit euren Dörflern, mit Kroaten, Polen und Moldawiern binnen einer Generation, nicht aber mit Syrern, Türken und Maghreb-Arabern?"

„Deren Kinder können sich nicht uns anschließen. Das verhindert der Gegensatz der Kulturen, die Barrieren des Korans. Deshalb kann es nie Multikulti geben, sondern nur Parallelgesellschaften. Bestenfalls solche, in denen sich die eine Seite nicht um die andere kümmert. Eine wichtige Voraussetzung für ein friedliches Nebeneinander. Ein friedliches Miteinander kann es nicht geben."

„Aber die Kirche spricht doch unablässig von Toleranz und predigt ein friedliches Miteinander."

„Die Kirche vielleicht und auch ihre Bischöfe und der Papst. Aber anders als in Sachen Theologie sind ihre Anhänger davon überzeugt, die verstehen davon nichts, sehen die Wahrheit nicht, müssen sie nicht leben, mit der anderen Kultur die Mietshäuser, Spielplätze und Klassenzimmer teilen."

„Roberto, du sprichst wie einer von der Lega!"

„Ich spreche wie einer, mit Wissen aus eigener Anschauung, Commissario. Die Probleme mit den Flüchtlingen hier im Norden sind nichts im Vergleich zu den Problemen, die Flüchtlinge und Migranten in Sizilien zu lösen geben. Ich zähle zwei und zwei zusammen und komme auf vier. Die Lega zählt zwei und zwei zusammen und kommt ebenfalls auf vier. Vier ist in diesem Fall die Wahrheit und alles andere Unsinn oder Polemik."

„Ist das Problem so schlimm in Sizilien?"

„Sie können es sich gar nicht vorstellen. Unser Bürgermeister sagte neulich: ‚Nächste Stufe Bürgerkrieg.'"

„Im Ernst?"

„Ich fürchte, es fehlt nicht viel."

Sie durchquerten Monfalcone und fuhren durch die Autobahnunterführung. Auf dem Pfeiler der Unterführung stand in mannsgroßen Buchstaben V.E.R.D.I. in weißer Tünche. Roberto fragte, ob diese Schreibweise des Namens Verdi irgendeine Bedeutung hatte.

„Hat sie, mein Lieber. Sie steht gegen die Sezessionisten der Lega, die Italien zerstückeln wollen. Die Schreibweise Verdi mit je einem Punkt zwischen den Buchstaben stammt aus der Zeit, als großartige Politiker und Haudegen gegen das Kaiserreich Österreich antraten, um Italien zu einen. Den damaligen Machthabern war Verdi suspekt. Sein Gefangenenchor aus Nabucco war Mitte des 19. Jahrhunderts die Vertonung eines italienischen Traums geworden. Und V.E.R.D.I. sollte unter gleichzeitiger Berufung auf den grandiosen Komponisten stehen für *Vittorio Emanuele Rei di Italia*. Jeder wusste diese Schreibweise des Namens Verdi richtig zu deuten: Weg mit Franz Josef. Auch Wiens Geheimpolizei, die hier bis 1918 ihr Unwesen trieb, wusste Bescheid. Mit Kerkerhaft, Verbannung, und Exekutionen heizten die Büttel des Kaisers in Schönbrunn die Stimmung nur an. In den Gefängniszellen sangen sie so laut sie konnten, den Gefangenenchor: ‚Flieg, Gedanke, getragen von Sehnsucht'. Herbeigesehnt wurde die Einigung unter der italienischen Tricolore." Vossi summte die ersten Takte. „Heute steht ‚Flieg Gedanke, getragen von Sehnsucht', für das Gegenteil. Die Separatisten der Lega Nord singen es mit geschlossenen Augen zu den offiziellen Anlässen. Sie wiegen sich dazu und sehnen die Zerschlagung Italiens herbei. In logischer Konsequenz dazu wird die Nationalhymne ‚Fratelli d'Italia' von ihnen niedergepfiffen."

Vossi fragte sich beklommen, wie gewisse Kollegen auf seine um Sachlichkeit bemühten Worte reagieren würden. Allein schon der Gedanke an die wahrscheinliche Antwort tat weh.

In der Questura fand Vossi eine Nachricht von Rita: „Saintrope will dich sehen." Saintrope war sozusagen der Arbeitstitel für Questore Luigi Donadoni. Keiner hätte noch sagen können, wer den Spitznamen für den Chef erfunden hatte, jeder wusste, wie er gemeint war. Als Anspielung auf seine schusselige Art, auf den Haarflaum um seine Spiegelglatze und auf die fahrigen Grimassen beim Reden. Alles in allem ein Kommissar von Saint Tropez nicht als lächerliche Filmfigur, sondern in Fleisch und Blut. Und wie die Figur des französischen Klamauks war er ein notorischer Intrigant und pannenproduzierender Ränkeschmied.

Alle im Haus fragten sich, ob der Chef seinen Spitznamen kannte. Worüber Vossi nur lachen konnte. Natürlich kannte Donadoni seinen Spitznamen. Aber er musste sich ahnungslos geben. In seinem Vorzimmer erntete Vossi verächtliche Blicke von Sekretärin 1 und Sekretärin 2. So nannte sie der Questore. Da sich die beiden Wesen höhergestellt sahen, was sie zumindest den Stockwerken nach auch waren, und Kontakte mit der Kollegenschaft mieden, kannte man kaum ihre Namen. Auch im Hausjargon wurden sie bloß als Saintropes Eins und Saintropes Zwei gehandelt.

Der Questore saß hinter Türmen von Ordnern und musterte ihn von oben bis unten. Vossi wusste: „Jetzt versucht er, herauszufinden, ob ich ahne, worum es geht."

Saintrope schien sich nicht schlüssig zu werden, fragte vage:

„Gibt es etwas Neues, Commissario?"

„Nicht wirklich, Questore."

„Und unwirklich?" Saintrope lachte über seine Schlagfertigkeit. Vossi zog es vor, nicht zu reagieren, weshalb Donadoni mit Rückblenden begann: „Wir hatten ja bei der Republikfeier keine Gelegenheit miteinander zu sprechen. Zu viele Leute, alle wollten etwas von mir." Und Pause. Saintrope schien erneut darüber zu grübeln, ob Vossi wusste, was anstand. Offensichtlich wieder ohne Ergebnis. „Aber bitte, nehmen Sie doch Platz, Commissario", seufzte er schließlich.

Vossi setzte sich gezielt so, dass ein aufgetürmter Aktenstapel jeden Blickkontakt zwischen den beiden unmöglich machte. Der Questore versuchte es, indem er sich nach rechts beugte, dann nach links. Schließlich erhob er sich, und schob den Papierturm zur Seite, wobei er zum Einsturz kam. Dossiers rutschten über die Tischplatte zu Boden und Vossi bückte sich nach ihnen.

„Lassen Sie, Commissario. Nun lassen Sie das doch! Meine Sekretärin wird sich darum kümmern." Doch Vossi sammelte alles auf und stellte fest, dass Notizen zu seinem Personalakt darunter waren. Aha, dachte er. Es ging also doch um die Art, wie er für den besoffenen Türmer Partei ergriffen und die Aufregung um die schwarz-gelbe Fahne ins Lächerliche gezogen hatte. Als man sich wieder gegenübersaß, diesmal mit Blickkontakt, half Vossi aus: „Bitte, Questore. Es liegt wohl etwas sehr Wichtiges an?"

„Und ob! Ich mache es kurz. Die Weisung, dass Sie in Hinkunft Ihren Dienst von Triest aus zu versehen haben, ist da. Ich weiß, man hat Ihnen seinerzeit Garantien gegeben. Aber Sie wissen ja, wie Politiker sind. Damals war der Präsident unter Druck. Er hätte Ihnen weiß Gott was versprochen. Jetzt ist der Druck weg und nun stellt man uns vor vollendete Tatsachen.“

Vossi begriff sofort. Im Zuge von Verwaltungsvereinfachungen waren vor knapp einem Jahr die Abteilungen ‚Leib und Leben‘ Gorizias und Triests zusammengelegt worden. Der Präsident wollte Vossi als Chef der neuen Mammut-Abteilung, wobei der Abteilungschef von Triest im Weg stand. Also wurde der mit einem Posten ohne Arbeit nach Rom wegbefördert. Mit Dienstwohnung am Tiber bei gleichzeitiger Vorrückung um zwei Gehaltsstufen als zusätzlichem Köder. Vossi fügte sich damals den Wünschen unter einer Bedingung: Sein Dienstort müsse Gorizia bleiben. Er war natürlich dienst-, rom- und italienerfahren genug, um zu wissen, dass ungeachtet aller Zusagen der Tag kommen würde, an dem die Regionalregierung die ganze Abteilung mit ihm an der Spitze nach Triest verlegen würde. Aber so bald?

Damit war Vossi so plötzlich leicht überfordert. Er konnte sich einfach nicht vorstellen, quasi über Nacht seine Weinberge gegen urbanes Geschiebe, Staus auf dem Weg zur Arbeit und Hektik an allen Ecken und Enden zu tauschen. Lehnte er aber Triest ab, würde man ihn bestimmt über kurz oder lang in eine Besenkammer versetzen.

Saintrope unterbrach: „Tja Commissario, ich weiß natürlich, wie sehr Ihnen an Gorizia gelegen ist und habe mich für Sie stark gemacht. Gekämpft habe ich, das können Sie mir glauben. Und ich habe schließlich erreicht, dass Sie hier im Haus bleiben können. Allerdings, ein paar Mal in der Woche müssen Sie schon in Triest sein und die Führung Ihrer Abteilung auch von dort aus wahrnehmen. Ich kann Sie aber völlig beruhigen: Eine Geste, mehr nicht. Wenn auch eine unumgängliche“, setzte Saintrope streng nach.

„Was sagt eigentlich Riccardo von der Gewerkschaft dazu?"

„Ach, der? Der wurde um zwei Dienstklassen vorgerückt und danach hat er's geschluckt. Aber das bleibt unter uns, Commissario. Ich habe das nie gesagt."

„Es werden also alle befördert, nur ich nicht. Wie soll ich das meiner Frau erklären?"

„Naja, Sie werden ja auch befördert. Immerhin, die Hauptstadt der Region. Dazu ein Zweitbüro, womöglich mit Blick aufs Meer. Das ist doch ein Aufstieg, Commissario."

„Nicht für jemanden, der hier zu Hause ist."

„Und was soll ich dazu sagen? Wenn das so weitergeht, bleibt mir nur das Archiv und die Wachstube der Pforte. Aber ich füge mich, nehmen Sie sich ein Beispiel, ich füge mich, weil ich einsehe, die Fusion bringt Synergieeffekte und Einsparungen."

„Synergie ist aber nicht unser primäres Anliegen, wir sind kein Konzern. Wir sollen bürgernah die Sicherheit des Staatsvolkes garantieren. So habe ich es gelernt. Unter Bürgernähe stelle ich mir Präsenz vor Ort vor und nicht eine synergetische Zentrale. Doch ich werde alles überdenken, mit meiner Frau darüber sprechen und gebe Ihnen Bescheid. Bis wann brauchen Sie meine Antwort?"

„Sie sind gut, na jetzt!"

„Geben Sie mir eine Woche. Das will alles gut überlegt sein. Ich bin keiner, der aus der Hüfte schießt."

„Bedenken Sie, Commissario, bedenken Sie, aber lehnen Sie nicht ab. Immerhin, Sie werden der einzige Mann in unserer Verwaltung mit zwei Büros sein. Und zu Ihrem Zweitbüro in Triest werden Sie selbstverständlich mit Vorzimmer und eigener Vorzimmerdame ausgestattet. Auch dafür habe ich mich stark gemacht."

„Ich brauche aber gar keine Vorzimmerdame", sagte Vossi, jetzt doch ein wenig verdattert.

„Natürlich brauchen Sie eine. Das entspricht Ihrem Rang."

„Aber was soll sie denn tun?"

„Was weiß denn ich. Sie diktieren ihr Ihre Erkenntnisse und Lagebeurteilungen zum Beispiel."

„Aber die tippe ich doch selbst."

„Fortan eben nicht mehr."

„Das kann ich nicht. Ich brauche die Schreibmaschine als Hardware vor mir, um mich voll konzentrieren zu können."

„Arbeiten Sie wirklich noch mit einer Schreibmaschine?"

„Nein, natürlich nicht. Aber das ist doch ein und dasselbe. Ich tippe in den Computer und brauche die Tastatur vor mir. Sie ersetzt mir meine alte Olivetti. Diktieren, das geht nicht."

„Na gut, dann schreibt Ihre Vorzimmerkraft eben alles noch einmal, bessert Tippfehler aus, et cetera."

„Aber dafür habe ich doch ein Korrekturprogramm. Sie werden in meinen Berichten keinen einzigen Tippfehler finden."

Ein taktischer Fehler. Er erkannte ihn sofort. Dieser Hans Wurst war zwar sein Vorgesetzter, aber er durfte sich vor ihm nicht wie ein Schüler vor seinem Lehrer rechtfertigen.

„Egal, Commissario. Ich habe nicht die Zeit, mir zu überlegen, wie Sie Ihre Sekretärin auslasten. Da müssen Sie sich schon selbst etwas einfallen lassen. Jedenfalls: Ab dem Ersten nächsten Monats haben Sie Ihr Büro in Triest, dazu ein Vorzimmer mit Vorzimmerdame. Gratuliere."

Vossi gab sich geschlagen. Zu so viel Unsinn fiel ihm einfach nichts Gescheites mehr ein. Kein Wunder, dass sie Jelena als schlecht erzogene Buben verspottete, die in ihrer Sandkiste um Schauferl und Küberl stritten.

Er musste sich einen ordentlichen Ruck geben, um gleich danach wieder auf das Geschehen im Friseursalon Brioli umzuschalten. Er sortierte die Mosaiksteine seines Gedächtnisses zu einem Bild vom Tatort und machte Notizen. „Der Sessel stand, als ob jemand Platz gebraucht hätte, um sich erheben zu können. Daher: Werwowarum vermutlich übergewichtig und groß bis sehr groß. Haare auf dem Boden rundum, die Haare aller Kunden davor immer weggekehrt. Daher: Werwowarum war da, hat Haarschnitt bekommen. Auch wenn der Kassenstand dagegenspricht."

Er notierte weiter „Stipe fragen, ob man aus den Haaren auf Alter des Trägers schließen kann." Das Telefon läutete, aber Vossi hob nicht ab. Stattdessen notierte er „Mias Hausarzt überprüfen, Mias Familie überprüfen, Mias Freund Paolo überprüfen, Kunden durchkämmen."

Darüber war es vier Uhr nachmittags geworden. Es gab nichts mehr, was Vossi noch hätte tun können, außer weiter über den Fall zu grübeln. Er bat Roberto, ihn am nächsten Morgen um halb acht Uhr früh von zu Hause abzuholen. Jetzt brauchte er einen von Jelenas berühmten Cocktails auf seiner Terrasse und musste ihr von der Verlegung der Dienststelle berichten.

Jelenas Martini-Cocktail dry waren bei den Freunden der Vossis beliebt und den Taxifahrern von Gorizia ein Begriff. Den Ersten nannte Vossi den ‚Innocente'. Er war das Hinterhältigste, das je Mund und Magen erreichte. Eine klare Flüssigkeit um eine Olive herum, ein Tupfer von einer Zitronenschale am Glasrand, alles optisch und geschmacklich so unschuldig, dass man das Elixier mit Alkohol erst gar nicht in Verbindung gebracht hätte. Der zweite Drink war für Vossi der ‚Progresso‘. Sein Einfluss machte sich durch das Verlangen nach dem ‚Infernale‘, dem Dritten bemerkbar. Jeder Weitere hieß dann ‚plus ultra‘. Und der brachte die Taxifahrer der Umgebung ins Spiel. Denn Vossi wachte wie Zerberus darüber, dass sich keiner nach drei Einheiten plus x hinter das Lenkrad setzte. Rigoros kassierte er Autoschlüssel ab.

Hatten sie Gäste, beließ es Vossi für sich meist beim Innocente, genehmigte sich allenfalls noch den Progresso. Diesmal aber wollte er sich keinen Zwang antun. Jelena stand hinter dem geöffneten Küchenfenster und lieferte. Danach gab es geeisten Fisch roh, hauchdünn geschnitten und eine Sarma-Krautroulade nach einem bulgarischen Rezept. Ziemlich scharf und dennoch etwas schwer. Deshalb genehmigte sich Vossi als Verdauungshilfe einen Infernale.

Der lockerte die Zunge. Und so erzählte er von seinem Gespräch mit Saintrope und der ihm angedachten Rolle als Doppel-Conférencier mit Zweitbüro in Triest nebst Vorzimmerdame.

Jelena lachte: „Ach, du weißt es auch schon, dass ihr versetzt werdet.“

Vossi konnte sie nur völlig überfordert ansehen.

„Hab ich längst von meinem Friseur gehört.“

„Und du sagst mir nichts?“

„Natürlich nicht. Du sagst doch immer, ich soll dich von dem Geschwätz bei meinem Friseur verschonen.“

Vossi war nur zu einem „Ich fasse es nicht“ fähig.

„Und du weißt vermutlich auch noch nicht, was es mit der Zweitsekretärin in Triest für eine Bewandtnis hat, oder?“

„Wie bitte?“

„Nun, ich glaube heute schon zu wissen, wer deine Vorzimmerdame sein wird.“

„Ach ja? Und wie willst du das wissen?“

„Vera Sugar Tontoni, die Flamme des Presidente. Wetten?“

„Und woher willst du das wissen?“

„Oh, sie saß unlängst zwei Stunden neben mir beim Friseur unter der Haube. Da erfährt man einiges und sehr diskret ist sie ja nicht. Gratuliere zu dieser Besetzung, Commissario. Und was bekommst du außer Vera Sugar Tontoni noch auf dem Silbertablett?“

Vossi verstand nicht gleich.

„Na, dann schau, dass du wenigstens einen fixen Parkplatz bekommst. Sonst bist du in Triest nicht nur verloren, sondern auch untendurch, bevor du noch dein Büro betreten hast.“

„Was hat Parken mit Ansehen und Reputation zu tun?“

„In Triest, mein Lieber, hat der Präsident den Parkplatz neben dem Haupteingang. Der Vizepräsident daneben. Dann kommen die Staatssekretäre und die Abteilungschefs. Wer außerhalb des Innenhofs des Präsidiums seinen Parkplatz hat, läuft unter ferner liefen. Und wer keinen hat, ist Vogelscheiße. So ist das in Triest, Rom, Mailand, London, New York, Tokio und Berlin. Weißt du das nicht?“

Vossi nahm den Notizblock aus der Innentasche und notierte unter der Zeile „Mias Freund Paolo überprüfen, Kunden durchkämmen“ die Worte „Parkplatz fordern, auch einen für Rita.“

Jelena hatte noch eine Idee. „Nimm die gesamten Abteilungen mit nach Triest. Die Spurensicherung, die kriminaltechnischen Labors und die Forensik.“

„Und was bleibt für Saintrope?“

„Das ist genau der Punkt. Das Archiv und die Wachstube neben dem Haupteingang der Questura. Saintrope als überbezahlter Postenkommandant, das gönne ich dem alten Intriganten."

„Das kann ich ihm nicht antun, der schnappt uns über!"

„Frag dich doch mal, ob er je normal war?"

„Was hast du plötzlich so dick gegen Saintrope?"

„Ein Kotzbrocken, der kleine Giftzwerg. Er schlägt seine Frau."

„Tut er nicht."

„Doch tut er. Ich weiß es aus sicherer Quelle."

„Von deinem Friseur?"

„Nein, von einer Kundin meines Friseurs. Eine Dame von Welt, nicht Frau eines Ministers der Regionsregierung, sondern Ministerin."

„Ist nicht wahr. Wer ist es denn?"

„Siehst du, wir Frauen machen Fortschritte. Vor zehn Jahren hättest du es sofort gewusst. Damals hat es nur eine einzige Frau im Kabinett gegeben. Jetzt sind es fünf. Wenn du wissen willst, welche, musst du recherchieren. Ich sage nichts."

Widerlich dieser Saintrope, schlägt seine Frau. Welch ein verabscheuungswürdiger Mime, dachte Vossi.

5

Mias Freund Paolo entpuppte sich als genau der nette Junge, den Signora Brioli beschrieben hatte. Ein gelernter Optiker, Angestellter der City-Filiale einer Brillenkette. Für die Tatzeit konnte er ein wasserdichtes Alibi vorweisen. Er hatte mit den übrigen Kollegen für eine überfallsartig angesagte interne Kontrolle die fragliche Nacht durchgearbeitet, um Inventur zu machen. Solche kamen in der Brillenkette immer wieder mal vor. Man beließ es dabei und würde ihn allenfalls später noch genauer unter die Lupe nehmen.

Die beiden letzten Kunden des Tages, die an dem schicksalshaften Nachmittag noch angemeldet waren, brachten kaum weitere Erkenntnisse. Immerhin, Signore Tucci, grauhaarig, hatte einen großen Mann gesehen, der den Salon betrat, just als er ihn verlassen wollte. Für ein Phantombild reichte die kurze Begegnung jedoch nicht. Die Makula seines rechten Auges war degeneriert. Genaugenommen konnte er damit kaum sehen. Und sein linkes, noch funktionstüchtiges Auge war geblendet vom Kontrast zwischen dem dunklen Salon und der sonnendurchfluteten Via Vecchio. Am Ende blieb es bei einem sehr dürftigen „der Mann war dunkel".

Der zweite alte Herr, Signore Cortoni, war schon früher gegangen. Als Täter kamen beide für Vossi nicht in Frage. Tucci war ein Leichtgewicht, Cortoni hatte einen schütteren weißen Haarkranz, der aussah, wie ein zu tief sitzender Heiligenschein. Ihre Fingerabdrücke fanden sich auf den lederbespannten Armlehnen des Friseurstuhls. Kein anderer war darunter. Da man davon ausging, dass der schwarzhaarige Unbekannte der letzte war, der in dem Stuhl saß, ein deutliches Indiz für Lorenzos Theorie, dass der Werwowarum Handschuhe trug. Hatte er also die Tat von langer Hand geplant? Oder war er ein Handschuhfreak? Vossi hatte von Dottoressa Nora Novaco, der Psychologin des Hauses, erklärt bekommen, dass es tatsächlich Handschuhfetischisten gäbe. Früher hätten Damen aus feineren Häusern diese nie ohne Handschuhe verlassen. Unabhängig von der Jahreszeit. Das habe manche Männer sexuell erregt. Aber heute wären solche Fetische aus der Mode, stattdessen wären andere in.

Vossi blieb aber bei den Handschuhen: „Also trägt sie bei Handschuhfetischismus die Frau?"

„Der Träger kann auch ein Mann sein, wenn es um eine Beziehung zwischen männlichen Homosexuellen geht. Wahrscheinlicher aber sind die einfacheren Erklärungen. Zum Beispiel, dass ein Dauerträger von Handschuhen entweder eine Entstellung durch Verbrennungen, Hautekzeme oder Gelenksdeformationen infolge von Arthritis oder Gicht hat, die er bedecken will."

Hautkrankheit oder verkrüppelte Finger also. Auch das grenzte den Kreis der Täter ein. Aber nur, wenn man ein paar Verdächtige hat und einer mit solchen Symptomen darunter ist. Hat man keine Verdächtigen, hilft die ganze Weisheit bei der Jagd nach dem Täter auch nicht weiter.

Zu dumm, dass die eingeschüchterte Alessia nicht die Klinke der hinteren Salontür drückte. Gut möglich, dass sie nicht abgesperrt war. Signora Brioli war sich sogar sicher. Hätte Alessia den Salon betreten und die Leiche entdeckt, hätte der Werwowarum nur einen Vorsprung von wenigen Minuten gehabt. Und zu dumm, dass die Friseurin beim besten Willen, wie sie sagte, nicht weiterhelfen konnte. Sie hatte ja ausgesagt, dass der Anrufer um einen Termin bat. Er wäre darüber enttäuscht gewesen, dass er nicht von ihr persönlich bedient werden sollte. Das bedeutete, der Anrufer kannte sie. Signora Brioli aber konnte ihn nicht zuordnen. „Wie kann es denn sein, dass er mich kennt, ich ihn aber nicht. Ich bin doch kein Star?“, hatte sie sich gewundert.

„Sie sind Geschäftsfrau hier in der Via Vecchio und vielen Leuten vom Vorübergehen bekannt. Der Sohn meiner Mitarbeiterin studiert in Padua. Er kennt Sie. Kennen Sie ihn?“

„Keine Ahnung, von wem Sie reden.“

„Na sehen Sie. Es ist also durchaus möglich, dass der Gesuchte Sie kennt, Sie ihn aber noch nie bewusst wahrgenommen haben.“

Auch alle Bemühungen, dem Anrufer mit Hilfe der Telecom Italia auf die Spur zu kommen, schlugen fehl. Angerufen wurde mit Prepaid Karte aus Kontingenten ohne Seriennummern. Damit war das weniger als die berühmte Nadel im Heuhaufen. Blieben Vossi nur die schwarzen Haare auf dem Boden des Frisiersalons. Über zwanzig Stammkunden des Salons mussten für einen DNA-Abgleich Haare lassen, doch es ergab sich keine Übereinstimmung. Die Überprüfungen des persönlichen Backgrounds ergaben auch keine wie immer gearteten Beziehungen zu Mia, von Rasur oder Haarschnitt mal abgesehen. Der Radius ihres Lebensraums ergab ein Dreieck aus Elternhaus im Schilf, Salon Brioli in der Via Vecchio und Paolos Wohnung. Zu Mitgliedern der Pfarrjugend hatte sie keinen Kontakt, im Schwesternheim erinnerte man sich mehr an den „verrückten Alten, der ihr Vater oder Großvater war“, aber kaum an die damals vermutlich noch blassere Mia. Von 8 bis 12 und von 15 bis 19 Uhr war sie im Geschäft an der Arbeit, während der Mittagssperre von 12 bis 15 Uhr mit Paolo im Stadtpark oder im Bett. Abends erschien der familiäre Abholdienst und sonntags hieß es zur Heiligen Messe mit der ganzen Familie zu gehen. Zwischen Ostern und Christkönig nach Aquileia in die Basilika der Heiligen Maria Assunta in Cielo und vom ersten Adventsonntag bis Palmsonntag nach Sankt Ambrosius im Stadtzentrum. Das wurde scheinbar strikt eingehalten.

„Wieso zwei Kirchen?“, fragte Vossi verwundert.

„Habe ich mich auch gefragt und recherchiert. Im Sommer wird Marienverehrung großgeschrieben. Mias Mutter heißt Maria, deshalb die Kirche Santa Maria Assunta in Cielo. Und Mias Vater ist nebenbei Imker, hält Hühner und ist auf den Namen Ambrosio getauft. Und der heilige Ambrosius ist der Schutzpatron der Imker und Haustiere. Also wird im Winter für das Heil der Bienenvölker und dafür, dass die Hühner gesund bleiben und recht viele Eier legen in der Kirche im Zentrum gebetet, die dem dafür zuständigen Heiligen Ambrosius geweiht ist.“

„Ist das im Süden gang und gäbe?“

„Gang und gäbe nicht, aber in den Dörfern vereinzelt noch Brauch. Ein Antonio geht halt gern in eine Antonius Kirche und eine Anna zu Santa Anna. Man fühlt sich dort seinem Schutzpatron näher. Deshalb gibt es sogar in den kleinsten Dörfern manchmal zwei bis drei Kirchen.“

„Und was ist mit Gott?“

„Der? Der spielt beim Betteln um den Schutz der Namenspatrone so gut wie gar keine Rolle.“

„Ist das nicht Blasphemie?“, ätzte Vossi in Richtung Rita, von der er wusste, dass sie ab und an zur Sonntagsmesse ging. Da geriet er aber an die Falsche: „Fahr mal nach Padua und geh an das Grab des Heiligen Antonius in der Basilika. Dort herrscht Ekstase. Götzenanbetung und Fetischverehrung in Reinkultur. Blasphemie im Hause des Herrn.“

„Sagst du als Katholikin."

„Auch eine Katholikin ist zuallererst Christin. Der Papst ist nur irdischer Stellvertreter und so gesehen zweite Wahl."

Vossi seufzte tief: „Eine Pandemie breitet sich aus in Europa, von der wir dachten, wir hätten sie schon überwunden. Der Virus heißt Religionseifer. Gepredigt wird Toleranz, gelebt aber wird das Fieber der Intoleranz und die Überträger der Viren sind Kardinäle, Priester, Mullahs, Muftis und Rabbiner. Doch lassen wir das. Zurück zu unserem Werwowarum. Ich bin sicher, er hat Mia gekannt. Kein Mann geht zum Friseur und schmeißt sich aus Jux und Tollerei auf die Friseuse. Er hat Druckstellen auf beiden Wangen entdeckt. Er meint nicht, dass sie von Ohrfeigen rühren, sondern glaubt, dass ihr unser Werwowarum den Mund zuhielt. Das wiederum sei ein Grund, warum sie an dem Kaugummi erstickte. Hätte sie schreien können, wäre sie den Kaugummi losgeworden und hätte ihn nicht verschluckt. Sagt Stipe. Und die Hämatome auf Gesäß und Schultern der Toten deutet er damit, dass sich ein Schwergewicht nicht auf sie gelegt, sondern auf sie gestürzt hätte."

„Wie ich schon sagte: Ein Sexattentäter. Um sich ungestört auf das Mädchen stürzen zu können, wollte er der letzte Kunde sein", beharrte Rita.

„Nein", sagte Roberto. „Wollte er nicht. Signora Brioli besteht darauf, er war enttäuscht, dass sie ihm nicht gleich einen Termin geben konnte und er von ihrer Mitarbeiterin bedient werden sollte."

„Vielleicht war er hinter der Signora her. Vielleicht ist er es noch", gab Rita zu bedenken. „Du musst sie warnen, Bruno."

„Und wie, ohne ihr unnütz Angst einzujagen?"

„Wer, wenn nicht du, sollte das hinkriegen?"

Ein Gespräch mit der Signora in gelockerter Atmosphäre ergab, dass sie nichts Verdächtiges beobachtet hatte.

„Ich habe da noch eine Frage, Signora. Mia hatte sich Ihnen ja anvertraut. Wir haben Spermien in ihr gefunden. Jetzt wäre es für uns wichtig, zu wissen, ob sie die Pille nahm oder Paolo Präservative verwendete. Wenn er Präservative verwendete, müssen wir den Mann finden, von dem die Spermien stammen."

„Ich kann Sie da beruhigen, Commissario. Sie nahm die Pille. Das weiß ich mit Sicherheit. Ich musste sie mir nämlich verschreiben lassen, weil sie sich nicht traute, ihren Arzt darauf anzusprechen. Für mich war es übrigens auch nicht so einfach. Schließlich wusste mein Arzt, dass ich bereits in der Menopause bin."

Tags darauf besichtigten Vossi, Rita und Roberto ihre neuen Büros in Triest. Sie würden in Zukunft in der Expositur des Comando di Polizia residieren. Das Gebäude wurde dem Wiener Architekten Heinrich von Ferstel zugeschrieben und hätte in die Wiener Ringstraße gepasst. Vossis Hoffnung auf Aussicht ging voll in Erfüllung. Von seinem Büro aus hatte er einen unverbauten Blick aufs Meer. Und sie alle bekamen einen Dauerparkplatz direkt vor dem Eingang in das Palazzo Prozzi. So hieß laut Lorenzo ihre neue Bleibe bei den Kollegen, die in der kantigen Mussolini-Architektur der Polizeizentrale untergebracht waren.

„Hoffentlich ein Dauerparkplatz auf Dauer", meinte Rita skeptisch, räumte aber ein, dass sie ohnedies den Bus nehmen werde. Der würde sie mehr oder weniger von Haus zu Haus bringen. Auch für Vossi gab es Öffi-Möglichkeiten. Er brauchte nur wie bisher von seinem Haus in den Hügeln mit dem Auto zur Questura Gorizia fahren und dann ebenfalls den Bus nehmen. Bei

Überstunden über 20 Uhr hinaus hatten sie Anspruch auf einen Transport mit Chauffeur von den Carabinieri oder auf ein Taxi.

6

Valentina hatte gerade das Frühstücksgeschirr ihres Mannes und der beiden Kinder, Graziella und Enzo, in den Spüler eingeräumt, als der Anruf kam: „Signora Scutti, das Geld von der Versicherung ist da. Sofern Sie Kontovollmacht haben, können Sie ab sofort uneingeschränkt darüber verfügen."

Endlich! Mit wässrigen Augen gab sie die Nachricht an ihren Mann Riccardo weiter, der, wie immer nach dem Frühstück, auf dem Balkon saß und eine Zigarette rauchte. Im Rollstuhl, an den ihn der Unfall fesselte, für den jetzt die Versicherung zahlte. 180.000 Euro im gerichtlichen Vergleich. Für eine Querschnittlähmung, nachdem ein Kleinlaster eine rote Ampel missachtet und Riccardo gerammt hatte. Auf seinem Motorrad war er chancenlos gewesen. Zwanzig Meter flog er durch die Luft, bevor er ins Gebüsch seitlich der Gegenfahrbahn krachte. Und dafür wurden dem 40-jährigen Familienvater jetzt 180.000 geboten. Natürlich wäre ihnen laut Versicherungspolizze viel mehr zugestanden, doch der Anwalt der Versicherung sagte mit unverschämtem Grinsen und einem vielsagenden Blick auf Riccardos Rollstuhl: „Wir haben Zeit, Signore Scutti, wir haben Zeit. Bis wir alle Distanzen durchhaben, vergehen bestimmt an die zehn Jahre. Wie Sie bis dahin Ihre Familie durchbringen, bleibt Ihre Sache."

Sie hatte auf Riccardo eingeredet, lieber auf eine wertgesicherte Leibrente zu bestehen. Der sah sie nur mit einem Blick an, als wollte er sagen, lange kann ich diesen Leib nicht mehr ertragen und dann? Selbst der Richter lehnte sich mit einer eindringlichen Empfehlung, die 180.000 zu nehmen und einen neuen Lebensabschnitt zu beginnen, weit aus dem Fenster der gebotenen Neutralität.

„Ist das alles, wozu die Republik Italien an Gerechtigkeit fähig ist?“, hatte sie dem Richter an den Kopf geworfen. Der wehrte mit einem Seufzer ab und gab sich in der Sache geschlagen: „Ich kann am Instanzenweg nichts ändern, Signora. Wenn wir heute nicht zu einem Vergleich kommen, könnte ich die nächste Verhandlung erst für Februar nächsten Jahres ansetzen. Und da sind wir noch immer in der gleichen Instanzenebene, also keinen Schritt weiter.“

„Aber das Fachgutachten ...“, versuchte sie einzuwenden.

„Würde mit Sicherheit durch ein neues Gutachten der Gegenseite widerlegt werden. Dann käme ein Antrag der Versicherung auf Anhörung neuer Zeugen, die sie irgendwo und irgendwie ausgegraben haben. Um die anhören zu können, vergeht wieder ein halbes Jahr. Dann sind fast zwei Jahre um und wir sind immer noch in derselben Instanz. Und am Ende wird mich die Versicherung genau wegen unseres heutigen Gespräches für befangen erklären. Ich bin sicher, die beiden Herren der Gegenseite haben kein Wort unseres Gespräches überhört und werden mir zur gegebenen Zeit Parteiergreifung vorhalten. Und dann wird darüber befunden und wir sind immer noch in derselben Instanz. Und zwei weitere gäbe es noch zu nehmen, bevor der Fall vor dem Höchstgericht landet. Wir sind dann alle zehn Jahre älter, ich wahrscheinlich schon in Pension. Glauben Sie mir, Signora, ich würde das sofort alles ändern, wenn ich könnte. Aber ich kann nicht.“

Und jetzt war wenigsten das Geld da. Damit konnte das Bauspardarlehen für die Wohnung ausbezahlt werden. Blieben 72.000 Euro. Monatlich fehlten 400 Euro, um die Lebenskosten ihrer vierköpfigen Familie bestreiten zu können. 400 Euro monatlich von den 72.000 abgehoben, würde unverzinst für 15 Jahre reichen. Sie hatte sich das genau ausgerechnet. In 16 Jahren waren die Kinder erwachsen, hatten vielleicht schon selbst welche. Es gab also Lichtblicke.

„Ich muss jetzt zur Arbeit. Und vergiss nicht auf dein Oberkörpertraining", sagte Valentina zu Riccardo, küsste ihn auf die Wange und sah ihm mit einem Mut machenden Blick in die Augen. Die waren leer. Könnte sie ihm nur ein wenig von ihrer Zuversicht weitergeben, dachte Valentina auf der Fahrt zur Arbeit. Ob sie aber genug davon hatte, um etwas davon abgeben zu können? Sie wollte nicht darüber nachdenken, sondern musste ein wenig Gas geben, um pünktlich im Imperial von Grado zum Dienst zu erscheinen. Sie bot im Wellness Center des Hotels Fangobehandlungen an. Für sie als gelernte Physiotherapeutin der richtige Job. Die Heilwirkung des Fangoschlammes in Verbindung mit ihren Massagen war wirklich erstaunlich. Die Patienten hinkten zur ersten Behandlung in die Kabine, konnten oft nur unter Schmerzen ihren Bademantel abstreifen und nach der letzten Behandlung tanzten sie zu den Klängen des Orchesters.

Nach dem Unfall ihres Mannes hatte das Management ihr erlaubt, während der dreistündigen Mittagspause einen, manchmal auch zwei Privatpatienten im Wellnesscenter des Imperials auf eigene Rechnung zu behandeln. Das brachte ihr 60 Euro für jeden und half ihr über die Runden. „Bis die Versicherung bezahlt", hatte der Direktor gesagt. Heute konnte sie ihm dies melden. Dann hatte sie also heute ihren letzten Privatpatienten. Der hatte sich mit einer Empfehlung Antonios angesagt. Antonio war der Taxifahrer mit einem behindertengerechten Wagen, der ihren Mann regelmäßig fuhr. Valentina atmete auf. In Zukunft würde auch sie sich in der Mittagspause ausruhen, vielleicht ein wenig bummeln oder zuhause ihrem Mann auch zwischendurch Mut zusprechen. Er schien dies zu brauchen.

Claudio sah auf seine Uhr. Ein zweiter Ramazotti Magenbitter ging sich noch aus, dann musste er zurück ins Hotel. Er hatte einen Fango-Trog in Kabine 4 abgestellt, weil ein Anruf kam. Danach war Mittagspause und jetzt würde die Kantine wieder für Fangobäder gebraucht. Also musste er ihn wegräumen.

Man sagte Fangobäder, aber mit baden hatte das Ganze eigentlich wenig zu tun. Der Schlamm wurde von der Masseurin auf dem Laken einer Liege aufgetragen. In diesen Brei legte sich der Kurgast, bekam je nach ärztlicher Anweisung noch einen Gupf Schlamm auf die Fußgelenke, die Knie und die Handgelenke, wurde mit einem Laken zugedeckt und dann mit einer dicken Decke regelrecht verpuppt, um – wieder je nach ärztlichem Befund – für 8, 10 oder 12 Minuten zu dunsten. Danach gab es meist ein Ozonbad. Darum kümmerten sich Valentina und Ella. Er, Claudio, war der Mann fürs Grobe, trug die schweren, mit Fangoschlamm gefüllten Tröge und Eimer dahin, wo sie gebraucht wurden.

Der Barmann reichte ihm mit einem „Salute" den Magenbitter. Scheinbar vertrug er deftiges Essen, wie er es aus seiner umbrischen Heimat gewohnt war, nicht mehr. Das hatte man davon, dass die Angestellten des Grado Imperials, also auch er, das gleiche Essen wie die Gäste des Hauses vorgesetzt bekamen. Es verwöhnte nicht den Menschen, sondern den Magen. Und wenn es dann endlich etwas Herzhaftes gab, so wie vorhin in der Pizzeria, dann begehrte er auf. Er kippte den Ramazotti runter, zahlte die drei Euro und ging ans Werk.

Sein Weg führte ihn vom Espresso über die Straße zum Gästeparkplatz des Hotels Imperial und weiter zum Personaleingang des Wellnesscenters. Gleich hinter der Tür fielen ihm hässliche Fußspuren auf. Ein paar Schlammspritzer fanden sich schon hin und wieder auf dem weißen Marmor des Fußbodens. Aber ein derartiger Saustall? Dann sah er die Bescherung. Die Tür zu Kabine 4 stand halb offen und Valentina lag ausgestreckt auf dem Fliesenboden. Ihr Rock war hochgeschoben, überall noch mehr verspritzter Fangoschlamm. Im Holztrog, den Claudio nie hätte hier abstellen dürfen, lag ihr Schwesternhäubchen. Ihr Gesicht war ebenfalls im Schlamm. Claudio wollte rufen, spürte aber die Spaghetti Carbonara und den Ramazotti hochkommen und schaffte es gerade noch zur Toilette.

Nachdem er sich den Mund ausgespült hatte, überzeugte er sich, dass das Schreckensbild kein Trugbild, sondern real war. Er riskierte nur einen Blick in die Kabine, trat aber keinen Schritt näher. Unwillkürlich wollte er den Alarmknopf drücken, besann sich aber. Hundertmal war ihnen vom Management eingeschärft worden, was auch immer geschieht, nicht lärmen, nicht schreien, nicht Alarm schlagen, das könnte eine Panik unter den Gästen auslösen. Daher immer gelassen bleiben, den Hörer der Standleitung zum Portier abheben und in knappen Worten berichten. Als er sich dies in Erinnerung rief, hatte er schon die Faust erhoben, um das Sicherheitsglas vor der Alarmtaste einzuschlagen. Er zog sie rechtzeitig zurück, hob den Hörer mit der Standleitung zum Portier und tat sich schwer, weil er plötzlich stotterte.

7

Die Übersiedlung der Abteilung Vossis nach Triest entpuppte sich als Klacks. Die damit beauftragte Spedition bewies Routine und ordnete an: „Alle Ihre Sachen in die Umzugskartons, Name und Türnummer Ihres neuen Büros draufschreiben und zukleben. Montag früh finden Sie alle Schachteln an Ihrem neuen Arbeitsplatz.“ Und genauso ging es über die Bühne. Schon um die Mittagszeit war alles an seinem neuen Platz und sie konnten das Kantinenessen kennenlernen. Sie vergaben eine Drei von möglichen Zehn und konzentrierten sich danach wieder auf den Fall Mia. Vossi schnaubte: „Es ist keine Täter-Opfer-Beziehung erkennbar. Nicht die Spur. Aber unser Werwowarum ging doch nicht zufällig in den Salon Brioli. Und wenn er aus Lust oder im Wahn tötete, dann tötet er wieder.“

„Hat er Mia überhaupt getötet? Letztlich erstickte sie an einem Kaugummi“, gab Roberto erneut zu bedenken. In diesem Augenblick kam Lorenzo hereingeschossen: „Bruno, dein Telefon funktioniert aus irgendeinem Grund noch nicht und dein Handy ist scheinbar abgeschaltet. Wir haben eine Tote.“

Im Laufschritt zum Dienstwagen gab Rita dem Commissario einen guten Rat: „Da steht jemand auf deinem Parkplatz. Das musst du sofort abstellen. In Sachen Parkplatz herrscht hier Piraterie.“

„Sofort geht nicht. Sofort haben wir eine Tote“, knurrte Vossi. Im Wagen ließ er sich von Lorenzo berichten: „Eine Frau, tot im Fangobad des Imperial Palast. Unser Leichenschnippler ist schon unterwegs.“

„Ich wusste gar nicht, dass es in Grado Fango gibt.“

„Für Betuchte ist doch alles zu haben, also auch Fango in Grado.“

„Kapiert. Wir sehen uns bei deiner Schlammleiche. Sagtest du Frau?"

„Ja, Frau. Und eine der Bediensteten der Wellnessabteilung wird vermisst. Sie wurde seit der Mittagspause nicht mehr gesehen. Mehr weiß ich auch nicht."

Der Weg von Triest nach Grado führte sie über die bestens ausgebaute ‚Costiera' entlang der Küste nach Westen. Die Strecke bot Ausblicke, die seit mehr als hundert Jahren als Postkarten bis in die fernsten Winkel der Welt Millionen ins Schwärmen brachten. Auf halber Wegstrecke, ins Meer hinausragend, das Schloss Miramar. Nach weiteren 15 Kilometern das Schloss Duino derer von Thurn und Taxis, wo 1911 Rainer Maria Rilke die Duineser Elegien schrieb: ‚*Denn das Schöne ist nichts als des Schrecklichen Anfang.*' „Hoffentlich kein Omen für unsere Arbeit", dachte Vossi und schwieg. Rita wiederum dachte an ihren Sohn. Sie hatte von einer Einbruchsserie in Padua gelesen und sorgte sich um seinen spärlichen Wohnungsinhalt. Und Roberto schien das Chauffieren voll auszulasten. Für Vossi nur ein weiteres Zeichen einer inneren Malaise, die er an seinem Assistenten seit Tagen beobachtete. Etwas lag ihm auf der Seele, sonst würde er den Lancia zum Blaulicht in die Kurven treten und mit Vollgas aus diesen herausziehen.

Ab Monfalcone führte die Straße auf Meeresspiegelniveau in Richtung Grado, der einstigen Badewanne der Monarchie. Damals beherrscht von den Feinsten der Wiener Gesellschaft, heute von Glas, Beton und umweltverachtendem Tagestourismus.

Das Imperial lag bei ihrer Ankunft in vornehmer Behäbigkeit da. Nichts deutete auf ein ungewöhnliches Geschehen. Die Drehtür aus Edelholzrahmen mit Gläsern im Facettenschliff spuckte Gäste aus, die sich den Fünfsternebetrieb leisten konnten oder glaubten, ihn sich leisten zu müssen. Sie waren am Strand verabredet, wollten bummeln oder griffen sich eines der Räder, die für die Gäste allzeit bereitstanden.

Etwas abseits der Drehtür warteten ein Mann und eine Dame, beide in dunklem Anzug mit einer Imperial-Spange auf dem Revers. Offensichtlich erkannte die Dame Vossi schon aus der Distanz, denn sie deutete mit einer diskreten Handbewegung in seine Richtung. Darauf in Pianissimo die Begrüßung. Der Mann, ein drahtiger Mittdreißiger, stellte sich als Hoteldirektor vor und drängte in Richtung Lieferanteneingang. Vossi brauchte man diesen Umweg nicht zu erklären. Er wusste: Nicht unangenehm aufzufallen, nur ja nicht in die Schlagzeilen zu kommen, die einen negativen Einfluss auf die Touristenströme haben könnten, war hier und in der ganzen Lagune oberstes Gebot. Dem Anrufer, der einen Mord im Imperial meldete, war der Capitano des zuständigen Carabinieri-Postens gleich mal über den Mund gefahren. „Todesfall, verstanden“, hatte er mit herrischem Nachdruck korrigiert.

Vossi überquerte mit Rita und Roberto im Gefolge das Rondo der Wasserwelt des Wellnessbereichs und wurde in einen schmalen Gang gelotst. Rechts und links Kabinentüren, eine davon stand offen. In dem etwa drei Meter breiten und vier Meter langen Kabuff sah es aus, als ob sich darin ein Wasserbüffel gesuhlt hätte. Vossi wusste, sein Wunsch nach einem einfach lösbaren Fall war im dunklen Schlamm der Fangokabine untergegangen. Er fotografierte mit seinen Augen: Die Pritsche über und über verschmiert mit Fangoschlamm. Links ein mit Wasser gefülltes, in den Boden abgesenktes, mannsgroßes Becken, aus dem es blubberte. Im zentimeterdicken Morast auf den eleganten und sicherlich nicht billigen Bodenfliesen lag die Leiche. Vom Hoteldirektor wusste Vossi, dass eine Mitarbeiterin der Wellnessabteilung namens Valentina vermisst wurde.

Lorenzo war, wie fast immer, der Schnellere am Tatort gewesen und schon auf Spurensuche.

„Darf man eintreten?“, fragte Vossi.

Lorenzo musterte die Gruppe und entschied: „Aber nur einer, sonst ersticken wir hier.“ Also blieb Vossi im Türrahmen stehen, Rita, Roberto und das Hotelduo in seinem Rücken. Lorenzo wies auf den Schlamm auf der Pritsche, dem Boden und auf das Trittmuster im zerrinnendem Dreck und wetterte: „So geht Spurensicherung aber überhaupt nicht, Bruno.“ Dabei sah er Vossi an, als ob der hier alles verschmiert hätte.

„Kann vielleicht jemand diese Regenwaldmusik abstellen. Die macht einen ja wahnsinnig“, brüllte eine in blaues Plastik gehüllte Gestalt. Erst jetzt erkannte Vossi Dottore Lamberti, für Freunde Stipe. Der hellblaue Spusi-Überzug aus Kunststoff reichte ihm von der Schuhsohle bis zum Hals und schützte so seinen maßgeschneiderten Anzug und seine handgenähten Schuhe. Es dauerte, bis eine gnädige Hand die Lautsprecher zum Schweigen brachte. Vossi fragte den Hoteldirektor hinter ihm, ob er die Tote identifizieren könne.

„Wie gesagt, wir vermissen unsere Masseurin und Physiotherapeutin Valentina Scutti.“

„Aber sicher wissen Sie nicht, ob es sich bei der Toten um sie handelt.“

„Nein. Der Hausdetektiv sagte, man dürfe nur ja nichts anrühren. Und in dem Schlamm hier ist ja nichts an der Leiche genau erkennbar.“

Stipe richtete sich auf, griff nach dem Eimer neben dem Ozonbecken, füllte ihn und goss den Inhalt in einem Schwall über das Gesicht der Toten. „Geht’s jetzt?“, fragte er unfreundlich in Richtung Hoteldirektor.

„Sag, bist du noch zu retten?“, fluchte Lorenzo.

„Ja, das ist Valentina Scutti, unsere Mitarbeiterin“, flüsterte der Direktor und Vossi stellte fest, dass sie nun alle bis zu den Knien mit Schlamm bekleckert waren.

„Vielen Dank, Stipe, das war sehr hilfreich. Was kannst du sonst noch für uns tun?“, beherrschte sich Vossi mit allem, was er an Disziplin aufbrachte.

„Erstickt. Vermutlich in dem Schlammbecken hier. Genaueres erst nach der Obduktion.“

Lorenzo versuchte eine Zusammenfassung: „Also Bruno, ich sehe das so: Es gab einen Kampf, sie kam zum Sturz, der Täter packte sie und drückte sie mit dem Gesicht nach unten in das Schlammbecken. Ein ganz abscheuliches Verbrechen.“

„Wozu überhaupt das Becken?“, wollte Vossi wissen.

„Als Fangoliebhaber weiß ich, dass in solchen Becken Schlamm für Fuß- oder Handgelenkbehandlungen angerührt wird. Wahrscheinlich gehört es aber gar nicht hierher. Doch da stand es nun einmal. Vielleicht kam die Tote nach dem Sturz mit dem Gesicht nach unten darin zu liegen und der Täter brauchte sie nur niederzudrücken.“

„Todeszeit?“, fragte Vossi in Richtung Stipe.

„Ist relativ leicht zu errechnen. Der Leichnam hat jetzt noch 28 Grad, also über Raumtemperatur. Jetzt müssen wir nur noch herausfinden, in welcher Temperatur die Fangoanwendung erfolgt?“

„Das weiß Valentina“, sagte der Direktor.

„Die ist aber tot. Also?“

Wie gerufen tauchte eine Frau in weißer Arbeitskleidung aus dem Nichts auf und wandte sich an den Direktor: „Ich sollte wohl die Wellnessabteilung für heute schließen, meinen Sie nicht auch, Direttore? Die Gäste stellen schon Fragen.“

Mit „Tun Sie das, Schwester“ kam Vossi dem Direktor zuvor.

„Nicht Schwester. Einfach Laura. Laura Spadosa, Commissario.“

„Freut mich sehr, würde ich unter anderen Begleitumständen ehrlich sagen können, Signora Spadosa. Doch bitte verraten Sie uns: In welcher Temperatur kommt der Fangoschlamm zur Anwendung?

„Er kommt mit zwischen 45 und 47 Grad aus der Rohrleitung hier.“

„Reicht das, Stipe?“

„Für 10 Minuten plus minus bei der Bestimmung des Todeszeitpunkts, ja.“

„Was kannst du uns sonst noch sagen?“

„Ich würde vorschlagen, wir riegeln den Tatort ab. Lorenzo und ich reinigen den Leichnam, danach weitere Details.“

„In Ordnung.“

Lorenzo schloss für sich und Stipe die Tür von innen, die anderen verbreiteten Verlegenheit auf dem engen Flur. Bis Vossi die Initiative ergriff und auf Rita zeigte: „Herr Direktor, meine Kollegin hier hat viele Fragen an Sie. Vielleicht in Ihrem Büro?“

Rita und der Direktor entschwanden.

„Und Sie“, wandte sich Vossi an die Hausdame, „beantworten bitte die Fragen meines jungen Kollegen. Vielleicht ebenfalls in Ihrem Büro, geht das? Und wir zwei tauschen uns gleich hier aus“, sagte Vossi zu Signora Laura Spadosa.

„Also, Signora, wie läuft das hier in dem Fangobereich?“

„Valentina ist, wie alle unsere Mitarbeiterinnen, die Fangoanwendungen machen, diplomierte Physiotherapeutin und Heilmasseurin. Sie nimmt den Schlammschlauch und verteilt je nach ärztlicher Vorgabe den Fangoschlamm auf dem Leintuch auf der Liege. In der Zeit des Auftragens kühlt der Schlamm leicht ab, auf etwa 40 Grad. Ist dem Patienten das noch zu heiß, sitzt er ein paar Minuten auf der Liege, bevor er sich in den Schlamm legt. Danach wird er zugedeckt. Wichtig ist das Schwitzen. Wir sprechen vom Ausschwitzen des Schmerzes. Diese Phase überwacht die Therapeutin, um bei subjektiver Überhitzung und Kreislaufbeschwerden sofort eingreifen zu können."

„Und das kleine Becken, dieser Holztrog?"

„Sollte eigentlich gar nicht hier herumstehen. Es wird für lokale Anwendungen benützt. Diese finden im Wellnesscenter neben dem Brunnen statt. In der Kabine wird es nach Gebrauch geleert, gereinigt und bei Bedarf wieder befüllt."

„Was glauben Sie, warum stand es dann mit Schlamm gefüllt in der Kabine?"

„Für das Entleeren und Reinigen ist Claudio zuständig. Vielleicht war es schon ein paar Minuten nach zwölf, als die Anwendung damit im Wellnesscenter beendet war, und Claudio hat den Trog nur mal abgestellt, um ihn nach seiner Mittagspause zu entleeren und zu reinigen."

„Und der Fangobetrieb gehört zum Hotel, die Kunden kommen also aus dem Kreis der Hausgäste?"

„Nein, das Wellnesscenter mit dem Fangoangebot ist ein eigener Betrieb. Die Familie Conte di Rocca ist Mehrheitseigentümerin des Hotels. Mit der Aktienmehrheit beschloss sie, auf dem Hotelgrundstück ein angeschlossenes, aber unabhängig operierendes Wellnesscenter zu errichten und zu betreiben."

„Das Sie leiten."

„Nur operativ. Kaufmännischer Geschäftsführer ist der junge Conte Emilio di Rossa."

„Und die Kunden kommen aus dem Hotel."

„Nicht ausschließlich. Wir haben auch externe Kunden, vor allem bei der Fangoanwendung."

„Was kostet so eine Anwendung?"

„So gibt es das nicht. Jeder Kurgast muss das Attest einer ärztlichen Untersuchung vorweisen, das in der Regel unser Kurarzt ausstellt."

Das engte den Kreis der möglichen Täter ein. Also doch ein leichter Fall, lebte in Vossi die Hoffnung neu auf und er fragte weiter: „Wie viele Anwendungen waren heute Vormittag?"

„Über zwanzig. Wir beginnen um sechs Uhr früh durchgehend bis etwa halb zehn Uhr. Da machen wir eine halbstündige Pause, die ist gesetzlich vorgeschrieben. Danach weiter bis zwölf Uhr. Nach dem Mittagessen nehmen wir keine Fangobehandlungen vor. Voller Magen und Fango, das passt nicht. Stattdessen gibt es Massagen und Unterwassergymnastik."

„Kann es sein, dass auch vormittags, also beispielsweise heute Vormittag, Außerhausgäste behandelt wurden?"

„Nein. Die Vormittage sind prinzipiell für Hotelgäste reserviert und werden pauschal vom Hotel bezahlt. Also mit einer monatlich fixen Summe, die mir allerdings nicht bekannt ist. Es sei denn ...", zögerte Signora Spadosa.

„Es sei denn?", hakte Vossi nach.

„Es sei denn, es sucht jemand um einen Termin an, der sich auf Conte di Rocca beruft."

„War das heute der Fall?"

„Nein, schon länger nicht."

„Gehen alle Anmeldungen bei Ihnen ein?"

„Ja, ich erhalte die Terminwünsche unserer Kunden, ich mache den Stundenplan für Valentina, kenne alle Namen. Es sei denn ..."

Wieder dieses Zögern, das Vossis Nachhaken provozierte. „Es sei denn?"

„Es sei denn, Valentina behandelt einen Privatkunden in ihrer Mittagspause. Das wurde ihr bis auf Widerruf gestattet, um ihr aus einer prekären finanziellen Lage zu helfen. Ihr Mann hatte einen Unfall und sie muss bis auf weiteres die vierköpfige Familie erhalten. Und damit kein Neid aufkommt, hat man auch Ella dasselbe erlaubt."

„Wer ist Ella?"

„Unsere zweite Masseurin im Fangobereich."

„Es gibt also zwei. Wo ist diese Ella? Ist sie da, kann ich sie sprechen?"

„Wir haben sie nach Hause geschickt. Sie hat nur geheult."

„Können Sie Ella hierher bestellen? Ich muss sie befragen."

„Sicher, sie hat ja noch Dienst."

„Wenn sich also jemand aus Valentinas Bekanntenkreis angemeldet hat, dann geht das nicht über Sie?"

„So ist es."

„Wer zahlt eigentlich in so einem Fall den Schlamm?"

„Das geht aufs Haus. Daran ist doch nichts auszusetzen, oder?"

„Nein, nein, ganz und gar nicht. Großzügigkeit gegenüber Mitarbeitern ist ein durchaus ehrenwertes Verhalten und leider viel zu selten anzutreffen. Ab welchem Rahmen sie lohnsteuerpflichtig wird, ist eine andere Frage, die uns hier aber ganz und gar nicht interessiert. Woher kommt eigentlich der Fangoschlamm?"

„Der Schlamm wird im Spezialtransporter warmgehalten und geliefert, teils aus Abano, teils aus Montecatini. Wir lagern ihn und führen ihn über die Rohrleitung in die Kabinen. Wirkt Wunder. Ich habe das immer wieder gehört. Allerdings, fußballfeldgroße Thermalbecken mit 36 Grad wie in Abano gibt es hier nicht."

„Warum fahr ich dann nicht gleich nach Abano, wenn ich eine Fangokur machen will?", wunderte sich Vossi.

„Sie müssen in der Kategorie Familie denken, Commissario. Bei uns haben auch die Kinder ihren Spaß. Sie sind am Strand und planschen im Meer, statt sich in einem Kurzentrum inmitten von Omas und Opas zu langweilen, während die Eltern im Fangoschlamm schwitzen."

An dieser Stelle ging die Tür der Fangokabine auf. Dottore Lamberti dozierte: „Die Tote hat Eindrücke vom Beckenrand, der ihr den Kehlkopf quetschte. Jemand hat sie mit seinem ganzen Gewicht niedergedrückt. Das Opfer muss im Todeskampf wie ein Fisch gezappelt haben, sodass der Dreck nur so spritzte. Mund und Nase sind voll Schlamm. Also fürs Erste im Schlamm erstickt. Jemand hat sie niedergedrückt und ihr keine Chance gelassen."

„Wenn es der Kunde war, wie konnte er, ohne aufzufallen, hier rauskommen?"

„Ganz einfach. Er duschte, zog sich seine Klamotten an und Abgang."

„Tatzeit?"

„Zwischen zwölf und eins. Ich kann es später präzisieren. Ich nehme mir Fango thermoverpackt mit ins Institut, öffne ihn und warte ab, wie lange das Wundermittel braucht, um unter möglichst identen Bedingungen um zwölf Grad abzukühlen. Ich habe schon meine Assistentin angerufen, Vorkehrungen zu treffen, denn in meinen Räumen ist es, wie du weißt, leichenkalt."

„Du sagst mir dann Bescheid?"

„Sowie ich es weiß."

„Und du putzt meine Schuhe?"

Stipe blieb die Antwort schuldig und ging, Lorenzo packte seinen Koffer.

„Irgendetwas Auffälliges, Lorenzo?"

„Nicht viel. Ein paar verwischte Fingerabdrücke, mit Sicherheit unbrauchbar, ein paar Haare, die wir uns genau ansehen werden, und wieder eine Krawatte. Die könnte der Täter in der Eile vergessen haben. Wenn er so weitermacht, wird er bald keine mehr haben."

„Eine Krawatte. Wie im Salon von Signora Brioli ...", wiederholte Vossi in Denkermiene.

„Nicht ganz. Sie unterscheidet sich wesentlich."

Vossi sah sie genauer an. Eine Krawatte, unifarben in bordeauxrot. Nichts daran auffällig.

„Du meinst sie hat ein anderes Muster, oder?"

„Nein, die Länge, Bruno. Die Länge. Ich würde sagen, ein Extraformat für einen Stiernacken auf zwei Meter Körpermasse."

Ein Lichtblick. Vossi strahlte. So viele Läden für Übergrößen gab es nicht. Tatsächlich kannte er auf Anhieb nur einen in Udine. Wenn man dort den zur Krawatte passenden Kunden kannte, dann ...

„Die Krawatte ist ganz wichtig, Lorenzo. Wenn sich keiner zu ihrem Besitz bekennt, dann gehört sie dem Täter. Dann lag er auch auf der Pritsche im Schlamm. Wozu sonst hätte er sich die Krawatte abgenommen?"

„Macht Sinn, Bruno, macht Sinn. Stieg der Mörder, wie du sagst, aus dem Schlamm, dann können wir davon ausgehen, dass er vor seinem Abgang duschte. Er musste ja den Fangoschlamm loswerden und sich anziehen. Er konnte sich ja nicht nackt davonmachen. Jedenfalls fand ich Haare. Die erinnern auf den ersten Blick ebenfalls an den Fall Mia Vaccaro, die Friseurin. Eine DNA-Analyse wird uns da schlau machen. Die Probe wird noch heute an Stipe weitergegeben."

„Der scheint ja ziemlich sauer zu sein, wegen dem Foto.“

„Undank ist der Welten Lohn. So schmeichelhaft hat ihn noch keiner getroffen.“

Über die beginnenden Ermittlungen war es Abend geworden. Rita und Roberto hatten sich an der Hotelbar verabredet. Der Hoteldirektor kam angeschwänzelt und lud sie ein, zum Dinner im Restaurant Platz zu nehmen. Vossi fragte jedoch nach einem Besprechungsraum, in dem sie unter sich sein könnten. Man überließ ihnen das ehemalige Fernsehzimmer, das nicht mehr gebraucht wurde, da es ja seit Jahren TV-Empfang auf allen Zimmern gab. Sie hatten es sich kaum bequem gemacht, da rollte ein freundlicher Ober einen Buffetwagen mit kalten Köstlichkeiten herein und noch einen mit Hochprozentigem aus Bassano di Grappa, neben einigen Flaschen Wein und Bier.

Es stellte sich heraus, dass der freundliche Ober aus dem gleichen Dorf jenseits der Grenze stammte, aus dem Vossis Eltern dereinst flüchten mussten. Den Hoteldirektor beschrieb der Mann als freundlich, das Betriebsklima als gut. Die tote Valentina habe er kaum gekannt. „Es gibt 80 Mitarbeiter und ich habe kaum Kontakt zum Personal vom Wellnessbereich“, erklärte er mit bedauerndem Achselzucken.

Vossi und Rita griffen zu Mineralwasser und alle legten ihre Rechercheergebnisse auf den Tisch. Rita hatte die Personalien der Toten, Roberto die Buchungen der Hotelgäste im Wellness- und Fangobereich. Es handelte sich um acht Frauen und vierzehn Männer, die Vossi zum Teil schon gesprochen hatte. Die Frauen waren durchwegs zarte Persönchen, teils gebrechlich, die Männer übergewichtig, wie pausbäckige Babys im Großformat. Nichts davon passte zu dem Kraftaufwand, der nötig war, um die Masseurin zu ersticken. Danach gab Vossi Roberto eine Liste mit sechs Namen, dazu die Zimmernummern, und sagte: „Die musst du dir noch vorknöpfen, Roberto. Durchwegs Langzeitgäste, die morgen noch hier sein werden. Ich habe dich angekündigt und ihnen auferlegt, bis zu deinem Erscheinen das Hotel nicht zu verlassen."

„Meinst du, dass es unser Werwowarum von Monfalcone war?", fragte Rita.

„Vom Salon Brioli? Zu früh, um dazu etwas zu sagen. Erst mal schauen, ob es eine Opfer-Täter-Beziehung gibt, die uns weiterbringt. Zu denken geben mir die Verletzungen auf dem Brustkorb der Toten. Stipe sagte, sie würden aussehen, als ob sich der Täter auf sie gesetzt hätte, während ihr Kopf mit dem Gesicht nach unten in das Schlammbecken hing."

„Und dann die Krawatte", ergänzte Rita die Aufzählung.

„Besagt allein aber noch gar nichts. Fast jeder Mann hat Krawatten. Willst du wissen, wie viele ich davon habe?"

„Aber die Länge?"

„Spricht eher dagegen, dass unser Schlammmörder auch Mia getötet hat. Denn dort hatte die Krawatte eine Länge nach Norm. Also Abwarten und erst mal essen."

Damit griffen sie zu. Bei Mandeltorte und Kaffee als Dessert einigte man sich darauf, dass von den Wellnesskunden aus dem Kreis der Hotelgäste wohl niemand in Frage käme. Zu schwach, zu alt, zu gebrechlich, alle zwischen Hamburg und Villach beheimatet. Es sei gerade die Saison der Pensionisten, die die Ruhe und die Niedrigpreise vor dem Ansturm zur Hochsaison des Ferragosto nutzten. Welches Motiv sollte jemand von ihnen haben, gerade Valentina aus Grado zu ermorden?

Nach den ersten herzhaften Bissen ging die Tür auf und Stipe schneite herein:

„Der Hoteldirektor meinte, hier gäbe es einen Kriegsrat, doch ich sehe, es wird gefeiert. Umso besser, ich helfe euch dabei." Mit vollem Mund erzählte er: „Während ihr euch dem Müßiggang hingegeben habt, habe ich erste Ergebnisse erarbeitet. Also: Todeszeit zwischen 12 Uhr 30 und 13 Uhr, ohne Frage. Wenn ihr mich fragt, ein Irrer, der bei seiner Körperpflege zwischendurch mordet. Zwei Frauen, beide im Bereich Körperpflege, also Gesundheit im weitesten Sinn. Das Tatambiente immer mit Wartezeiten und Stillhalten verbunden, dem Betreffenden gehen dabei aus irgendeinem Grund die Sicherungen durch."

„Welche Sicherungen könnten das sein?", fragte Vossi.

„Vielleicht eine krasse Form von Klaustrophobie."

„Dein Ernst?"

„Na ja, etwas weit hergeholt, zugegeben. Übrigens: Die Tote hat Schlamm nicht nur in Nase und Mund, sondern auch Spuren davon in der Lunge. Sie ist also qualvoll erstickt." Das Ergebnis wirkte auf Dottore Lamberti scheinbar durchaus appetitanregend. Er langte nach dem Buffetwagen und belud ein weiteres Mal seinen Teller.

Rita motzte: „DNA-Analysen sind ja ganz toll als Beweismittel im Gerichtssaal. Sie helfen uns aber nicht unbedingt bei der Suche."

„Nicht Dottore Lambertis Problem", meinte Stipe, leerte sein Glas und nahm erneut von dem Rotwein.

„Musst du nicht fahren?", fragte Vossi besorgt.

„Heute nicht mehr."

Vossi war beruhigt. Er würde sich also von ihnen nach Hause bringen lassen.

Gegen 22 Uhr zeigte sich kurz der Hoteldirektor. Vossi und Stipe wollten sich die Rechnung teilen. Der Direktor widersprach, die beiden bestanden darauf.

Roberto, der keinen Tropfen Alkohol getrunken hatte, sollte chauffieren. In der Halle bog Dottore Lamberti unvermittelt rechts ab in Richtung Aufzug. Er habe noch etwas vor und mit „tschüs, kommt gut nach Hause", war er auch schon weg.

„Was kann er jetzt noch vorhaben", fragte Vossi, leicht überfordert.

„Na, was wohl", giftete Rita. Und weil Vossi noch immer nicht zu begreifen schien, setzte sie nach: „Blond, kroatisch, lange Beine, Busen fleischig wie der eines japanischen Ringers, beliebt bei männlichen Gästen ohne Begleitung. Reicht das?"

Es reichte nicht ganz. Vossi konnte sich unter einem Busen, fleischig wie der eines japanischen Ringers als weibliche Schönheitsvariante nichts Konkretes vorstellen. Was ihn aber auf der Fahrt zurück nach Triest noch mehr beschäftigte: Roberto hatte Singen und Lachen verlernt. Vielleicht aus Liebeskummer? Er wusste vage von einer Ludmilla, Winzerstochter aus Cormòns. Eine freundliche Blonde mit heller Stimme, bella Figura und offenem Blick aus blauen Augen. Plagte Roberto etwa Eifersucht? Diese äußerst anmutige Ludmilla würde bestimmt auch die Aufmerksamkeit anderer junger Männer auf sich ziehen. Dem Klischee nach konnte das einen Sizilianer ganz schön aus der Kurve werfen. Zumal, wenn ernste Absichten im Spiel waren, wie Rita neulich angedeutet hatte. Vossi musste unbedingt herausfinden, wo es Roberto zwickte. Nicht zuletzt, um darauf in der Alltagsroutine Rücksicht nehmen zu können. Denn Vossi mochte Roberto. Mehr als er sich je eingestanden hätte.

Schweigend fuhren sie in Richtung Zuhause. Vossi schätzte das Tempo auf 80. Runde 120 hätte die Straße schon hergegeben. Also musste es mit Robertos Gemütszustand ganz schwer im Argen liegen. Sonst wäre er hier mit 140 dahingebrettert. Sie setzten Rita zu Hause ab, Vossi entschied, er würde sich noch ein wenig die Beine vertreten und danach ein Taxi nehmen. Roberto solle den Wagen auf direktem Weg in die Fahrbereitschaft zurückbringen. Keinesfalls wollte er mit Roberto allein im Wagen weiterfahren. Er hätte sonst dessen Verhalten angesprochen und dazu war es weder die richtige Zeit noch der richtige Ort. Das Gespräch würde Fingerspitzengefühl brauchen und dafür hatte er momentan keine Reserven.

8

Tags darauf studierte Vossi die Morgenzeitungen. Der Bürgermeister von Grado hatte für seine Perle der Adria offenbar ganze Arbeit geleistet. Der Mord im Imperial wurde nicht einmal erwähnt. Also würde Vossi bis auf weiteres von Journalisten unbehelligt bleiben. Aber aus leidvoller Erfahrung wusste er, dass die Lokalredakteure das Zurückhalten von Nachrichten ganz und gar nicht schätzten. Umso gieriger würden sie aus dem ersten Tropfen Blut eine Schlagzeile machen. Komisch, dass Politiker und Manager das nicht begriffen. Wie konnte man nur derart lernunfähig sein?

Nach der Lektüre litt es Vossi nicht länger in seinem neuen Büro. Die Dämpfe des frischlackierten Parketts brannten ihm in den Augen und lösten Hustenreiz aus. Also machte er sich auf, um sich in einem Café der Umgebung „einzusitzen". Fürs erste ging er in das Caffè degli Specchi auf der Piazza Unita, einem lebendigen Denkmal der Wiener Kaffeehauskultur, gegründet 1839. Im Volksmund hieß es schlicht und einfach *Il Salotto*, das Wohnzimmer. Doch er stellte nach wenigen Minuten fest, um sein Stammcafé zu werden, fehlte es dem Ambiente vorne und hinten. Il Salotto, das Wohnzimmer, war ein Durchhaus geworden. Touristen, die Mehrzahl aus Asien, trippelten bei der nördlichen Tür herein, scharten sich vor der Kuchenvitrine, zückten ihre Handys und fotografierten über die Köpfe von Gästen hinweg Torten und Brioches, warfen einen Blick auf die Preise, bestellten ein Cola, schlürften, zahlten und gingen. Aber nicht ohne vorher die Toilette aufzusuchen.

Vossi nahm erst gar nicht Platz. Lieber ging er ein paar Schritte weiter, vorbei an der Oper, in das Café

Tommaseo. Dieser einstige Stützpunkt des Irredentismus, also der Befreiung „unerlöster" Gebiete vom österreichischen Joch, pulsierte ebenfalls im ungezügelten Rhythmus eines Bahnhofsbuffets. Kostbarer italienischer Boden, den man in hundertjährigem Ringen erlöst hatte, war auch hier Tummelplatz von Touristen jeder Altersklasse aus aller Herren Länder geworden. Ihr anmaßendes Auftreten glich der Rücksichtslosigkeit der einstigen Herren und ihrer Büttel. Das brachte den italienischen Anteil in Vossis Blutcocktails in Wallung. Aber der Kaffee war gut und die Haustorte schmeckte noch mehr.

Plötzlich stand Rita vor ihm. Mit geröteten Augen.

„Mein Gott Rita, was ist passiert, hast du geweint?"

„Nein, ich habe wegen der Hitze Fenster und Vorhänge geschlossen. Und da ätzen dir die Dämpfe des Bodenlacks die Augen. Du hast in unseren neuen Büros nur die Wahl zu ersticken oder zu verdunsten."

„Du meine Güte. Wie lange soll das denn noch dauern?"

„Der Hausmeister meint, Fenster unbedingt immer offenlassen, dann verflüchtigt sich diese Pestilenz innerhalb einer Woche."

„Und was machen wir bis dahin?", war Vossi ziemlich verzweifelt.

„Ich zum Beispiel trinke zunächst mal eine Melange. Hier gibt es neben Cappuccino eine Wiener Melange. Von Meinl, wusstest du das?"

„Und das in der Geburtsstadt von Illy?"

„Illy wird es verkraften."

Nach der Wiener Melange wischte sich Rita über den Mund und sagte nur kurzangebunden: „So Bruno, das war's fürs Erste. Und jetzt wirst du gebraucht."

„Was liegt an?"

„Roberto glaubt, in den Aufzeichnungen der Überwachungskameras des Imperials jemanden erkannt zu haben, ist sich aber nicht sicher. Dein Urteil ist also gefragt.“

„Sag, was ist eigentlich los mit Roberto. Den quält doch etwas.“

„Ich weiß nichts und ich würde lieber nicht fragen. Er bohrt da an einem Brett und wenn er durch ist, wird er es uns schon sagen.“

„Klingt vernünftig, aber ich leide mit“, seufzte Vossi.

„Glaubst du, mir geht es anders? Und meine Neugier macht es noch schwerer. Aber auch wir müssen da durch. Zur gegebenen Zeit wird er uns einweihen.“

„Na, ich kann nur sagen, hoffentlich bald.“

Roberto saß vor einem Monitor in seinem neuen Büro auf altem Fischgrätenparkett aus Eichenstäben. Da sein Boden nicht geschliffen und neu lackiert worden war, befanden sie sich in geruchsneutraler Zone.

„Könntest du nicht mit mir Zimmer tauschen?“, schlug Rita vor. „Nur für eine Woche, was meinst du?“

Statt einer Antwort ließ Roberto die Bilder laufen.

„Natürlich kenne ich den Herren“, sagte Vossi leicht entrüstet. „Das ist aber nicht unser Mörder.“

„Nein, aber unser Forensiker Dottore Stipe Lamberti, wie er zu seinem Date anrückt.“

„Und deshalb lockt ihr mich vom Tommaseo weg?“

„Abwarten Bruno“, meinte Rita und nach wenigen Sekunden erschien ein Herr auf der Bildfläche.

„Unser Konsul mit Wildschaden“, triumphierte Vossi.

Roberto ließ die Bilder zurücklaufen und dann wieder nach vorne.

„Ohne Zweifel der Schlaksige mit dem Wildschaden vom Castello di Spessa. Und ich wollte mir noch seinen Namen notieren“, ärgerte sich Vossi.

„Und warum hast du nicht?“, wunderte sich Rita.

„Weil nichts gegen ihn vorlag und der Anruf wegen des Todesfalls Mia Vaccaro in das Gespräch platzte. Aber ich weiß, bei welcher Polizeidienststelle er den Wildschaden anzeigte. In Kozina, gleich hinter der slowenischen Grenze.“

„Soll ich dort anrufen?“, fragte Roberto.

„Nichts da, wir zwei fahren hin und Rita, du veranlasst den Hausmeister die Zentralheizung aufzudrehen. So hoch wie möglich, damit der Lack schneller aushärtet und sich der Gestank aus unseren Büros verzieht.“

„Zentralheizung im Monat Juli? Der wird mich für verrückt erklären.“

„Dann eben Elektrostrahler. Es muss sein. Mein Büro liegt nachmittags im Schatten, da wird es kühl, also aufheizen. Dasselbe während der Nacht. Heizen bei offenem Fenster. Wir werden dem Gestank den Garaus machen, wäre doch gelacht.“

Auf der Fahrt nach Kozina überdachte Vossi den Stand der Ermittlungen. Zwei tote Frauen innerhalb weniger Tage in seinem doch eher friedlichen Revier. Waren sie Opfer eines Doppelmörders? Wurden sie von einem Irren auf Trab gehalten, der loszog, um Frauen, denen er nie zuvor begegnet war, zu erwürgen? Ein Abartiger, der Frauen tötete, die etwas mit Körperpflege und Gesundheit im weiteren Sinn zu tun hatten? Der es wieder und wieder tun könnte? Vielleicht, weil ihm eine Krankenschwester den Laufpass gegeben hatte? Aber brachte man dafür eine Friseuse um? Durchaus möglich, Vossi glaubte sich mehrerer solcher ähnlich gelagerter Fälle aus der Kriminalgeschichte zu erinnern.

Käme der Schlaksige als Täter in Frage? Er war ihm gleich irgendwie verdächtig vorgekommen. Er rief sich das Bild von ihm in Erinnerung. Es war vage. In diesem Fall würde er wohl einen jämmerlich schlechten Zeugen abgeben. Vossi riss sich zusammen. Also, passte das Haar des Schlaksigen zu den schwarzen Haaren, die sie im Friseursalon Brioli gefunden hatten? Könnte schon sein. Und seine Körpergröße? Passte die zu der Krawatte in Überlänge? Vossi war 182 groß. Der Schlaksige war jedenfalls größer als er. Und das Gewicht? Entsprach er dem Schwergewicht, das die zierlichen Frauen halb zerquetschte? Er hatte einen Schlaksigen in Erinnerung, dem Hemd und Anzug zu groß zu sein schienen. Wahrscheinlich hatte er in letzter Zeit abgenommen. Er war Vossi ja kränklich vorgekommen. Und dennoch, welches Körpergewicht würde ein Mann von 186, 187 haben? An die fünfundachtzig, neunzig Kilo sind da schnell auf der Waage. Das würde für die Hämatome der beiden Opfer reichen. Jedenfalls wollte er mit den Kollegen in Kozina selbst reden, um möglichst viel über den Verdächtigen zu erfahren. Slowenisch war ja Vossis zweite Muttersprache. Davon abgesehen, bot sich für die Rückfahrt ein kleiner Umweg an. Am Gestüt Lipica vorbei. Wobei es Vossi weniger um eine Begegnung mit den stolzen Lipizzanern der Wiener Hofreitschule ging, als vielmehr um die Spanferkel über dem Holzfeuer der kleinen Gostilna knapp vor dem Golfplatz. Dort drängten sich nachmittags und abends Golfer im feinsten Zwirn mit Forstarbeitern und Fernfahrern an einem drei Meter langen Tisch unter einer knorrigen Eiche, um gierig zu verspeisen, was Wirt Karel von seinen Bratspießen servierte. Vossi hatte sich im Geist schon für Spanferkel, dampfende Kartoffelknödel und Weinkraut entschieden. Und der Slibowitz, den Karel brannte, war, maßvoll genossen, das reinste Elixier. Vossi schluckte unwillkürlich. Warum also telefonieren, wenn der

Bodenlack des Büros die Nasenschleimhäute verätzte und Karels Tisch unter der Eiche keine 30 Minuten Autofahrt entfernt war.

Über den Corso gelangten sie zur Via Giulia, von der sie links in eine ebenso enge wie steile Straße hinauf in Richtung Universität fuhren. Von dort hatten sie den ersten freien Blick hinunter auf die Stadt und die Weiten des Golfes, in dessen Blau die Strahlen der Sonne blitzten. Vossi wollte Roberto auf das Schloss Miramar auf der anderen Seite der Bucht aufmerksam machen, als er dessen Desinteresse an der sie umgebenden Pracht registrierte. Der junge Siziliano, der sonst mit seinen Liedern die Tauben auf den Dächern der Stadt aufschreckte, saß hinter dem Lenkrad, kein Glanz in seinen schwarzen Locken, sein Hemd zugeknöpft, als ob nur ja nichts von dem hochkommen dürfe, was in seinem Magen rumorte. Er tat schon wieder so, als müsse er sich höllisch auf den Verkehr konzentrieren. Und das auf einer menschenleeren Nebenstraße. Vossi hielt es nicht länger: „Hör mal Roberto, wir müssen reden."

„Commissario?"

„Die ganze Zeit stolperst du mit eingezogenem Schwanz herum, verziehst dich kurz angebunden in dein Büro, lachst nicht, kommst nicht mit zum Mittagessen, sondern verkriechst dich in die Kantine und hast auch nicht Zeit auf ein Gläschen nach Dienstschluss. Also, was gibt's?"

Die Worte, die sich Vossi noch gestern für eine Aussprache zurechtgelegt hatte, hätten zwar anders geklungen, doch sei's drum. Jetzt war es wenigstens gesagt.

Roberto bremste den Lancia, fuhr rechts ran, sah Vossi direkt in die Augen und spie es förmlich heraus: „Meine Versetzung ist da. Nach Trapani."

Vossi war wie vom Schlag gerührt. „Und das sagst du mir erst jetzt und einfach so?"

„Sie haben gefragt, ich habe geantwortet."

Darauf startete Roberto den Wagen wieder, reihte sich in die Fahrbahn ein und fuhr in einem Tempo, als ob er nie ankommen wolle, weiter in Richtung Grenze.

Vossi bilanzierte die Nachricht. Er hatte gewusst, dass dieser Fall irgendwann eintreten würde. Jetzt war es also soweit. Roberto, Träumer, Sucher und Mitdenker, dessen Gesicht in die besten Passionsspiele des Abendlandes gepasst hätte, würde also weiterziehen mit dem Wanderzirkus Leben. Ihn auf dieses Weiterziehen vorzubereiten, war für Vossi Etappenziel seiner eigenen Laufbahn geworden. Dabei fühlte er sich nicht nur dem Lehrling verpflichtet oder der Republik als Dienstherrin, sondern auch Robertos Mutter, von der er nur wusste, dass sie die besten Spaghetti Arrabbiata zwischen Sizilien und dem Brennerpass auf den Teller zu zaubern wusste. Diesen Roberto, seinen Roberto, entriss man ihm jetzt. Viel zu früh, wie wohl noch jeder Lehrmeister empfunden hat, der ein hoffnungsvolles Talent ins Leben entlassen musste.

„Weiß Rita es schon?"

„Nein, ich habe mich ja noch nicht entschieden."

„Impliziert die Versetzung eine Beförderung?"

„Ja schon. Teamchef."

Das auch noch. Jetzt musste ihm Vossi auch noch gegen seinen Willen klarmachen, dass es sich nicht um eine unliebsame Versetzung handelte, sondern um eine Berufung. Dafür war der junge Siziliano ja in den Norden gekommen. Die Lehrjahre hier sollten Sprungbrett für eine Karriere in seiner Heimat sein. So war es von Robertos Onkel, einem hohen Tier im südlichen Sicherheitsapparat, gewollt und geplant. Wo lag überhaupt dieses verdammte Trapani?

„Trapani in Sizilien?“, fragte Vossi.

„Ach, gibt es noch ein anderes?“

„Weiß ich nicht. Ich frage dich.“

„Ja, Trapani in Westsizilien. Die Salinenstadt. Jedenfalls gehe ich davon aus, denn von einem anderen Trapani weiß ich nichts.“

„Weit weg von deinem Heimatort?“

„Am anderen Ende der Insel.“

„Hoheitsgebiet der Mafia?“, fragte Vossi und warf dazu eine Kummerfalte.

„Nein, schon eher der Unseren.“

Bei diesen Worten sah der Commissario Roberto erstmals seit Tagen wieder lächeln. Der Junge genoss es, dass sich der Alte um seine Sicherheit sorgte.

„Weiß deine Mutter es schon?“

„Nein, niemand. Wie gesagt, ich habe mich noch nicht entschieden. Es gibt ja auch noch Ludmilla.“

„Konzentrieren wir uns jetzt auf unseren Einsatz und lass uns am Abend bei einem Glas Wein im Subida darüber reden.“

„Gern.“

Roberto atmete auf. Endlich war es heraus. Wäre der Stein, der von seinem Herzen fiel, unter die Räder des Dienstwagens gekommen, es hätte einen Totalschaden gegeben. Unvermittelt gab er den Pferden unter der Haube des Lancias die Peitsche, Staub wirbelte auf und Kies spritzte nach allen Seiten, als er die langgezogene Kurve in Richtung Kozina nahm. Vossi hingegen spürte den Schmerz als Folge des Unabwendbaren. Er breitete sich im ganzen Körper aus wie die Ringe auf der Wasseroberfläche nach einem Steinwurf. Vossi wurde mit einem Mal klar, es würde ein langer Abschied werden, der jetzt begann und weit über den Tag der Abreise hinaus schmerzen würde.

Keine fünf Minuten danach überquerten sie die Grenze. Vossi ließ unerwähnt, worauf er Roberto ursprünglich aufmerksam hatte machen wollen. Dass nämlich an der Stelle, die sie eben passierten, vor knapp dreißig Jahren der eiserne Vorhang die Welt in zwei feindliche Hälften teilte. Um passieren zu können, hatte man ein Visum gebraucht, für das man sich fotografieren lassen und mit zwei Passbildern beim Konsulat erscheinen musste, um Formulare auszufüllen. Hatte man endlich das Visum, musste man sich in eine endlose Schlange von LKWs einreihen, die nur stückweise abgefertigt wurden, weil jeweils die Ladung vom Zoll überprüft wurde. Und wenn man dann endlich auf der anderen Seite der Grenze ankam, war man alt und mit den Nerven am Ende. „Setzt dieses Europa nicht aufs Spiel“, wollte er Roberto sagen und daran erinnern: „Alles davor war tausend Mal schlimmer als die Gegenwart.“

So aber kauerte Vossi nur stumm im Beifahrersitz, bis er schließlich Karel von der Gostilna absagte. Auf Slowenisch. Und obwohl Roberto kein Wort Slowenisch sprach, verstand er die Botschaft. Seine anfängliche Erleichterung war verflogen. Wenig später parkten sie stumm und mit ernster Miene den Wagen vor der Policija Kozina.

Der Polizeikommandant erinnerte sich sofort an den Schlaksigen und dessen Missgeschick mit dem Wildschaden. „Der war ganz unglücklich. Ich sehe ihn noch vor mir stehen. Fehlte nicht viel und er hätte losgeheult.“

Er scrollte durch eine Datei auf seinem Computer und triumphierte nach kaum einer Minute: „Na bitte, da haben wir ihn ja. Fausto Grassi, Sozialhilfeempfänger, Via Rete, Monfalcone. Ich druck das für dich aus.“

„Hast du die Kennzeichennummer des Fahrzeugs?“

„Bei Wildschaden beschränken wir uns auf die Personalia des Lenkers. Der Schaden am Blech interessiert uns ja nicht. Aber ich erinnere mich an ein österreichisches oder deutsches Kennzeichen. Die sind sich ja ziemlich ähnlich.“

Wieder im Wagen versuchte Vossi, sich die Straßenkarte des Zentrums von Monfalcone in Erinnerung zu rufen. Via Rete, Via Rete, war die nicht ganz in der Nähe des Friseurladens der Brioli? „Los, Roberto! Diesmal aber über die Autobahn.“

Der Schlaksige war nicht anzutreffen. Die Nachbarin gab an, sie hätte ihn schon seit Tagen nicht gesehen, aber das habe nichts zu bedeuten. Signore Grassi wirke sehr zurückgezogen und sei oft über mehrere Tage verreist. Nein, Post käme nie. Er müsse wohl ein Postfach haben. Vossi musste bei ihren Angaben schmunzeln. Einer „guten“ Nachbarin entgeht eben nichts.

Auch der zuständige Postbeamte erwies sich als kooperativ und übergab ihnen bereitwillig einen Zweitschlüssel zu Grassis Postfach. Es fanden sich nur ein paar Werbebriefe. Der Postler hatte keine Ahnung, wann Grassi sein Fach zuletzt geleert hatte, hatte auch keine Erinnerung an ihn, weil Grassi seiner Erinnerung nach noch nie einen Einschreibbrief oder ein Paket bei ihm abgeholt hatte.

Sie brauchten ein Bild vom Schlaksigen. Vielleicht erkannte ihn Signora Brioli als Kunden, wusste mehr über ihn. Deshalb bat er Rita, ihm ein Standbild von der Videoaufnahme des Schlaksigen auf das Handy zu schicken.

Es waren keine Kunden im Friseursalon. Neben der Kasse stand ein Foto von Mia Vaccaro und daneben eine brennende Grabkerze. Vossi zeigte Signora Brioli das

Bild von Grassi auf seinem Display. Sie studierte es und meinte: „Ich glaube, das ist der Herr, der ab und zu hier vorbeikommt und immer sehr freundlich grüßt, wenn ich mir mal auf der Straße eine Zigarettenpause gönne."

„Was wissen Sie von ihm?"

„Dass er immer sehr freundlich grüßt. Mehr nicht."

„Kunde war er noch nie?"

„Bestimmt nicht. Ich kenne meine Herren."

„Sie sagen, er grüßt so freundlich. Könnte dies der Stimme nach der Anrufer sein, dem Sie den Termin am Abend des bewussten Tages gaben?"

Signora Brioli überlegte: „Kann ich nicht sagen. Es schien dem Mann an dem Termin sehr gelegen zu sein. Er bettelte förmlich darum. Das klingt ganz anders als ein freundlicher Gruß. Jedenfalls hatte er eine sehr angenehme, sonore Stimme. Ich sagte noch zu Mia, schade, dass ich zum Zahnarzt muss, der wär vielleicht etwas für mich. Sie dürfen das nicht missverstehen, ein Scherz unter Frauen."

Mit „Grazie, Signora" zogen sie ab. Im Auto erstellte Vossi eine Zwischenbilanz der Recherche: „Er passt ins Umfeld, Roberto. Überleg mal, zur Zeit des Vorfalls in der Fangokabine erfasst ihn die Überwachungskamera des Hotels in Grado. Er wohnt in unmittelbarer Nachbarschaft zum ersten Tatort, dem Friseursalon. Das gibt mir zu denken. Dir auch?"

Roberto bewies durch sein Verhalten, dass er sich momentan nicht wirklich damit belasten wollte. Er hatte Vossi sein Herz ausgeschüttet und offen über das Stellenangebot in Trapani gesprochen. Das entlastete, sorgte für neuen Schwung, und diesen bekamen die Pferde des Dienstwagens zu spüren. Mit 150 jagte er sie über die Costiera zurück nach Triest und auf der Höhe des Schlosses von Duino fing er zu singen an. Zuerst leise, dann mit zunehmender Inbrunst von Amore, eine Tiritomba und viel Tarantella.

In Vossis Büro glühten tatsächlich zwei Elektrostrahler bei offenem Fenster. Sie sorgten entschieden für eine bessere Verdunstung des Lackes und ermöglichten einen Kriegsrat frei von Tränen. Vossi gab zu bedenken: „Kann gut sein, dass er unser Werwowarum ist. Er kam mir gleich sonderbar vor. Und dunkles Haar hat er auch. Gnade ihm Gott, wenn das zu unserem Fund im Friseursalon und in der Fangokabine passt. Zu blöd, dass ich nicht gleich mehr aus ihm herausholte. Aber da kam der Anruf vom Leichenfund im Friseursalon und der gebot Eile. Doch was soll's, wir schreiben ihn einfach zur Fahndung aus."

„Dafür hast du zu wenig, Bruno", gab Rita zu bedenken. „Bitte diesen Fausto Grassi über die Medien, er möge sich bei uns melden."

„Dann haut er ab und wir haben das Nachsehen."

„Trotzdem, du weißt, dass es anders nicht geht."

„Dann müssen wir eben weitersuchen und etwas Handfestes finden. Schau mal, ob die beim Passamt ein Foto von unserem Grassi haben, das schärfer ist als der Ausdruck von der Sequenz der Überwachungskamera."

Das Passamt hatte tatsächlich ein Foto, aber es war gut zwanzig Jahre alt und zum Herumzeigen völlig ungeeignet. Nach einer gelungenen Retusche des Fotos durch die Kollegen von der Phantombildstelle klang Vossi schon anders: „Der Schlaksige, wie er leibt und lebt."

Tags darauf fischte Roberto einen Brief aus Fausto Grassis Postfach. Vossi öffnete ungeniert das Kuvert: „Von seinem Arzt. Einem Urologen. Erteilt einen Termin zu einer Besprechung der letzten Untersuchung."

Dazu wollte er mehr erfahren.

Der Arzt des gesuchten Grassi studierte zuerst seinen Dienstausweis, dann die Werte der letzten Untersuchung seines Patienten und sagte unumwunden: „Onkologische Werte ganz schlecht. Er braucht dringend eine weitere chemotherapeutische Behandlung. Also schaffen sie ihn tunlichst her. In seinem Interesse."

„Metastasen?"

„Ich möchte mit meiner Auskunftsbereitschaft nicht zu weit gehen. Ärztliche Schweigepflicht. Doch so viel: Machen Sie sich auf meine Aussage Ihren eigenen Reim, aber einen pessimistischen."

„Wissen Sie zufällig, ob Grassi verreist ist?"

„Er hat etwas von einem Schamanen gefaselt. In Barcelos, am Rio Negro in Brasilien. Der könne angeblich Krebs heilen oder seine verheerenden Auswirkungen für eine gewisse Zeit ausbremsen."

„Was halten Sie davon, Dottore?"

„Nichts."

„Haben Sie das Fausto Grassi gesagt?"

„Nein. Ich habe gesagt, er soll es versuchen. Ich werde ihm doch nicht die letzte Hoffnung nehmen. Zumal ich aus der Fachlektüre weiß, dass die Japaner erstaunliche Erfolge mit den Pilzen von bestimmten Baumrinden erzielen."

„Würden Sie uns bitte diskret verständigen, wenn sich Fausto Grassi bei Ihnen meldet. Wir haben ein paar dringende Fragen an ihn."

„Bin ich dazu verpflichtet?"

„Noch sind wir nicht so weit, dass wir Grassi zur Fahndung ausschreiben können. Daher, nein, Sie sind nicht dazu verpflichtet."

„Dann kann ich Grassi nur bestellen, dass er sich bei Ihnen melden möge."

Vossi überlegte kurz, ob er irgendwie mehr erreichen konnte, gab sich geschlagen und beließ es bei einer Bitte.

Als er wenig später im Palazzo Prozzi den Lift in sein Büro nehmen wollte, hechtete Roberto hinter ihm in die Kabine. Auf der Fahrt nach oben berichtete er: „Im Hotel Imperial war dieser Grassi nicht bekannt. Ebenfalls unbekannt im Hotel Castello di Spessa. An dem Tag, als wir diesen Fausto Grassi wegen des Wildschadens befragten, herrschte da wegen eines Investorenmeetings ein Kommen und Gehen."

„Und, wusste jemand etwas über den Honorarkonsul?"

„Nein."

„Gibt es eine Teilnehmerliste, die uns vielleicht weiterhelfen könnte?"

„Nein, nur die Adresse des Veranstalters, mit Sitz Locarno in der Schweiz."

„Und?"

„Die sagen, sie dächten gar nicht daran, auch nur einen Teilnehmer an dem Treffen zu nennen. Es ginge nämlich um das Steuergeheimnis."

„Das heißt, um das Schwarzgeldgeheimnis", fauchte Vossi und setzte nach: „Adresse gut aufbewahren. Vielleicht müssen wir die Herrschaften noch auseinandernehmen. Vorläufig aber ein Nebenkriegsschauplatz. Für eine formelle Kriegserklärung an das Schweizer Bankgeheimnis haben wir jetzt keine Zeit."

Es folgten wieder Tage des Klinkenputzens. Bei keiner Airline gab es eine Buchung auf Fausto Grassi. Man fand keine Bankdaten, wusste nicht einmal bei welchem Geldinstitut er ein Konto hatte. Eine neuerliche Rückfrage bei dem Urologen ergab, dass er gar nicht der behandelnde Arzt war, sondern bloß Untersuchungsergebnisse des Krankenhauses Villach für Grassi interpretieren und erklären sollte. Die Honorare dafür waren überschaubar und Grassi hätte immer bar bezahlt. Selbstverständlich gegen Beleg, wahrscheinlich zur Weiterverrechnung an eine ausländische Kasse. Soweit der Arzt. Bei den Supermärkten der Umgebung war Grassi unbekannt. Immerhin konnte Signora Brioli in Erfahrung bringen, dass der Wagen vor dem Hotel Castello di Spessa keinesfalls Grassi gehört hätte. Ihre Quelle dazu war ein Ober im Restaurant Pergolato. Der bestätigte Roberto, er hätte ein Gespräch überhört, aus dem hervorging, dass Grassi Gelegenheitsarbeiten für einen österreichischen oder deutschen Import-Export-Magnaten machte. Im Konkreten sei es wohl um eine KFZ-Überstellung gegangen und zwar vom Hotel Castello di Spessa nach Slowenien. Genaueres dazu wusste der Ober aber nicht. Dies passte jedenfalls zu dem Rechercheergebnis, wonach Grassi keine Pension einer italienischen Pensionsversicherung bezog. Er musste also ursprünglich für eine Firma im Ausland gearbeitet haben. Vossi wollte ihn zur Fahndung ausschreiben lassen, war aber, wie Rita vorhergesagt hatte, beim Untersuchungsrichter damit abgeblitzt. „Am Tatort vorbeigegangen, das ist doch nichts Konkretes“, belehrte ihn der Richter. „Zwei Tatorte, und an jedem ungefähr zur Tatzeit gesichtet worden“, präzisierte Vossi, wofür der knorrige Diener des Gesetzes nur ein unfreundliches „nichts da“ übrighatte.

Zu Valentina Scutti ergaben die Recherchen das Bild einer unbescholtenen, liebevollen Mutter von zwei Kindern, deren Mann durch einen Motorradunfall zum Pflegefall geworden war. Ihre Tochter Graziella war 17 und Gymnasiastin. Der Sohn Enzo 15 und Klassenbester in der Technischen Oberstufe in Triest. Wie es mit ihnen weitergehen würde, war unklar. Georgio, der

Kollege, der Vossi die Rechercheergebnisse überbrachte, steigerte sich in sichtbare Hassgefühle und zischte: „Wir müssen den Täter kriegen, Commissario."

„Werden wir, Georgio, werden wir. Mit Hast, aber ohne Hass."

„Tut mir leid, aber der verkrüppelte Vater der beiden Kinder ist gestern mit dem Rollstuhl auf den Balkon ihrer Wohnung im fünften Stock gefahren, hat sich mit den Armen am Geländer hochgezogen und in die Tiefe gestürzt. Tot."

„Um Gottes Willen. Hast du ihn gekannt?"

„Ja, von früher. Er war Mitglied im Polizei-Motorradklub. Der steht auch Zivilen offen. Er war Mechaniker von Beruf, hatte Benzin im Blut und eine Werkstätte, klein, aber fein, in Gradisca."

„Du meine Güte. Kann ich irgendwie helfen?"

„Wir sammeln im Klub fürs Begräbnis und für die Kinder."

Vossi zückte zwei Hunderter: „Gib die für mich in den Korb. Einen von mir und einen von meiner Frau Jelena. Und dreht jeden Stein in der Umgebung von Valentina Scutti um. Jeden Stein und sei er noch so unscheinbar. Einen muss es geben, der uns zu ihrem Mörder führt. Aber alles ohne Hass. Hass macht blind. Wir aber brauchen einen scharfen Blick."

Doch auch der scharfe Blick brachte nichts Tatrelevantes zu Tage. Rita lief bei ihren Worten rot an: „Ein Irrer, Bruno. Wir haben es mit einem verrückten Triebtäter zu tun, der sich an irgendeiner Kleinigkeit aufgeilt, die wir nicht sehen. Irgendetwas müssen die beiden Frauen an sich haben, was sie zum Opfer machte."

Vossi nahm sich vor, mit Jelena darüber zu sprechen. Sie verstieg sich bei solchen Diskursen in die abenteuerlichsten Zusammenhänge und glänzte mit Irrelevantem, was bei Vossi just im heftigen Widerspruch sehr relevante Geistesblitze auslöste. Diesmal aber Fehlanzeige. Jelena war gerade mit dem Lackieren ihrer Zehennägel beschäftigt und hörte sich alles geduldig an. Dann servierte sie ihre Schlussfolgerung: „Ganz einfach: Dein Täter konnte seine Opfer nicht riechen. Und da hat er sie erstochen."

„Erstickt Jelena, er hat sie erstickt. Zumindest die in der Fangokabine."

„Erstickt, sagte ich doch."

„Nein, du sagtest erstochen."

„Ist doch egal. Die Frage ist, ob es Düfte gibt, die Männer zu Mördern machen. Dem solltest du nachgehen."

„Wie der Gestank deines Nagellacks. Der stinkt wie der Bodenlack in meinem neuen Büro. Es ist zum ausrasten."

„Wirst du mich jetzt umbringen?"

„Nein, natürlich nicht."

„Aber du möchtest es."

„Sagen wir so: ein verlockender Gedanke."

„Na siehst du, du Beinaheduftmörder."

„Duftmörder, so ein Quatsch."

Sie stand auf, trippelte barfuß, die frischlackierten Zehen hochgebogen, auf die Terrasse und Vossi dachte: „Jetzt ist sie eingeschnappt." War sie aber nicht. Sie kam postwendend mit einem triumphierenden Blick zurück und ließ mit spitzen Fingern eine ihrer Friseurgazetten auf Vossi niedersegeln. Der konnte sich für gewöhnlich nicht genug über das Geschwätz in den Lockenblättern, wie er sie nannte, ärgern. Doch jetzt wollte er nichts auf die Spitze treiben und gab sich ernst und interessiert. Und da stand doch tatsächlich schwarz auf weiß, deutsche Forscher hätten einen Duftstoff entwickelt, der Schülern das Lernen erleichtern und auch bei Erwachsenen die Gehirntätigkeit anregen würde. Die Überschrift sagte schon alles: „Mehr Grips mit Spray“. Die Wirkung des Duftstoffs wurde auch mit jener von Kokain und diverser anderer Drogen verglichen. Er sei ähnlich aber ohne gefährliche Nebenwirkungen und mache nicht süchtig.

„So ein Quatsch“, wiederholte sich jetzt Vossi verärgert. „Und das nimmst du ernst?“

„Du kannst die Meldung ja überprüfen. Sprich mit eurer Seelenklempnerin vom Dienst.“ Vossi nahm sich vor, das zu tun. Dann könnte er Jelena ein für alle Mal beweisen, welchen Unsinn sie bisweilen für bare Münze nahm.

Gleich am frühen Morgen des nächsten Tages vereinbarte Vossi einen Termin mit der Psychologin. Auf dem Weg zu ihr, kam ihm Rita entgegen, die ihm die neueste Ausgabe des *Punto*, des Boulevardblatts der Region, auf den Tisch legte. Auf der Titelseite ein Bild von Mia Vaccaro und eines von Valentina Scutti, beide in Arbeitskleidung und dazu die Schlagzeile „Ein Würger geht um“. Stutzig machte Vossi die Erwähnung einer Krawatte als Mordwerkzeug und dass die Ermittler den Fall Grado mit dem Fall der Mia aus Monfalcone in Zusammenhang brachten. Im Innenteil der Zeitung kam es noch schlimmer. Mias Vater war abgebildet, wie er, den Schilfgürtel im Hintergrund, drohend die Faust hob. Gegen den Fotografen, wie es in der Bildunterschrift hieß. Weiters hieß es, Mia sei schwanger gewesen. Ein Ehrenmord der Familie an der Unglückseligen stand mit dem Hinweis auf ihre „sizilianische Herkunft“ quasi zwischen den Zeilen.

„Das hier verstößt doch alles gegen das Mediengesetz“, polterte Vossi und spürte den Pulsschlag in seinen Schläfen.

„Na und?“, giftete Rita. „Die Vaccaros werden kaum klagen und was von der Familie von Valentina Scutti übrig blieb erst recht nicht. Und wo kein Kläger, da kein Richter.“

„Gezeichnet von einer Elisa Martini. Die muss ich mir vorknöpfen“, brummte Vossi, sich seiner Ohnmacht voll bewusst.

Dottoressa Nora Novaco, die Amtspsychologin, erwartete ihn schon. Sie war etwa vierzig, stammte aus Florenz, und hatte in der Kollegenschaft den Ruf, eine wahre Polizistenflüsterin zu sein. Verzweifelte ein Freund und Helfer an der ewigen Wiederkehr des Verbrechens, an Beleidigungen von Straftätern oder daran, in Notwehr einen Straftäter erschossen zu haben, glättete sie die Schrammen im Seelenleben der Betroffenen. Vossi hatte mehrfach beobachtet, wie psychisch angeschlagene Kollegen nach jeder Sitzung mit ihr wieder ein Stück gerader gingen und schließlich zurückfanden in den aufrechten Gang. Es war nur natürlich, dass sie davon ausging, Vossi hätte ein Anliegen seine eigene Psyche betreffend.

„Erwecke ich diesen Eindruck?“, fragte Vossi bestürzt.

Die Dottoressa sah ihn eine Sekunde lang prüfend an und meinte: „Im Gegenteil. Was ich sehe, strotzt vor Selbstsicherheit, Gelassenheit, einem gesunden Schuss Neugier und ganz hinten in ihren Augen blinkt Optimismus und der Glaube an das Gute im Menschen. Aber bei einem gewieften Commissario kann das freilich auch alles nur Maske sein.“

„Soll ich das nun als Kränkung oder Bestätigung von Professionalität werten?“

Interessant. Die Dottoressa blieb darauf die Antwort schuldig. Also skizzierte er die vorliegenden Fälle, die totale Absenz von Opfer-Täter-Kontakten und kam sehr umständlich auf eine Bemerkung zu sprechen, „die jemand fallen ließ“. Demnach könne es sein, dass jemand über einen bestimmten Geruch derart in Rage geriete, dass er im Extremfall zum Mörder werden könne.

„Ein völlig neues Forschungsgebiet. Sie werden staunen über die Arbeit eines Forscherteams der Universität Bochum. In den Fachzeitschriften wurde ausführlich darüber berichtet. Um alles besser zu verstehen, hole ich ein wenig aus. Der Geruchssinn ist einer der ältesten unserer Sinne und von immenser Bedeutung. Auch wenn er im Laufe der Evolution ein wenig an seiner einst überlebenswichtigen Bedeutung verlor, immer noch empfinden wir Riechen höchst unmittelbar, da die Riechnerven bis in die Nase reichen. In Urzeiten hat der Geruchssinn dem Menschen geholfen, Mitglieder der Familie oder des Stammes zu identifizieren. Erst diese Fähigkeit ermöglichte die Entwicklung von Sozialverhalten.“

„Kann jemand von einem bestimmten Duft so abgestoßen werden, dass er mordet?“

„Durchaus denkbar, dass das in frühen Stadien der Menschheit auch regelmäßig so geschah. Jemand konnte den Geruch eines Anderen nicht identifizieren. Damit gehörte er nicht zu seiner Sippe, nicht zu seinem Stamm. Also war er ein Konkurrent um Nahrung oder Wasser, ein Eindringling im Kampf um Fortpflanzung, ein Übel. Also beseitigt man ihn.“

„Und heute, ein paar Millionen Jahre später?“

„Nach wie vor gilt: Gerüche spielen eine wichtige Rolle bei der Erinnerung. Menschen können sich an den Geruch ihres Kinderzimmers, ihrer Schule oder eines Lehrers auch nach Jahrzehnten noch erinnern. Da das Geruchsgedächtnis oft sehr stark mit positiven oder negativen Gefühlen verknüpft ist, lösen Gerüche Reaktionen aus."

„Mord, Dottoressa, ich habe es mit Mord zu tun."

„Nun, ein bestimmter Geruch kann Ekel erregen und der kann tödliche Folgen haben. Ob aber eine bestimmte Duftnote die Menschen vorübergehend in Bestien verwandelt? Krass, ja, aber denkbar. Ob es so was schon gibt? Mir nicht bekannt. Damit komme ich zurück auf die Forschungsarbeit in Bochum. Das dortige Team hat einen Duftstoff entwickelt, der die Lernleistung der Probanden steigert und einen anderen, der wie Rauschgift wirkt. Das beflügelt jedenfalls die Fantasie, lässt Vieles als möglich erscheinen. In der Forschung sind Düfte das Reich der unbegrenzten Möglichkeiten geworden."

„Gott gib, dass ich in Pension bin, wenn es so weit ist."

„Da kann ich Sie verstehen. Aber bis dahin geben Sie acht, dass Sie Ihren Geruchsinn pflegen und erhalten. Menschen, die ihn verlieren, vermissen nicht nur den Geruch von Blumen, gutem Essen oder ihrem Partner, sondern auch den Geruch von sich selbst. Es gibt Fachartikel, in denen vermutet wird, dass Menschen mit dem Geruchssinn einen Teil ihrer Identität verlieren. Das kann zu Depressionen führen bis hin zum Suizid."

„Ich werde mich an dieses Gespräch erinnern, wenn es soweit ist. Zu meinem aktuellen Fall können Sie mir nichts mitgeben?"

Die Psychologin dachte eine Weile nach. „Doch! Vielleicht gibt es eine Duftnote, die Friseursalon und Fangokabine verbindet. Versuchen Sie's, sie könnte zum Täter führen. Und falls ja, halten Sie mich bitte auf dem Laufenden. Sollte sich Derartiges bestätigen, wäre es eine Erfahrung, die der Forschung und damit letztlich Ihren Kollegen grenzüberschreitend zugängig gemacht werden sollte. So etwas gehört dann in die Fachliteratur."

Nach diesem Gespräch fiel Vossi der Seufzer des italienischen Atomforschers und Kernphysikers Enrico Fermi ein, der nach einem entscheidenden Test seufzte: „Ich bin noch immer verwirrt, aber auf viel höherem Niveau." Eine verwegene Theorie, das Fazit der Psychologin. Und abgesehen davon: Duftnoten kamen im Handbuch der Kriminaltechnik nicht vor. Wie würde man sie suchen, finden und vor Gericht als Indiz präsentieren? Am besten er hätte den Fall nie mit Jelena besprochen.

Rita war unterwegs in Richtung Zahnarzt der Signora Brioli. Dass sie mit ihm einen Termin vereinbart hatte, hatte weder mit Bauchgefühl noch mit einer Eingebung zu tun. Vielmehr hatte sie aus Versehen seine Nummer gewählt. Und als er sich meldete, wollte sie sich nicht mit „Sorry, habe mich verwählt" eine Blöße geben, sondern bat um ein Gespräch. Nachdem sie aufgelegt hatte, musste sie sich eingestehen, dass sie nicht einmal wusste, was sie ihn fragen sollte. Das änderte sich, als sie googelte, um Näheres über den Dottore zu erfahren. Ein Mann mit schwarzer Mähne lächelte sie auf dem Bildschirm an. Schlagartig wusste sie gleich eine ganze Menge von Fragen.

Die Zahnarztpraxis war wie ein Blick in einen Trog mit weißer Farbe. Die Wände, der Boden, die Vorhänge und Dottore Zingi, alles weiß. Bis auf seine Mähne in Schwarz. Der Dottore konnte im Behandlungsraum keinen anderen Platz anbieten als den am Marterpfahl. Rita streckte sich darauf aus, war überrascht, wie entspannend diese Lage sein konnte, wenn man wusste, dass keine schmerzhafte Prozedur bevorstand und Dottore Zingi beugte sich über sie. In dieser Lage begann Rita von Mia Vaccaro.

„Die arme Mia. Die Vierer rechts und links hätten einer Regulierung bedurft, aber ein Klacks", seufzte der

Zahnarzt und sah auf seinen Instrumententeller, als ob da ihr Konterfei zu sehen wäre.

„Sie kannten sie?", fragte Rita, schob Dottore Zingi zurück und richtete sich auf.

„Kannten ist gut. Sie war meine Patientin. Kam mit und auf Empfehlung der Signora Brioli."

„Kannten Sie vielleicht auch Signora Valentina Scutti?"

„Die Physiotherapeutin? Ja, was ist mit ihr?"

„Auch ein Tod mit Fremdeinwirkung. Wussten Sie das nicht?"

„Ich dachte, Mia sei erstickt?"

„Ja, aber nicht ohne Zutun. Doch zurück zu Valentina Scutti. Kannten Sie sie?"

„Eine Patientin von mir, seit gut zehn Jahren."

„Sie kennen sicherlich unsere Spielregeln aus den Fernsehkrimis, Dottore Zingi. Da Sie beide Opfer kannten, muss ich Sie fragen, wo Sie zu den Tatzeiten waren."

Rita nannte die Daten und beschwichtigte: „Reine Routine."

„Sagen Sie das nach Drehbuch, oder sind die Drehbücher so wirklichkeitsnah?"

„Ich warte, Dottore Zingi, und habe für heute noch eine Menge vor."

Zingi erhob sich von seinem Hocker und ging zu dem kleinen Schreibtisch neben dem Handwaschbecken. Dort blätterte er in einem Büchlein, fand offensichtlich nicht, was er suchte und sagte schließlich: „Ach, wissen Sie was, ich pfeife auf den übertriebenen Unsinn mit Datenschutz. Meine Sprechstundenhilfe soll Ihnen die Behandlungstermine mit den Patientennamen dazu ausdrucken und Sie haben meine Alibis schwarz auf weiß."

Er drückte auf den Knopf seiner Sprechanlage und gab entsprechend Weisung.

Links von der Behandlungstür hing ein weißer Arztkittel mit schwarzen Haaren am Kragen.

„Ist das Ihrer, Dottore?“

„Ja, das ist meiner, warum?“

„Ich würde gerne ein paar Ihrer Haare mitnehmen. Sie erlauben?“

„Sie wollen doch ganz sicher sein, dass es sich um meine Haare handelt. Also bitte ...“ Mit diesen Worten riss sich Dottore Zingi nicht ohne Theatralik ein Haar aus seiner Mähne – eigentlich waren es vier – und gab sie Rita mit einem spöttischem „bitte sehr, meine Dame, für Ihr Album“.

Rita maß ihn mit einem strafenden Blick und ereiferte sich: „Wenn Sie wüssten, mit welchem Stress wir nach einem Frauenmörder suchen, um ihm vor weiteren Untaten das Handwerk zu legen, würden Sie sich anders benehmen, Dottore.“

Dottore Zingi war sein Verhalten sichtlich peinlich: „Verzeihen Sie bitte, Signora. Ich schätze, ich wollte mich locker geben und habe, ohne es richtig zu wollen, die Figuren in den Krimis nachgeäfft. In Wahrheit trifft mich der Tod beider Damen, aber vor allem jener von Signora Valentina Scutti. Eine großartige Frau und Mutter, müssen Sie wissen. Mein Verhalten war dumm, ich bitte um Nachsicht. Und wenn Sie ein Zahn schmerzt, kommen Sie zu mir. Ich will mein Fehlverhalten gern gutmachen.“

Diese Worte gingen Rita runter wie süßer Wein und wärmten sie auf. Etwas in der Art hatte sie dringend gebraucht.

Tags darauf erschien *Punto* mit der Schlagzeile „Ein Würger geht um“. Aus der Friseuse Mia Vaccaro und der gelernten Physiotherapeutin Valentina Scutti machten ihre Schmierer Krankenschwestern. Offensichtlich hielten sie diesen Berufstitel für griffiger. Zudem konnten sie so darüber spekulieren, ob ein Abartiger vielleicht zu viele Krankenschwestern-Pornos konsumiert hatte. *Punto* ergoss sich auch darüber, dass die Polizei keinen Zusammenhang zwischen den Opfern und dem Täter hätte finden können und ein Phantom jage. Erwähnt wurde auch, dass ein Mann, groß, schwer gebaut, mit dunklen Haaren, gesucht werde. Der Fall zeige, dass die Fusionierung der Mordkommissionen Triest und Gorizia keine gute Idee gewesen war und wieder einmal auf Kosten der Sicherheit gespart wurde. Dazu gab es ein Zitat von Questore Donadoni von Gorizia: „Ich fürchte, mit der neuen Abteilung unter meinem ehemaligen Commissario Bruno Vossi wurde eine Mammutabteilung geschaffen, die schon auf Grund ihrer Größe zu Schwerfälligkeit neigen muss."

Vossis Nerven wurden auf eine schwere Probe gestellt. Immer diese Lücken in ihren Reihen und dazu noch Saintropes Ränkespiel. Im vorliegenden Fall schien eine Beeinträchtigung der Ermittlungen durchaus möglich, da der schwer gebaute Unbekannte mit dunklen Haaren gewarnt war. Nicht gewarnt, um von seinem Frevel abzulassen, sondern gewarnt, um sich zu tarnen und so die Ermittlungen zu erschweren. Das alles hätte es nicht gegeben, wenn man sich der Presse mit ein paar soliden Informationen gestellt hätte, statt über ein Verbrechen hinwegzugehen, weil es Touristen verschrecken konnte. Der Artikel war wieder mit ‚Elisa Martini' gezeichnet.

Vossi schloss nicht aus, dass sie sich mit ihren Zeilen auch noch gefährdet haben könnte. Denn noch lief ein unberechenbarer Doppelmörder frei herum. Einer, der Frauen ermordete, sich aber nicht an ihnen verging. Vossi hatte es in seiner Laufbahn oft genug mit Mördern zu tun gehabt, die vor Eitelkeit kaum bequem sitzen konnten. Abstruse, schwer einschätzbare Eitelkeiten mit gefährlichen Konsequenzen. Nicht auszudenken die Folgen, wenn er sich durch die Darstellung in dem Artikel als Sexmonster beleidigt fühlte.

Diesen stillen Ärger unterbrach das Telefon. Dottore Lamberti von der Forensik rief wie erbeten zurück. Vossi kam gleich auch sein Anliegen zu sprechen: „Stipe, hör mal. Ist dir an den Leichen irgendein Geruch aufgefallen? Vielleicht einer nach einem bestimmten Parfum, das beide Frauen trugen, als sie zu Tode kamen?"

„Geht es dir nicht gut, Bruno?"

„Beantworte meine Frage."

„Na gut. Die eine roch nach Haarspray, die andere nach nasser Erde und jetzt riechen beide nach Formaldehyd. Reicht das?"

„Nein, das reicht nicht. Du wirst so lieb sein und dir von Dottoressa Novaco erklären lassen, warum ich diese Frage stelle. Danach ruf mich wieder an. Salute."

In der Folge fand Roberto heraus, dass keines der beiden Opfer eine Vorliebe für ein bestimmtes Parfum hatte und sich beide auch kaum eines leisten hätten können. Und Stipe schickte ein kurzes Mail: „Mit Dottoressa gesprochen, dazu gelernt, keine Auffälligkeiten."

So weit, so schlecht. Aber der Ton des Mails war irgendwie schroff und befremdend. Gab Stipe etwa Vossi eine Mitschuld an dem Foto von ihm in Zuckerlrosa im Internet? Das musste in einem Vieraugengespräch geklärt werden.

9

In diese Überlegungen platzte die Meldung, der Würger habe schon wieder eine Frau überfallen. Capitano Scappo von den Carabinieri gab sie aufgeregt weiter. Das Opfer, eine Touristin aus Deutschland, habe auf der Bank der Aussichtsbucht des Rilkewegs zwischen Sistiana und Duino den Blick über den Golf genossen, als sich ein großer Mann auf sie stürzte. Sekunden später sei ihr ein Passant zu Hilfe geeilt. Schon von weitem habe er geschrien: „Was machen Sie da, lassen Sie das." Daraufhin habe der Unbekannte von der Frau abgelassen und im nahen Gehölz das Weite gesucht. Der Passant habe ihn nicht verfolgt, sondern sich um das Opfer gekümmert.

„Wie geht es ihr?", wollte Vossi wissen.

„Oh, ihr ist fast gar nichts passiert."

„Vernehmungsfähig?"

„Aber gewiss doch."

„Und der Passant?"

„Ein Bekannter von ihr. Er hat sie nur für eine Minute allein gelassen, um im Gebüsch zu Pinkeln."

„Sind sie bei dir auf der Stazione?"

„Nein, einer von der Dienststelle hat sie in ihr Hotel begleitet."

„Welches wäre?"

„Das Theresa beim Viadukt vor Aurisina. Von Triest kommend gleich nach der Einfahrt von Sistiana rechts ab."

„Kenne ich."

Vossi ließ sich die Namen geben und war schon unterwegs. Eine Zeugin, die vielleicht den Schlaksigen auf dem retuschierten Foto wiedererkannte, da nahm es selbst ein Vossi mit der Kilometernadel auf seinem

Tacho nicht so genau. Dabei dachte er an Jelena, die einmal bei einem Einsatz ein Stück weit von zu Hause in Richtung Stadt mitgenommen werden wollte. Beim Aussteigen dankte sie mit „Nie wieder. Für solche Geschwindigkeiten bist du einfach nicht Fahrer genug, mein Lieber." Jetzt hätte sie sich davon überzeugen können, wie unrecht sie damit hatte.

Es stellte sich heraus, dass die Frau keine Aussagen zum Täter machen konnte. Enttäuscht steckte Vossi sein Handy wieder weg.

Dann sagte die Frau unvermittelt: „Seine Hände rochen nach Lavendel. Nach Lavendel, so wie die Seife, die ich auf der Fahrt von der österreichischen Grenze auf halbem Weg hierher gekauft habe."

„In Venzone, wir hielten in Venzone", sagte der Mann, der sich als Lebensgefährte vorgestellt hatte und neben ihr stand. Die Frau räusperte sich und hatte sichtbar Schluckbeschwerden.

„War der Arzt schon da?"

„Wozu ein Arzt. Die Halsschmerzen hat sie seit gestern. Sie hat sich in den Bergen eine leichte Verkühlung geholt."

Vossi wandte sich wieder an die Frau: „Hatte der Mann vielleicht einen Ring an einem seiner Finger?"

„Ich weiß nicht."

„Hatte er ein Hemd mit langen oder kurzen Ärmeln?"

„Das kann ich auch nicht sagen."

„Haben Sie den Mann sehen können?"

„Nein."

„Sie sagten Würger. Woher wollen Sie wissen, dass es ein Würger war?"

„Ich habe das nicht gesagt. Einer der Polizisten hat es gesagt."

„Saßen Sie schon lange allein auf der Bank?"

„Ein paar Minuten werden es schon gewesen sein."

„Ein Letztes noch: Welches Parfum benützen Sie?"

Sie sah ihn verständnislos an, der Mann an ihrer Seite holte tief Luft und sie rang sich schließlich ein „Ich verstehe Ihre Frage nicht" ab.

Die beiden mussten ihn für völlig bekloppt halten. Dennoch wiederholte er stoisch: „Welches Parfum benützen Sie?"

„Hat das mit dem Überfall zu tun?"

„Nicht ganz ausgeschlossen. Wir tappen da noch völlig im Dunklen. Aber der Vollständigkeit halber muss ich die Frage stellen."

„Ich weiß nicht, wie es heißt. Meine Tochter hat es mir vor Monaten geschenkt."

„Love in White", sagte der Mann und setzte stolz nach: „Ich habe es ausgesucht."

Vossi notierte die Marke und wandte sich an ihn: „Haben Sie den Mann aus der Nähe gesehen?"

„Ich habe ihn an der Klippe stehen sehen, als wir den Weg herunterkamen. Wir gingen mehr oder weniger direkt an ihm vorbei. Aber sein Gesicht habe ich nicht gesehen. Er sah ja aufs Meer hinaus. So groß und dunkel wie er da stand dachte ich noch: wie Zorro."

„Zorro?"

„Ja, der Alleskönner an der Klinge."

„Wie kamen Sie auf El Zorro?"

„Ich weiß nicht. Schwarz, schlank, schwarzer Sonnenhut."

„Ihr Zorro war also schlank?"

„Ja. Aber nicht magersüchtig oder etwas in der Richtung, sondern schlank wie eine Athlet."

„Sie sagten groß. Wie groß etwa?"

„Naja, größer als Sie zum Beispiel."

„Ich bin 180, dann war er vielleicht 185?"

„Naja, vielleicht war er gar nicht größer als Sie, sondern sah nur so aus, weil er nicht Ihre Figur hatte."

„Wie meinen Sie das?"

„Wirken schlanke Männer nicht immer optisch größer als korpulente?"

Vossi überging das mit „War sein Gang irgendwie auffällig?"

„Ich sah ihn nicht gehen, sondern nur stehen und sprinten. Erst stand er da und sah aufs Meer hinaus. Dann war ich kurz weg, und als ich zurückkam, sah ich, wie er meine Frau zur Seite stieß, um sich ihre Tasche zu greifen."

„Er wollte sich ihre Tasche greifen?"

„Ja, was denn sonst?"

„Ich dachte, sie wurde gewürgt?"

„Von wem haben Sie das? Von uns hat das keiner behauptet. Nein, er stieß sie zur Seite und griff nach der Tasche. Ich rief ihm zu ‚hau ab' oder etwas in der Art. Und er lief rein ins Unterholz wie ein Wiesel und weg war er."

„Mit der Tasche?"

„Nein. Der wollte nur weg."

Vossi blieb nur festzustellen, dass ihn dieser übereifrige Capitano Scappo zum Idioten gemacht hatte. Irgendjemand hatte das Wort Würger fallen lassen und ein Schneeball war angewachsen zu einer Lawine. Ein Wunder, dass die beiden Touristen am Ende nicht selbst glaubten, dass dieser Zorro die Frau zu Tode würgen wollte. Dafür zollte er ihnen stillen Respekt.

10

Vor Ärger über Capitano Scappo ließ Vossi den Pferden des Lancias auf der Rückfahrt nach Triest freien Lauf. Ein Glück, dass der Carabinieri kurz vor Miramare mit einem anderen Raser beschäftigt war, sonst wäre er fällig gewesen. Von wegen, für hohes Tempo nicht Fahrer genug, lächelte er innerlich. Und tappte prompt in eine Radarfalle vor dem Tunnel durch die Gärten von Schloss Miramar. Das bedeutete Formulare ausfüllen, möglicherweise sogar Bußgeld. Eigentlich hatte Vossi im Rustico mal ausgiebig essen wollen. Es war ihm für serbische Spezialitäten, besonders für die Sarma-Krautwickel empfohlen worden. Doch jetzt war ihm nicht mehr nach Essen. Der Ärger mit Scappo, der Ärger mit der Radarfalle und die Worte des Mannes vom Rilkeweg klangen ihm auch noch im Ohr. Wie hatte der gesagt? „Wirken Schlanke nicht optisch größer als Korpulente", und dabei auf die Wölbung seines Bauches geschaut. Wollte er damit andeuten, dass Vossi fett war?! Missmutig übergab er den Wagen der Fahrbereitschaft und erwähnte, dass er geblitzt worden wäre.

„Wie schnell, Commissario?"

„Ehrlich gesagt, ich habe gar nicht geschaut. Ich habe nur den Blitz gesehen."

„Moment, das haben wir gleich."

Der Kollege verschwand in seinem Kabuff und kam strahlend wieder: „Gute Nachricht, Commissario. Es muss irgendein Lichtreflex gewesen sein. Auf der ganzen Strecke ist keine Kamera aktiv geschaltet."

„Tatsächlich?"

„Tatsächlich."

„Heißt das, ich kann in Zukunft bei Ihnen abfragen, wo ich ohne Gefahr losbrettern kann?"

„Aber, aber. Wir wollen doch nicht unsere Pensionsansprüche verlieren."

„An dieser Stelle würde meine Frau Jelena sagen, macht nichts, Italien geht ohnedies demnächst pleite."

„Sagt meine Rosa auch immer. Die beiden Damen müssen den gleichen Friseur haben."

„Oder den gleichen Finanzberater. Wer weiß, wer weiß."

Jedenfalls hatte sich Vossis Laune etwas gebessert. Aber nur kurz. Denn als Rita in sein Büro platzte, um zu melden, der Würger habe wieder zugeschlagen, war das Maß voll: „Lass mich bloß damit in Ruhe. Dieser Scappo, dieser spiegeltrinkende Capitano der Carabinieri. Zum Idioten hat er mich gemacht. Mich und die ganze Truppe. Nichts da Würger. Ein Handtaschendieb war's."

„Sorry, das wusste ich nicht. Aber der Taxifahrer ist tot, oder?"

„Was für ein Taxifahrer?"

„Na der an der Costiera. Vor fünf Minuten kam der Anruf vom Carabinieriposten Aurisina. Erwürgt. Vom Täter fehlt jede Spur. Geld alles da, nichts fehlt. Also war es der Würger, sagen zumindest die in Aurisina."

Vossi ließ sich mit dem Postenkommandanten verbinden und alles wiederholen. Nochmal wollte er nicht als Blamierter dastehen. Nach kurzem Zuhören unterbrach er den Redeschwall des Mannes am anderen Ende der Leitung mit „Wir kommen". Von Rita wollte er wissen, ob Lorenzo von der Spurensicherung schon informiert sei.

„Ist schon unterwegs."

„Und Roberto?"

„Hat den Lancia schon gestartet."

Die Haltebucht mit Aussicht war auf der Zufahrt- und Abfahrtsseite von Polizeiautos blockiert, um Schaulustigen keine Chance zu lassen. Dahinter sahen sie Dottore Lambertis Jaguar und Lorenzos Kombi: „Nicht zu fassen. Vor kaum zwei Stunden bin ich hier vorbeigefahren."

„Stand da das Taxi schon da?", wollte Rita wissen.

„Weiß ich nicht. Ich habe nicht darauf geachtet."

„Aber, aber, Herr Zeuge, das können Sie sicher besser. Wir haben alle Zeit der Welt", feixte sie.

Was Vossi mit „haben wir nicht" quittierte.

Lorenzo kam ihnen entgegen und motzte: „Bei so viel Dreck in dem Wagen, sollten wir gleich die ganze Karre mitnehmen. Dann bräuchten wir uns nicht hier in der Sonne zu schinden."

Vossi kannte das. Eine Aneinanderreihung ungeklärter Fälle mit Bergen von Fragen machte alle im Team früher oder später grantig und unausstehlich. Er war da keine Ausnahme, wie er nur zu gut wusste. Also gab er sich einen Ruck: „Lorenzo, Lorenzo, ich rieche es vom Meer her. Du wirst uns den Täter bringen. Ich weiß es."

„Dann verstehe ich nicht, warum du mich nicht zur Abwechslung mal mit einem appetitlichen Giftmord, oder einem Mord mit Auspuffgasen in einer sauber aufgeräumten Garage belohnst. Aber nein. Du übertriffst die Gemeuchelte im Fangoschlamm mit einem Toten in einem fahrbaren Misthaufen."

„Was haben wir, Raubmord?"

„Bestimmt nicht. Der Täter hat die Brieftasche des Fahrers nicht angerührt."

Vossi warf nur einen kurzen Blick auf den Toten. Dessen Kopf lag leicht verdreht auf seiner linken Schulter. Dottore Lamberti saß auf dem Rücksitz und sagte, ohne den Blick zu heben: „Ich war in der Nähe und wurde als Notarzt gerufen. Man dachte ja zuerst an einen Autounfall. Schau mal, der Abstand zwischen Nackenstütze und Sitzlehne wirkte wie eine Falle. Ich vermute, der Fahrgast saß so wie ich hier auf dem Rücksitz. Wenn er nun von hier den Fahrer mit dem Arm in die Zange nahm, brach er ihm in dem Freiraum zwischen Lehne und Nackenstütze das Genick."

„Also kein Auffahrunfall oder Ähnliches?"

„Nein, trotz der Beulen am Wagen, die ja nicht zu übersehen sind. Aber wie sollte es der Fahrer mit einem Collum Contritum von der Fahrbahn in die Aussichtsbucht hierher geschafft haben?"

„Mit einem ...?"

„Collum Contritum, Genickbruch. Und was für einem."

„Würdest du sagen, dass er den Tod des Fahrers gewollt herbeigeführt haben muss?"

Dottore Lamberti dachte kurz nach. „Nicht unbedingt. Kann ein Reflex in einer heftigen Auseinandersetzung gewesen sein. Mit der fatalen Wirkung der Nackenstütze in der gegebenen Einstellung hat er bestimmt nicht gerechnet."

„Sonst noch was?"

„Nein, nur die Spuren am Hals des Toten und die Folgen."

„Zeitpunkt?"

„Ich würde sagen vor zwei Stunden plus minus 30 Minuten."

„Zu genau dieser Zeit bin ich hier vorbeigefahren."

„Dann gesteh lieber gleich den Mord. Der zuständige Commissario Vossi ist ein ganz harter Hund, der auch vor Folter nicht zurückschreckt. Und jetzt muss ich hier raus, in dem Wagen stinkt es wie auf einer Deponie."

Vossi fiel schlagartig die Antwort der Polizeipsychologin auf seine Frage ein, ob ein bestimmter Geruch aggressiv machen könne: „Nein, aber Ekel erregen und das kann tödliche Folgen haben."

Damit ging Dottore Lamberti grußlos ab und rollte seinen Jaguar in Lorenzos Nähe. Der hoffte allem Anschein nach auf ein Wort als Zeichen der Versöhnung nach dem Bild vom zuckerlrosafarbenen Dottore im Internet. Doch weit gefehlt. Dottore Lamberti setzte zum Kavalierstart an und nebelte Lorenzo mit einer Staubwolke ein. Der bekam einen Hustenanfall und rief dem Abrauschenden nicht jugendfreie Komplimente hinterher. Die zu allem Überfluss der Adressat bestimmt nicht mehr hören konnte, weil sie in einem Hupkonzert untergingen, das Stipe mit dem Drängeln seines Jaguars auf die Fahrbahn auslöste.

„Zwei hochgebildete Experten ihres Faches, gesegnet mit Vernunft und Kraft und kindisch wie zwei Affen. Wie ist das nur möglich?", schüttelte Vossi den Kopf.

„Bringt Abwechslung in den Arbeitstag", lachte Lorenzo.

„Als ob unser Job nicht abwechslungsreich genug wäre. Aber eure Sache. Geht mich nichts an. Doch was du gefunden hast, das geht mich etwas an, also sag schon."

„Jede Menge Fingerabdrücke. Ein dunkles Haar auf der Schulter des Fahrers, das nicht von ihm stammen kann. Vielleicht gehört es zu dem, der sich im Salon Brioli die Haare schneiden ließ."

„Unser Werwowarum?"

„Liegt irgendwie in der Luft. Ein Toter, nichts fehlt."

„Ein Toter, also nicht, wie gehabt, eine Tote. Reimt sich das?"

„Das Haar könnte den Beweis liefern. Die Fingerabdrücke muss ich erst sortieren. Ich melde mich sofort, wenn sich unser Würger darunter findet."

„Sagt nicht immer Würger. Wir müssen diesen sensationsgierigen Journalisten doch nicht alles nachplappern."

„Oh Pardon. Ich meinte jene Person, die verdächtigt wird, den gewaltsamen Tod von Mia Vaccaro und Valentina Scutti herbeigeführt zu haben. Besser so?"

Vossi war nicht danach, den Dialog weiterzuführen und ließ sich von Roberto berichten: „Die Fahrerlizenz, wie vorgeschrieben mit Bild auf dem Armaturenbrett, fehlt. Ein jugoslawischer Führerschein, ausgestellt auf einen Djamal Jurkovic, Geburtsort Rahovec. Wissen Sie, wo das liegt, Commissario?

„Bei dem Vornamen Djamal kann es nur Bosnien oder Kosovo sein. Mehr weiß ich auch nicht."

„Wieso? Hat Djamal eine spezifische Bedeutung?"

„Arabisch. Heißt so viel wie der Schöne."

Roberto grinste.

Vossi fuhr fort: „Es gab Zeiten, da beschränkte sich meine Kenntnis orientalischer Namen auf Ali und Ramadan hielt ich für ein sardisches Salatgemüse. Wie gerne möchte ich mein heutiges Wissen darüber gegen den Frieden der Vor-Multikulti-Zeit tauschen. Also sag schon, wie lautet seine Adresse?"

„Keine Angabe."

„Na gut, melde uns bei der Taxizentrale an."

Sie war in einem ehemaligen Fleischerladen im Marktviertel Monfalcones untergebracht. Eine korpulente Frau saß inmitten von Schachteln und Kisten, nahm Anrufe entgegen und gab sie als Einsätze an die Fahrer weiter. Sie gab an, der Täter hätte das Opfer per Telefon bestellt. Mit unterdrückter Rufnummer, wie die Frau beteuerte. Vielleicht hatte er das Handy samt Prepaidkarte entsorgt. Deshalb galt es, die Fundämter abzuklappern, sie zu bitten, einen verdächtigen Fund sogleich zu melden.

Weiters stellte sich heraus, dass sie 14 Fahrer dirigierte, von denen vier weder eine gültige Aufenthaltsgenehmigung noch eine Lizenz für Personentransporte hatten. Vossi überging diese Schönheitsfehler. Fürs erste war er nur an Djamal Jurkovic interessiert.

Roberto hätte so viel Laissez-faire im Umgang mit Wirtschaftsflüchtlingen, die ohne Aufenthalts- und Arbeitsgenehmigung arbeiteten, bei seinem Chef nicht erwartet. Vossi aber beschwichtigte: „Schau Roberto, immerhin fleißige Leute, die arbeiten. Vielleicht zahlen sie keine Steuern. Dann hätten sie wenigstens das mit den Millionären gemeinsam. Wahrscheinlich aber liegt ihr Einkommen ohnedies im Bereich der Steuerbefreiung. Vielleicht sind die Fahrer auch nicht krankenversichert. Jedoch: Wären sie es, wenn wir sie zur Ausweisung festnehmen lassen, sie aber nicht abschieben können, weil sie keiner haben will? Vielleicht haben sie keine Aufenthaltsgenehmigung. Ich weiß. Aber selbst dann sind sie mir immer noch lieber, als die, die Arbeitslosengelder einstreifen und locker zweitausend Euro im Monat mit Schwarzarbeit lukrieren. Ich halte mich da an Jelenas Logik. Kann ich dir auch empfehlen. Für sie sind die einen arme Teufel, denen keine Wahl bleibt, die anderen Betrüger, Parasiten am Sozialstaat."

Rita fuhr dazwischen: „Parasiten am Sozialstaat. Ist das nicht ein wenig zu hart?"

„Eine Härte, die uns die Realität aufzwingt. Es ist leider so, dass die einen, in unserem Fall die Albaner, arme Teufel sind, und es anderseits Parasiten am Sozialstaat gibt. Das kann man nicht anders formulieren, es sei denn, durch Lüge oder Selbstbetrug. Pfuschen und gleichzeitig vom Sozialstaat abkassieren ist nicht so sehr ein Verbrechen an etwas so Diffusem wie einem Staat, sondern ein Verbrechen an Mitmenschen, die vom Füllhorn der Solidarität des Sozialstaates abhängig sind. Und jetzt müssen wir überprüfen, zu welcher Sorte unsere Albaner gehören. Das heißt, du wirst es überprüfen, Roberto."

Djamals Kollegen ohne Aufenthaltsgenehmigung hausten mit weiteren Kosovaren mit Aufenthaltsgenehmigung im ehemaligen Ersatzteillager einer aufgelassenen Gerberei. Der ihnen zugeteilte Raum war etwa 30 Quadratmeter groß und hatte zwei Fenster, keinen Wasseranschluss und nur vier Betten. „Vier Betten für sieben Mann?", fragte sich Vossi.

Als Klosett stand ihnen das frühere Werkstättenklo zur Verfügung. Keine Waschmuschel. Das Becken für die Wasserspülung fehlte, war aus der Mauer herausgerissen. Gespült werden musste deshalb mit Eimer, Wasserentnahme vom Brunnen im Hof. Dort war offensichtlich auch gleich der Waschplatz. Eine Lache, eine Seife auf einem Stein und das Bruchstück eines Spiegels legten dies nahe.

Alles starrte vor Schmutz. Schon oft hatte sich Vossi gefragt, warum keiner der Bewohner solcher Löcher bereit war, mal aufzukehren, abzustauben, vielleicht da oder dort etwas Farbe aufzutragen. Jelena hatte einmal gemeint, der Dreck stünde für Resignation. Wahrscheinlich hatte sie Recht. Wahrscheinlich hatte Hoffnungslosigkeit die Kraft erstickt, zu entsorgen, sauber zu machen oder gar einen Pinsel in einen Farbtopf zu tauchen.

Vossis Frage an die Kosovaren, wie sieben Erwachsene mit vier Betten das Auslangen finden konnten, beantwortete Juri, der Einzige, der einen etwas größeren Wortschatz hatte: „Tagschicht, Nachtschicht."

„Das heißt, wenn die einen Tagschicht haben, schläft die Nachtschicht in den Betten und umgekehrt."

„Ja, wir noch ein Bett frei. Und jetzt Djamal tot, zwei Betten frei."

„Was zahlt ihr dafür?"

„Nichts. Sind Gast."

Vossi hatte keine andere Antwort erwartet. Roberto hatte später herausgefunden, dass der Eigentümer des Areals ein Albaner aus Durres war. Wahrscheinlich zahlten die Kosovaren zwischen 300 und 400 Euro pro Mann. Und wussten genau: Würden sie sich beschweren, wären sie von jetzt auf gleich buchstäblich auf der Straße. Natürlich fertigte Roberto eine Niederschrift darüber an und gab sie weiter, damit dem Albaner endlich das Handwerk gelegt würde. „Wie denn?", hatte ihn kurze Zeit später der damit befasste Kollege gefragt. Wenn wir es der Staatsanwaltschaft weitergeben, verschleudern wir Steuergelder, denn keiner der Mieter des Albaners wird aussagen."

„Also keine Chance, ihm das Handwerk zu legen?"

„Eine einzige, sein Geiz. Er gibt sich nicht mit den Mieteinnahmen zufrieden, die wir auf vierzehn bis fünfzehntausend Euro im Monat schätzen, sondern er beschäftigt auch ein paar Dealer. Das Drogendezernat lauert. Aber auch hier ist es nicht einfach, an ihn heranzukommen. Die Dealer verhalten sich wie die Mieter. Du kannst sie hopsnehmen, aber den Albaner hast du damit noch lange nicht an den Eiern. Dazu braucht's fast ein Wunder."

Vossi erzählte Jelena vor dem Abendessen davon, um wenigstens einen Teil seines Ärgers darüber loszuwerden. Sie unterbrach das Drehen der Salatschleuder, schmeckte kurz die Marinade ab, verzog das Gesicht, mischte einen Teelöffel Kondensmilch darunter und meinte schließlich: „Sei froh, dass du es mit Mördern zu tun zu hast. Da hast du Erfolg. Wenigsten ab und zu. Aber an einem Vermieter, der Migranten Tausende Euro Miete abquetscht und ein Drogennetz über die Stadt wirft, ohne dass du ihn hinter Schloss und Riegel bringen kannst, würdest du zerbrechen."

Vossi sprach nicht viel zu dem würzigen Lammeintopf à la Toskana mit geschälten Tomaten, Gigantes und Canneroni. Er kaute langsamer als sonst und überlegte, ob Jelena ihre Einlassungen zu seinem Beruf spöttisch oder ernst gemeint hatte. Auch die destillierte Kirsche als Nachtisch ließ ihn darüber im Unklaren. Und falls der Taximord auf das Konto seines Doppelmörders ging, hatten sie es keinesfalls mit einem klassischen Frauenmörder zu tun. Klassische Frauenmörder töten keine männlichen Taxifahrer. Das wäre gegen die Grammatik.

„Klassischer Frauenmörder? Was für einen Blödsinn denke ich da? Als ob es so etwas gäbe!" Verärgert über sich und die Welt genehmigte er sich noch eine Kirsche.

Um vier Uhr früh weckte ihn das Trio Chianti, Kirsche und Mokka. Danach konnte er nicht mehr einschlafen. Mordete der Werwowarum nach Plan? Wollte er überhaupt morden? Fest stand, auch intensivstes Graben im Umfeld der Opfer hatte keinen Hinweis auf irgendeinen Verdächtigen erbracht. Die kleine Friseurin Mia hatte den Umkreis Familie, Lover, Arbeitsplatz nie verlassen, keinen Briefwechsel mit der Außenwelt, kein Internet. Die Masseurin Valentina hatte nach dem Motorradunfall ihres Mannes nur ihre Kinder im Kopf gehabt. Ihnen eine gute Ausbildung zu sichern, den depressiven, vollinvaliden Ernährer nicht nur zu ersetzen, sondern aufzumuntern, damit er sich nicht vom fünften Stock in die Tiefe stürzte, war Heldentum pur.

Auch hier keine Kontakte zu irgendjemandem außerhalb dieses Wirkungskreises. Abgesehen von Felipe Scutti, dem alleinstehenden Onkel des Verunglückten, der auf Staten Island, New York, als Pensionist seinen Lebensabend verbrachte und angereist war, um sich als Großonkel um die Kinder seines Neffen zu kümmern. Vossi hatte ihn von den Kollegen in New York überprüfen lassen. Ein Mann Anfang siebzig, nicht wohlhabend aber „comfortable", wie es der Kollege des New Yorker Police Departements formulierte. Und Roberto hatte in den Kontoauszügen der Scuttis herausgefunden, dass ab dem Tag des Motorradunfalls monatlich 400 Dollar von dem Onkel in den USA eingingen. Danach wieder die Frage: Warum brachte man eine Frau wie Valentina Scutti um? Warum tötete man ein so harmloses Ding wie diese Mia Vaccaro? Und warum den Taxifahrer namens Djamal, der einfach nur leben, genauer, einfach nur überleben wollte? Keiner der Fälle ergab einen Sinn. Spielte diese Sinnlosigkeit Schicksal? War die Grausamkeit eines bestimmten, sich wiederholenden Zufalls der rote Faden, der die drei Fälle, fernab von jeder Sinnhaftigkeit, miteinander verknüpfte?

Vossi addierte im Geist die Recherchen, die noch zu machen waren: Zum Taximord waren noch lange nicht alle Taxifahrer Monfalcones befragt worden. Dabei würde sich die eine oder andere Spur auftun, der sofort nachgegangen werden musste. Also: Er brauchte Teamverstärkung.

Der Personaldirigent des Polizeipräsidiums, ein knorriger Kriminaldirektor mit steifem Bein nach einem Schusswechsel mit Bankräubern bei einem seiner ersten Einsätze als junger Streifenpolizist, sagte jovial: „Habe mit Ihrem Anruf gerechnet, Commissario. Wieviel Mann brauchen Sie?"

„Ich würde für eine Aufstockung um sechs bis zwölf plädieren."

„Also sechs Mann. Lässt sich machen, Commissario. Dürfen auch Frauen darunter sein?"

„Ja selbstverständlich doch, Direttore", beeilte sich Vossi zu versichern und war über die Frage verwundert, wenn nicht gar bestürzt.

„Für Sie einfach Bangioli, Arturo Bangioli, Commissario."

„Für Sie einfach Vossi, Bruno Vossi, Direttore."

„Na also. Und wie gefällt es Ihnen in Triest?"

„Es macht sich."

„Gut so. Also wir verstärken auf eine Soko. Wie nennen wir sie?"

„Müssen Sokos immer einen Namen haben?"

„Bei uns schon, Vossi. Am besten wir einigen uns auf ‚Soko Fangobad'. Was sagen Sie dazu?"

„Wenn's denn sein muss."

Danach bat Vossi um einen Dolmetscher für die Befragungen der Albaner und Kosovaren in der alten Gerberei.

„Steht in zwei Stunden vor Ihrer Bürotür."

Der Einsatz des Übersetzers ergab nur wenig Neues. Einer der Kosovaren wollte wissen, ob sie bei Djamal Geld gefunden hätten. Djamal hätte nämlich immer „Cash-Money" bei sich gehabt. Ja, Djamal hatte 4200 Euro in kleinen Scheinen in einem Lederbeutel unter der rechten Achsel bei sich gehabt. Wäre sein Mörder auf Geld aus gewesen, er hätte die Lederkordel um den Hals seines Opfers bestimmt nicht übersehen. Oder doch? War er gestört worden? War es am Ende der Zorro vom Rilkeweg? Kaum, denn die Brieftasche des Fahrers hatte der Killer nicht angerührt. Und die lag frei zugängig auf dem Beifahrersitz.

Es war wahrscheinlich, dass es einen Streit zwischen Fahrer und Fahrgast gegeben hatte. Aber worüber? Über den verdreckten Zustand des Wagens? Vossi sah die Kassenlade der Signora Brioli vor seinem geistigen Auge und hörte sie sagen: „Bitte sehr, alle Papiere auf Kante gestapelt. Wo gibt's denn so was?" Könnte ein Ordnungsfreak in Djamals Müllkutsche geraten und aus Verzweiflung über so viel Dreck zum Mörder geworden sein? Im Streit darüber vielleicht. Dazu brauchte es nur einen jähzornigen Ordnungsfreak. Und noch etwas tauchte in Vossis Erinnerungssuppe auf: Stipes „er hat sie praktisch nicht angerührt". Das waren doch Stipes Worte? Hatten die Opfer eine Ausdünstung, durch die der Täter die Kontrolle über sich selbst verlor? Aber da würde er sich doch von seinem Opfer abwenden, statt sich auf sie zu werfen! Und gehen Ordnungsfreaks in ein Fangobad? Passt Schlamm in ihre Welt?

Am nächsten Vormittag endlich ein Lichtblick. Roberto hatte die Buslenker der Strecke Triest – Monfalcone – Triest befragt. Und einer hatte zur Tatzeit des Taximordes einen Fahrgast gegenüber der Haltebucht aufgenommen. Vossi bat ihn in die Questura. Ein brauchbarer Typ, seit fünfzehn Jahren auf der Linie, nie aufgefallen, außer als Gewerkschafter und da aus Sicht der Kollegenschaft positiv. Er erinnerte sich: „Der Mann hatte entweder eine Wochenkarte oder er war Schwarzfahrer. Jedenfalls, Karte hat er bei mir keine gelöst und er hat auch keine entwertet, da bin ich ganz sicher."

Ausgestiegen sei er bestimmt nicht vor Monfalcone. Phantombild konnte der Buschauffeur keines liefern. Seine Angaben endeten bei groß, dunkelhaarig, kein Bart, unauffällig.

„Wie groß war er? Kleiner als ich oder größer?", wollte Vossi wissen.

„Ihre Größe, würde ich sagen."

„Trug er eine Tasche oder einen Koffer?"

„Nein. Er hatte einen Stock."

„Einen Stock, sagen Sie. Gebrauchte er ihn als Gehhilfe, stütze er sich also darauf ab, oder trug er ihn nur so bei sich, wie früher die Aristokraten und Herren von Stand?"

„Sie meinen, ob er hinkte?"

„Hinken. Genau darauf wollte ich hinaus."

„Nein, er ging ganz normal zu den hinteren Sitzen. Das habe ich im Rückspiegel gesehen, weil ich nicht anfahren wollte, bevor der Herr mit Stock saß. Hätte ja behindert sein können."

„Was für ein Stock war es? Ein feiner Spazierstock für den Herrn oder ein Wanderstab fürs Bergwandern, oder einer mit spitzem Metallende, wie sie Bergsteiger mit sich tragen?"

„Nein, ein ganz normaler Stock mit gebogenem Griff. Wie ein Regenschirm ohne Bespannung."

„Fällt Ihnen sonst noch etwas zu dieser Person ein?"

„Er trug ein stark riechendes Rasierwasser."

„Das heißt, er war parfümiert", wandte Rita ein. Und an den Chauffeur gerichtet fragte sie: „Glauben Sie, dass Sie sich an den Duft erinnern könnten?"

„Kaum."

„Doch, ich wette, Sie können", fuhr Vossi dazwischen und rief sich die Aussagen der Psychologin in Erinnerung. Hatte sie nicht doziert, dass sich Menschen an den Geruch ihres Kinderzimmers, ihrer Schule oder eines Lehrers auch nach Jahrzehnten noch erinnern. Und, dass Geruch oft sehr stark mit positiven oder negativen Gefühlen verknüpft sei. Daher seine nächste Frage: „Haben Sie etwas empfunden, als der Mann in seiner Duftwolke an Ihnen vorbei nach hinten ging?"

„Ich wüsste nicht was."

„Versuchen Sie, sich zu erinnern. Der Mann geht an Ihnen vorbei. Sie riechen sein Parfum. Und Sie denken sich ..."

„Ein Schwuler."

„Haben Sie sich das gedacht? Wirkte er wie ein Homosexueller auf Sie?"

„Nein."

„Also er ging an Ihnen vorbei. Was danach?"

„Eigentlich nichts. Er ging nach hinten, ich habe abgewartet, bis er sitzt und bin losgefahren. Wie ich es bei Behinderten immer mache."

„Er war aber nicht behindert."

„Nein, er ging ganz normal."

„Sie haben sich also nach ihm umgedreht."

„Nein, ich hielt ihn durch den Rückspiegel im Auge bis er saß. Dann fuhr ich los."

„Lassen wir ihn nochmals an Ihnen vorbeigehen. In welcher Hand trug er den Stock?"

„In der Rechten. Und er trug Handschuhe."

„Handschuhe? Um diese Jahreszeit?"

„Ja. Hat mich auch gewundert."

Damit war der Punkt erreicht, dem Busfahrer das auf Gegenwart getrimmte Bild von Fausto Grassi vorzulegen: „Könnte dies der Mann mit dem Stock gewesen sein?"

Der Fahrer nahm das Bild, studierte es eine ganze Weile und sah zwischendurch Vossi unschlüssig an. Weshalb Vossi mit „Lassen Sie sich Zeit" auf ihn einwirkte. Schließlich gab der Fahrer das Bild zurück und sagte: „Ich bin mir nicht sicher, aber die Ohren kommen mir sehr ähnlich vor."

„Die Ohren? Und weshalb?"

„Sie sind auffällig groß, finden Sie nicht auch?"

Vossi war das nicht aufgefallen. Aber er erinnerte sich schlagartig an einen Vortrag bei Scotland Yard in London, wo ein Professor Richard Neeves auf die Einmaligkeit von Ohren hingewiesen hatte. „Sie sind ein Merkmal, so treffsicher wie Fingerabdrücke", war seine Botschaft. War der Schlaksige also gar nicht verreist? Trieb er hier als todkrankes U-Boot sein Unwesen?

„Wie kommen Sie auf Ohren?", hakte er nach.

„Na, weil sie so groß waren. Vielleicht weil ich vor ein paar Tagen einen Filmbericht über Prinz Charles gesehen habe, wo über seine Ohren gewitzelt wurde. Und die sind wirklich groß, finden Sie nicht auch?"

Vossi konnte dazu nichts sagen. Jelena wäre da kompetenter gewesen.

„Gut, nochmals zu dem Rasierwasser, von dem meine Kollegin meint, dass es Parfum war. Wir besorgen Proben von Herrenparfums. Alles, was es so auf dem Markt gibt. Und Sie schnüffeln sich durch. Wenn wir nämlich wissen, welches Parfum er benützt, könnten wir herausfinden, wo er es kauft. Und wenn er mit Kreditkarte bezahlt hat, haben wir ihn."

Vossi ließ sich per Telefon von Dottoressa Novaco erklären, wie ein solcher Test am besten durchzuführen sei.

„Vor allem müssen Sie dem Probanden zwischen den einzelnen Duftproben Zeit geben. Geruchserinnerungen sind anderer Natur als optische. Ein Bild, das Sie gesehen haben, können Sie ausblenden, bevor Sie das nächste betrachten. Beim Geruchsinn ist das aber nicht so einfach. Der überlappt. Und nicht von einem Papierstreifen riechen lassen, wie in den Parfümerien gehandhabt, sondern von Haut. Am besten, Sie setzen die ganze Truppe ein, Commissario."

„Dann brauchen wir nur noch das Okay der obersten Dienststelle, für die Anschaffung der Proben. Mit wieviel müssen wir da rechnen?"

„Ich schätze mal zwischen zwei und viertausend Euro."

„Was? Dann halten Sie mir bitte die Daumen, dass ich dafür grünes Licht bekomme."

„Gern. Auch ich habe eine Bitte, kann ich bei dem Test dabei sein? Er würde mich wirklich sehr interessieren."

„Aber Dottoressa, was heißt dabei sein? Sie werden ihn leiten."

Gemäß der Aussage des Busfahrers korrigierte Vossi das Bild, das er sich vom Schlaksigen gemacht hatte. Vor seinem geistigen Auge schlenkerte ein großgewachsener, parfümierter Dandy mit seinem Stock und trug dazu braune Lederhandschuhe, wie jene, mit denen die Gentlemen in den alten Filmen ihre schicken Cabriolets lenkten.

„Was ist eure Meinung?", fragte er Rita und Roberto. Rita sagte nur „Ich war beim Castello nicht dabei" und Robertos „Al Capone, der hatte auch sehr große Ohren" war ebenfalls nicht hilfreich.

„Wieso hatte der Schlaksige vor dem Castello di Spessa keine Handschuhe und keinen Stock, der Mann im Bus aber schon?"

„Vielleicht hatte er sie gerade nicht an? Er kam ja ziemlich eilig daher, weil er wissen wollte, was wir mit seinem Auto zu schaffen hätten", gab Roberto zu bedenken.

„Und der Stock?"

„Ebenfalls. Der lehnte irgendwo im Park, weil er nur schnell nachsehen wollte, was wir bei seinem Auto wollten."

„Vielleicht hat er Probleme mit dem Knie, die erst nach längerem Gehen akut werden. Nach einer Meniskusoperation kann das schon vorkommen. Und deshalb hinkte er nicht, als er nach hinten in den Bus ging. Oder ein Bergsteiger, der hinüber nach Slowenien ins Gebirge wollte? Quatsch, dann hätte er einen Rucksack oder zumindest eine Tragtasche dabeigehabt. Und Bergschuhe hätte der Buschauffeur sicher bemerkt", sagte Vossi mehr zu sich selbst.

Roberto setzte seine Recherche an den Verkaufsstellen der Dauerkarten für die Linie Triest – Monfalcone fort. Ob ein Mann mit Stock unter den Kunden gewesen wäre? Keiner der Verkäufer und Verkäuferinnen konnte dazu eine Angabe machen. Bis auf den Letzten der Befragten. Der wunderte sich: „Mit Stock, wie denn? Ein Behinderter bekommt doch eine Dauerfreikarte vom Magistrat. Den sehen wir hier ja gar nicht."

Die Drückerkolonne war mehr als ausgelastet. So übernahm Vossi ein paar Zieladressen und setzte sich am nächsten Morgen in Richtung Ferroni und Söhne, Herrenausstatter in der Nähe des Excelsior Hotels, in Bewegung. Ferroni und Söhne hatte Renommee. Seit Generationen kaufte dort ein, wer etwas auf sich hielt und es sich leisten konnte. Für Vossi wichtig, weil es dort Herrenbekleidung in allen Größen zu kaufen gab und auch Stöcke, wie Rita zu berichten wusste. Ihr Großvater hatte nämlich einen solchen aus Anlass seiner bestandenen Gesellenprüfung als Sattel- und Pfriemenmacher vom Lehrherren geschenkt bekommen und immer wieder betont, dass das edle Stück von Ferroni und Söhne stamme.

Vossi betrat das Geschäft. Zwischen den dunklen Mahagonimöbeln brannte nur eine Funsen und als ein Bus an den Schaufenstern vorbeifuhr, wurde es beinahe völlig dunkel. Von einstiger Noblesse hatte sich nur ein vager Duft nach Zedernholz erhalten. Ein unfreundlicher Alter empfing ihn mit der Eröffnung, dass er sein Kontor mit Monatsletzten für immer schließen werde.

„Wir ehrlichen Geschäftsleute aus der Gegend, wir haben doch keine Chance. Mein Urgroßvater hat hier noch die noblen Herrschaften aus Wien, Prag und Budapest bedient, die sich nach Ägypten oder Amerika einschifften, mein Großvater die Offiziere des Königs, die Angehörigen der deutschen Wehrmacht. Danach ging es bergab. Ich bediene jetzt Italiener so wie Sie einer sind, Commissario." Dabei musterte er Vossi abschätzig von oben nach unten und schien mit dem Sitz seines Jacketts ganz und gar nicht einverstanden zu sein.

Vossi quittierte den Blick mit einem scharfen „Besten Dank", was den Alten aber keineswegs beirrte: „Das Internet gibt mir jetzt den Rest", fuhr er fort. „In all den Zeiten führten wir feines Tuch, auch in den schlechten. Hemden aus Seide, Krawatten und Schuhe aus London und Spazierstöcke aus der Türkei, wie es sie sonst nirgendwo auf der Welt gibt. Und ab Monatsersten wird Schluss sein, mit Ferroni und Söhne."

„Sie erwähnen Stöcke. Können Sie sich erinnern, ob Sie einen an einen dunklen, großgewachsenen Herrn verkauft haben?"

„Wissen Sie, wann ich meinen letzten Stock verkauft habe? Das muss 1980 oder so gewesen sein."

„Tut mir leid, das zu hören. Sind Spazierstöcke teuer?"

„Kommt darauf an. Es gibt welche um zehn Euro und welche der türkischen Edelmarken um zweitausend."

„Zweitausend Euro für einen Spazierstock? Sie scherzen."

„Mir ist schon seit Jahren nicht mehr zum Scherzen zumute, junger Mann. Aber was genau kann ich für Sie tun?"

Es stellte sich heraus, er konnte gar nichts für Vossi tun. Das Bild von Fausto Grassi sagte ihm nichts, Krawatten der Extralänge führte er seit geraumer Zeit nicht mehr, weil sich das Geschäft mit Sondergrößen nie wirklich gelohnt hatte. Die Krawatte aus der Saunakabine stammte aus seinem Sortiment, wer sie für wen bei Ferroni und Söhne gekauft hatte, könne er nicht sagen. Im Übrigen sei sie keine Übergröße, die gäbe es bei Krawatten nicht. Es gäbe bloß etwas längere und das goldene Mittelmaß.

Zuletzt wären übrigens nur noch englische Schuhe nach Maß und Manschettenknöpfe der Luxusklasse gegangen. Aber mit den Russen fehle auch diese Kundschaft. Mit „ab nächsten Ersten bin ich Pensionist bei 1100 Euro Rente, Viva Italia" beendete er seine Ausführungen.

Die Möglichkeit, dass Fausto Grassi hier irgendwo als U-Boot meuchelte, die Unmöglichkeit, konkret nach ihm zu fahnden, belastete. Zudem musste Vossi sein Team darauf einschwören, in alle Richtungen zu ermitteln. Er dränge sich als Täter auf, sein Verschwinden spreche auch nicht gerade für ihn, man dürfe aber nichts übersehen, was ganz andere Schlüsse zuließe.

Letzteres kam Ritas Bauchgefühl sehr entgegen. Sie glaubte einfach nicht an die simple Lösung, dass Grassi der Täter war. Obwohl sie ihn nicht kannte, nicht dabei war, bei der Begegnung vor dem Hotel Castello di Spessa? Oder vielleicht weil? Jedenfalls wollte sie sich nochmals den Bahnhofsbereich Monfalcone vornehmen, wo laut Taxizentrale der ermordete Fahrer seinen letzten

Fahrgast aufgenommen hatte. Die Mitarbeiter des Imbiss-Espressos vis-a-vis des Bahnhofgebäudes waren schon einmal befragt worden. Nichts. Doch diesmal saß ein Gast an der Theke, eine Frau, die sich erinnern konnte, dass zur fraglichen Zeit ein großer Mann in das bewusste Taxi gestiegen sei.

„Sind Sie sicher?"

„Und ob! Ich wollte das Taxi nehmen und er stieß mich einfach zur Seite. Ich hörte noch, wie er zum Fahrer Triest Centro sagte, und weg waren sie. Ich wäre beinahe von dem Kerl umgestoßen worden."

„Kann es dieser Mann gewesen sein?", fragte Rita und sie spürte, dass ihre Hand zu schwitzen begann, als sie ihr das Foto von Fausto Grassi zeigte.

Die Frau sah kurz hin und meinte aufgebracht: „Der war es. So ein rücksichtloser Lackl."

„Bitte sehen Sie sich das Bild genauer an. Glaube Sie, dass dies der Mann ist, der Sie zur Seite stieß?"

„Ganz sicher."

„Hatte er einen Stock?"

„Keine Ahnung."

„Hatte er einen Hut auf?"

„Ich glaube nicht."

„Trug er Handschuhe?"

„Um diese Jahreszeit?"

„Trug er welche?"

„Weiß ich nicht. Ich weiß nur, er hat mich gestoßen und ich wäre beinahe hingefallen. Und nach Triest wollte er."

Wie immer hatte Rita ein Bild ihres Sohnes bei sich. Sie zeigte es der Frau und sagte: „Oder war es vielleicht der. Glauben Sie nicht, dass es der war?"

„Schon eher. Die beiden sehen sich aber auch so was von ähnlich, finden Sie nicht auch, Commissaria?"

„Ich finde nein, zumal der eine so an die 60 ist, der andere 22."

„Sind Sie da sicher?"

„Ganz sicher. Der 22-Jährige ist nämlich mein Sohn."

„Da sehen Sie, Commissaria, wie Bilder täuschen können, finden Sie nicht auch?"

Rita wiederholte die Szene wortwörtlich für Vossi. Der resümierte: „Na immerhin, eines scheinen wir zu wissen: Der Fahrgast war ein großer Mann und kein kleiner. Es hätte unser Schlaksiger sein können."

„Du glaubst, der treibt sich hier um? Aber wo schläft er, wo isst er?"

„Kein Problem. Er kann sich's aussuchen. Er ist ja nicht zur Fahndung ausgeschrieben. Hättest du nicht die an sich gute Idee mit dem Bild deines Sohnes gehabt, sondern an der Stelle die Befragung abgebrochen, hätten wir einen Haftbefehl so gut wie in der Tasche gehabt."

„Du scherzt."

„Nein, ganz und gar nicht. Ich wäre zu unserem Richter gegangen und hätte gesagt: Die Frau hat ihn auf dem Bild wiedererkannt. Und schon hätte er einen Haftbefehl unterschrieben."

„Bist du jetzt sauer?"

„Nein, Rita. Ich glaube ehrlich, es war eine gute Idee zur Probe das Foto von deinem Sohn zu zücken. Ich hoffe, ich hätte in dieser Situation auch diesen Einfall gehabt."

Da an einen Haftbefehl mit dem, was sie hatten, weiterhin nicht zu denken war, versuchte es Vossi mit einem Aufruf im Radio und in der Tagespresse. Lenker, die zur fraglichen Zeit an der Costiera zwischen Triest und Sistiana einen Anhalter, groß, dunkelhaarig, aufnahmen, mögen sich bitte melden. Schließlich war es nicht zwingend, dass der Täter einen Bus nach Monfalcone oder Triest bestieg.

Roberto war überrascht: „Das klingt ja wie eine Warnung für unseren möglichen Täter. War das in Ihrem Sinn, Commissario?"

„Schon. Es geht mir darum, eine Reaktion auszulösen. Wenn also jemand kommt und sagt, den habe ich mitgenommen, haben wir endlich einen Anhaltspunkt."

Die Genehmigung, Parfumproben des ganzen Registers anzukaufen, um den Dufttest mit dem Buschauffeur durchziehen zu können, wurde nicht umgehend erteilt. Vielmehr meldete sich der Sekretär des Polizeipräsidenten telefonisch und überredete Vossi, erstmal mögliche Reaktionen auf den Aufruf an die Autofahrer abzuwarten. Die Parfums würden 6.200 Euro kosten und die Frage, was danach damit geschehen sollte, hätte noch nicht geklärt werden können. „Na gut", zeigte sich Vossi umgänglich. „Ich verschiebe den Test um 48 Stunden. Wenn sich bis dahin niemand meldet, verwandeln wir unseren Palazzo Prozzi in einen Palazzo der Düfte."

An diesem Abend war in Gorizias Café Visavis die Abschiedsfeier „von unserem alten Zuhause" angesetzt. Vossi und Dottore Lamberti erschienen zeitgleich, Lorenzo war, wie immer, schon da. Die Eigentümerin des Cafés, die ebenso hübsche wie kluge wie unverwüstliche Lucy, hatte das Nebenzimmer für sie mit dem Hinweis „Geschlossene Gesellschaft" reserviert. Stipe protestierte. Mit den Worten „Nichts da, wir wollen bei dir an der Bar stehen" nahm er das Schild und hing es, von der Straße her deutlich sichtbar, hinter die Scheibe der Eingangstür. Lucy nahm es mit „Na gut, dann müsst ihr aber ordentlich Umsatz machen" zur Kenntnis. Alle gelobten eine fürstliche Zeche.

Was sich schwer verwirklichen ließ. Lucy hatte die Tische mit Kalter Platten zur freien Bedienung beladen. Die Kooperative der Weinbauern von Cormòns stellte sich mit vier Plutzern Friulano ein und Lucy verkündete „Bier geht aufs Haus“. Zu allem Überfluss hatte Lorenzo eine Doppelliterflasche Slibowitz „von meinem Cousin drüben“ mitgebracht. „Drüben“ hieß so viel wie auf der anderen Seite der Grenze, wo es – vermeintlich oder tatsächlich – die besseren Zwetschgen und folglich den besseren Schnaps davon gab.

Binnen 30 Minuten war das Visavis voll. Nur Rita hatte sich entschuldigen lassen. Sie hatte sich den Tag vor dem Schnüffeltest – wenn es ihn denn geben sollte – frei genommen, um ihrem Sohn Guido in Padua die Hemden zu bügeln und mit ihm vornehm zu tafeln. „Der isst doch sonst sicher nur Mist von einer Fast-Food-Kette“, hatte sie gejammert. Das erinnerte Vossi an seine Studienzeit. Damals hatte die Pizza, ausgehend von Neapel, ihren Siegeszug angetreten. 200 Lire die Schnitte, 350 die ganze Scheibe. Überall duftete es nach Zwiebeln und Knoblauch und Holzfeuer. Bei Gavrilo, einer Zimmer-Küchen-Gostilna, gab es Rasnici oder Cevapcici mit Djuvec-Reis, dazu eine Schüssel mit Tomatensalat und nebenbei hausgemachtes Ajvar, den Gemüsekaviar der serbisch-mazedonischen Küche. Das Ganze um 800 Lire, also nach heutiger Währung zwischen 50 Cent und zwei Euro. Und ob Pizza oder Balkanmenüs, mit Fast Food hatte das nichts gemein. Das war frisches, nahrhaftes Essen. Allerdings verdaute es sich rasch, nur der Zwiebelgeschmack hielt sich länger.

Im Laufe des Abends vertraute ihm Lucy an, dass sie zu verkaufen gedenke. An eine Schuhschwemme.

„Ist nicht wahr?“

„Doch Bruno, was meinst du wie ruhig es hier ist, seit ihr weg seid? Von den paar Carabinieri, einem Saintrope und seiner Sekretärin kann ich nicht leben."

„Mehrzahl, Sekretärinnen, du meinst die Eins und die Zwei."

„Nein. Nur Graziella blieb. Elisabetta wurde nach Cividale versetzt, was ihr sehr recht war, da sie ganz in der Nähe zu Hause ist."

„Armer Saintrope. Das wird ihm zu schaffen machen. Nur eine Sekretärin und so viel zu tun."

„Du sagst es. So viel, dass er neuerdings Dauergast ist. Und ganz unter uns: Er trinkt bald schon mehr als Capitano Scappo. Dabei war ihm früher mein Lokal nie gut genug. Er ist übrigens ganz schön wütend auf dich. Er hat dem Bürgermeister eingeredet, du seist schuld an der Dezimierung des Personals der Questura, weil du nicht bereit warst, in Gorizia zu bleiben."

„Du weißt aber schon, dass das ein ganz infamer Quatsch ist."

„Ach so? Aber Saintrope sagte doch, er hätte dir angeboten, die Dienststelle in Triest zu übernehmen und die hier aufrecht zu erhalten. Stimmt das?"

„Irgendwie schon. Aber als unsere jahrelange Nachbarin weißt du, dass dies nie gehalten hätte. Am Ende wäre es doch Triest geworden und Triest geblieben. Da wollte ich lieber gleich ganze Sache machen. Aber sag, was wirst du tun, wenn du verkauft hast? Als Frühpensionistin kann ich mir unsere Lucy nicht vorstellen."

„Ich habe angeheuert. Ab November bin ich Rezeptionistin auf der „Butterfly", dem neuen Kreuzfahrtriesen, der gerade in Monfalcone den letzten Schliff bekommt."

„Klingt ja toll!"

„Wird es hoffentlich auch. Jedenfalls freu ich mich schon. Erste Reise über den Atlantik, durch den Panama

Kanal und dann bis April hin und her zwischen Tahiti, Hawaii und Long Beach, Kalifornien."

„Nicht schlecht, nicht schlecht. Und wenn du wiederkommst, hast du uns längst vergessen."

„Aber Bruno, wie könnte ich. Ihr wart doch zwanzig Jahre mein Lebensinhalt. Apropos vergessen. Da war ein Mann da, nett, Mitte vierzig, der hat sich nach dir erkundigt."

„So? Hat er etwas für mich hinterlassen?"

„Nein, ich habe ihm die Nummer deiner Dienststelle gegeben. Er wollte sich bei dir melden."

„OK, wird er sich wohl noch."

In der Runde traf Vossi auch auf Capitano Giuseppe Scappo von den Carabinieri. Irgendjemand von ihnen hatte ihn wohl eingeladen oder Scappo kam uneingeladen, was durchaus seiner Art entsprach. Scappo war tatsächlich ein geeichter Spiegeltrinker. Man merkte es ihm aber nicht an. Er wirkte nie betrunken und seine Witze hatten ohnedies noch nie eine Pointe gehabt. Deshalb war Vossi an seiner Geschichte von dem Mann, der ohne Vorwarnung auf ein Auto eintrat, auch nur mäßig interessiert und wollte schon die Runde wechseln, als Scappo sagte: „Und stellt euch vor, dann hat er gar wie verrückt mit seinem Stock auf die Windschutzscheibe eingedroschen." Vossi blieb wie angewurzelt stehen. „Sagtest du Stock?"

„Ja, wie ein Irrer. Der Fahrer hat natürlich die Polizei gerufen und als meine Streife vor Ort war, war er lammfromm, sagte er wisse selbst nicht, was in ihn gefahren sei, entschuldigte sich bei dem Halter des Cabrios mit Händeringen und tausend Verbeugungen und bot an, sofort für den Schaden aufzukommen. Ein einziger kleiner Kratzer, nichts weiter."

„Und?", wollte Vossi wissen.

„Nichts und. Die beiden einigten sich, meine Carabinieri bekamen einen Anruf und mussten zu einem Fahrradunfall in der Via Garibaldi. Schrecklich, sage ich euch. Der Junge, der von dem Lastwagen regelrecht zerquetscht wurde. Ihr habt doch sicher davon gehört."

„Schon, aber was wurde aus dem Mann mit dem Stock? Habt ihr seine Personalien?"

„Das weiß ich nicht. Mir wurde nur mitgeteilt, dass keine Amtshandlung notwendig war, weil sich die beiden Streithähne beruhigten und der Fußgänger für den Schaden aufkommen wollte."

„Mehr nicht?"

„Was meinst du, Bruno? Wieso denn mehr? Mehr wovon?"

„Mensch Giuseppe, wir suchen einen Mann mit Stock. Unser Würger!"

Lorenzo, der zu dem Kreis der Zuhörer gehörte, meinte: „Jetzt hast es aber du gesagt."

„Was habe ich gesagt?"

„Würger. Jetzt hast du Würger gesagt."

„Ist doch egal."

„Nein, ist es nicht. Du sagtest, du wolltest das Wort nie wieder hören."

„Gib Ruhe, Lorenzo. Wo war das, Giuseppe, wann war das und wer waren die Männer in deiner Streife?"

So viele Fragen auf einmal überforderten den Capitano. „Wer? Ach so, Nicolo. Du kennst doch Nicolo Samoni, den Capo der Fahnenschwinger von Gradisca d'Isonzo, und Matilde Savone."

„Kenne ich. Wo finde ich ihn?"

„Jetzt?"

„Genau jetzt."

„Da musst du dich an die Dienststelle wenden. Ich denke, er hat frei, aber ganz sicher weiß ich es nicht."

„Ok, ich habe etwas getrunken. Kannst du mich von deinen Leuten abholen lassen?"

„Wann?"

„Na jetzt!"

„Von hier? Willst du schon weg?"

„Ja doch, Giuseppe. Ich muss zu Nicolo Samoni."

„Was willst du denn jetzt von Nicolo Samoni?"

Vossi gab auf. Vielleicht konnte ihm die Fahrbereitschaft von der Questura gegenüber helfen.

Andrea, der Diensthabende, reagierte aber ganz anders als sonst.

„Sie sind doch gar nicht mehr von hier, Commissario. Haben die in Triest keine Autos mehr?", witzelte er unfreundlich. Erst nachdem Vossi erklärt hatte, dass Gorizia immer noch sein Rayon wäre, teilte er einen Fahrer für Vossi ein. Der alte Tommaso ratterte kurz darauf mit einem alten Fiat aus der Garage. Gerade, dass er Vossis Gruß erwiderte.

„Was ist denn los, was habt ihr denn alle auf einmal gegen mich?"

„Da dürfen Sie sich nicht wundern, Commissario. Wer Posten dezimiert und unsere Questura in den Saftladen eines Kuhdorfes niederwirtschaftet, kann sich keine Lorbeerkränze erwarten."

„Wer sagt denn, ich hätte?"

„Riccardo von der Gewerkschaft und Saintrope. Nicht einmal zu eurer Abschiedsfeier wurden wir eingeladen."

„So ein Quatsch. Das ganze Haus war eingeladen. Ich selbst habe die Zettel unterschrieben, damit Roberto sie ans schwarze Brett heftet und in der Kantine dem Wochenmenüplan beilegt. Und Roberto hat das mit Sicherheit auch getan."

„Es gibt keine Kantine mehr. Bei dem Personalstand nicht mehr gerechtfertigt. Aber um eure Feier im Visavis geht es ja gar nicht, sondern um den Stellenwert unserer Questura."

„Und den soll ich ramponiert haben!"

„Versichern Riccardo und Saintrope."

„Jetzt denken Sie mal ein wenig logisch, Tommaso, falls ich Sie überhaupt noch so nennen darf. Sie wissen doch, wo ich zu Hause bin, haben mich an die hundertmal von meinem Haus abgeholt, oder?"

„Ja doch."

„Und Sie glauben, dass ich, wohnhaft in den Hügeln von Gorizia, darauf versessen wäre, jeden Tag 30 Kilometer nach Triest und wieder zurück zu fahren?"

„Versichern Riccardo und Saintrope."

„Na gut, ich versuche es anders. Wer, glauben Sie, hat eher Befugnis zwei Dienststellen zusammenzulegen, ein Questore oder einer seiner Kommissare? Wobei ich Ihnen gleich sage, der Questore hat das natürlich auch nicht entschieden, sondern der Presidente, gedrängt von irgendwelchen Sparfüchsen in Rom."

Endlich sagte Tommaso etwas: „Aber Riccardo von der Gewerkschaft ..."

„Riccardo von der Gewerkschaft! Wenn ich das schon höre! Wo war denn euer Riccardo, als es um den gewerkschaftlichen Einspruch gegen die Stellenfusionierungen ging? Haben Sie da etwas von ihm gehört? Einen Protest, einen Aufschrei oder wenigsten ein Wort des Widerspruchs? Ich wäre liebend gern in Gorizia geblieben."

Tommaso tat so, als nehme ihn die Fahrt auf schnurgerader Straße bei extrem niedrigen Verkehrsaufkommen voll in Anspruch. Deshalb erwähnte Vossi, ganz gegen seine Gewohnheit, den Deal mit dem Gewerkschafter: „Ihr solltet euch lieber fragen, warum Riccardo demnächst um zwei Dienstklassen vorrücken wird, statt einem Unschuldigen derart übel mitzuspielen."

Vossi war sauer. Bei der Ankunft vor dem Carabinieri-Posten schickte er Tommaso mit den Worten „Ich verzichte und nehme zurück lieber ein Taxi“ weg. Er holte erst einmal tief Luft, bevor er freundlich grüßend den Posten betrat und sich nach Nicolo Samoni erkundigte.

Der war im Sozialraum im ersten Stock des Gebäudes. Vossi ließ ihn rufen.

„Gerade noch erwischt“, sagte Nicolo Samoni als er das Dienstzimmer betrat. Erklärend fügte er hinzu „seit einer Stunde Dienstschluss.“

„Tut mir leid, Nicolo. Nur auf ein paar Minuten. Dieser Zwischenfall an der Kreuzung mit dem Mann, der auf das Auto einschlug. Wann genau hat sich das zugetragen?“

„Gestern. Bevor wir zu dem Unfall mit dem Jungen gerufen wurden.“

„Wir?“

„Matilde und ich. Für Matilde ganz schlimm. Sie ist Mutter eines Jungen im gleichen Alter wie der Getötete.“

„Mein Gott, die Arme. Ich kenne das. Auch ich war einmal Streifenpolizist, wie Sie sich denken können. Aber heute geht es mir um den Mann, der auf das Auto einschlug.“

„Nichts Besonderes, Commissario. Wir kamen zufällig vorbei, niemand hat uns gerufen oder so. Den Anlass für den Streit konnten wir gar nicht richtig verstehen, weil das Radio des Autos so laut lief. Als wir hinzukamen, hat sich der mit dem Stock sofort entschuldigt und Entschädigung angeboten. Am Wagen war ja kein Schaden entstanden. Eine alte Rostlaube.“

„Marke?“

„Ein Fiat älteren Semesters. Die Beulen in der Tür auf der Beifahrerseite hatten bestimmt nichts mit den Stockschlägen zu tun. Stammten eher von einem anderen Wagen. Ich erinnere mich an schwarze Schleifspuren, wie sie entstehen, wenn die Plastikfront eines Wagens gegen den Lack schleift."

„Baujahr und Farbe des Wagens?"

„2010, 2011."

„Farbe?"

„Silbergrau."

„Fiel Ihnen etwas an dem Fahrzeughalter auf?"

„Zwischen 20 und 30, rotzfrech, Akzent, kroatische Nummer, dunkler Teint."

„Was genau meinen Sie mit ‚dunkler Teint'?"

„Wir hier sagen dazu ‚südlich'."

„Was fällt Ihnen zur Autonummer noch ein?"

„Die Buchstabenkombination sagte mir nichts. Also nicht Sibenik, Rijeka, Dubrovnik, Split oder Zadar."

Vossi registrierte, dass sein junger Kollege zu all den genannten Städten schon die international gebräuchliche kroatische Version gebrauchte. Also nicht Sebenico für Sibenik, Fiume für Rijeka, Ragusa für Dubrovnik, Spalata für Split und Zara für Zadar. Das fand er ganz ok. Sein Vater aber würde sich dabei im Grabe umdrehen.

„Sie sagten ‚Akzent'. Würden Sie sagen, der Lenker des Fiats war ein Kroate?"

„Da würde ich mich nicht festlegen wollen."

„Sprechen Sie Slowenisch?"

„Kein Wort. Ich stamme aus Verona."

Dieses ‚kein Wort' sagte er mit stolzgeschwellter Brust. Eine Dummheit oder Unerfahrenheit junger Menschen, die den engagierten Europäer in Vossi verletzte. Er war glücklich und dankbar für seine Slowenisch-Kenntnisse, die ihm den Zugang zur Welt der Slawen öffnete und hatte noch nie die Eltern verstehen können, die den Slowenisch-Unterricht in den Schulen als überflüssige Belastung der Kleinen verschmähten.

„Und die beiden einigten sich, als Sie kamen?"

„Ja. Aber sicherlich nicht, weil wir kamen. Dann hätten wir uns die beiden schon genauer angesehen."

„Alle Achtung, Sie verstehen meine Fragen besser als ich sie formuliere. Wie sah die Einigung aus?"

„Der Fahrzeughalter war sogleich mit einer Zahlung in bar als Schadensgutmachung einverstanden. Und wir waren froh darüber, denn wir mussten weg zu dem Unfall."

„Kann man verstehen. Wissen Sie zufällig, was der Mann mit dem Stock zu zahlen bereit war?"

„Nein. Aber er hatte ein paar Hunderter in der Hand, als sie den Schadenersatz besprachen. Ich könnte nicht einmal sagen, ob der Mann mit dem Stock dann auch tatsächlich etwas bezahlte. Denn wir machten da schon kehrt und fuhren zum neuen Einsatz."

„Was können Sie mir sonst noch über den Mann mit dem Stock sagen, Nicolo? Er ist meine Zielperson."

„Nichts Ungewöhnliches. Sehr ordentlich gekleidet. Kein Bart. Mindestens 185 groß, sehr sportlich, ein Schwergewicht, aber nicht fett. Besser gesagt, noch nicht. Diese Typen setzen ja stark Fett an, sowie sie ihre Aktivitäten einstellen."

„Sie meinen also ein Sportler?"

„Jedenfalls schien er mir fit zu sein."

„Auf welche Sportart würden Sie tippen?"

„Auf Schwimmen."

„Wie kommen Sie ausgerechnet auf Schwimmen?"

„Er sah so sauber aus. Wie aus dem Ei gepellt."

„Trug er Handschuhe?"

„Glaube ich nicht, wäre mir aufgefallen."

„Waren seine Hände irgendwie auffällig?"

„Nein."

„Erinnern Sie genug für ein Phantombild?"

„Weiß nicht, versuchen wir's."

„Ich gebe Ihnen hier die Karte meines Kollegen Roberto Vialli. Bitte setzen Sie sich diesbezüglich mit ihm in Verbindung. Ich würde jetzt gerne Ihre Kollegin sprechen. Geht das?"

Matilde Savone hatte er jedoch knapp versäumt. Sie war schon unterwegs nach Hause zu Mann und Kind. Vossi wollte den Familienkreis nicht stören und sagte sich „Morgen ist auch noch ein Tag."

Und was für einer! Die Morgenzeitungen waren zum Kotzen. Der Mord an dem Taxifahrer wurde mit „Würger von Triest schlägt wieder zu" getitelt. Ohne Nennung von Namen oder Dienststelle wurden „polizeinahe Quellen" zitiert, die im Täter – für die Massenblätter natürlich immer noch der Krankenschwestern-Killer – den gefährlichen Irren erkannten, dem jeder X-Beliebige von einer Sekunde auf die nächste zum Opfer fallen könne. Die Ermittlungen der Polizei steckten endgültig in einer Sackgasse, zumal die Erhebungen keine Täter-Opfer Beziehungen erbracht hätten. Ein Detail, das Vossi stutzig machte, denn dieser Umstand war in der Presseaussendung seiner Behörde unerwähnt geblieben. Also erneut eine undichte Stelle. Bestimmt die gleiche wie nach dem Mord in der Fangokabine. Und wieder war einer der Artikel mit Elisa Martini gezeichnet. Allerdings hielt sie sich diesmal zumindest an Fakten. Dennoch: Diese Elisa Martini lebte gefährlich. Mörder, die öffentlich als Irre ausgewiesen wurden, konnten nach Vossis langjähriger Erfahrung brutal reagieren. Vossi nahm sich vor, diese Elisa Martini nicht zuletzt im Interesse ihrer Sicherheit einzubremsen.

Nach der Lektüre brach er auf, um die Streifenpolizistin Matilde in ihrer Dienststelle zu sprechen. Sie bestätigte in allen Punkten Nicolos Angaben.

„Phantombild?"

„Wir können es versuchen, Commissario. Aber das Bild von dem toten Jungen unter dem Lastwagen war so niederschmetternd, dass es alle anderen Eindrücke löschte. Nur an den Duft des Parfums, das der Mann mit dem Stock trug, erinnere ich mich. Davon hatte er etwas viel auf der Haut. Pathos Sport, sündteures Zeug, obwohl, streng genommen kein Parfum, sondern ein Eau de Toilette. Meine Schwiegermutter hat zu Weihnachten ein Fläschchen davon für meinen Mann gekauft. Der trägt es natürlich nie! Wir haben uns darüber auch noch gestritten."

„So?"

„Passt nicht zu seinem Beruf, sagt er."

„Welcher ist?"

„Bäcker. Wenn der das Pathos trägt, würden seine Semmeln und Stullen nach Puff riechen, sagte er. Und ich: ‚Woher weißt du, wie es in einem Puff riecht?' Na ja, und so ergab ein Wort das andere."

„Pathos Sport sagen Sie."

„Ganz sicher."

„Dazu hätte ich eine Bitte, Signora Savone ..."

„Matilde, Commissario. Einfach Matilde."

„Danke, gern. Also, Matilde, meine Bitte: Ich möchte testen, ob Sie das Pathos Sport unter einer ganzen Batterie von Duftwässerchen für Männer identifizieren können. Wir machen um 14 Uhr eine Probe bei uns im Comando di Polizia in Triest. Könnten Sie dabei sein? Da könnten wir auch gleich ein Phantombild versuchen."

Matilde Savone hatte nichts dagegen, ihr Dienststellenleiter war einverstanden und kommandierte sie formal für den Rest des Tages ab nach Triest.

Auf dem Weg in das Palazzo Prozzi rief er in der Redaktion des *Punto* an und sagte in einem Ton, der keineswegs als Einladung missverstanden werden konnte: „Schicken Sie diese Elisa Martini zu mir in das Comando di Polizia. Sagen wir heute Vormittag um elf."

Zu Matilde Savone sagte er bei der Ankunft in Triest: Bitte kommen Sie um halb zwei Uhr in das Comando di Polizia, Besprechungssaal 2. Dort machen wir den Test. Bis dahin machen Sie sich einen schönen Vormittag in der Stadt. Für das Mittagessen empfehle ich die Osteria da Marino, gleich hinter dem Comando di Polizia. Sie haben doch Tagesdiäten, oder?"

„Ich denken schon, da ich weiter von meinem Dienstort als 20 Kilometer entfernt bin."

„Na sehen Sie. Lassen Sie es sich schmecken. Ci vediamo."

„Danke, bis später." Sie ging sicheren Schrittes in die richtige Richtung, kannte also die Stadt wahrscheinlich besser als er, der Provinzler von den Hügeln hinter Gorizia. Keine zwei Stunden später bekam es Vossi mit einem femininen Kontrastprogramm zu tun. Ohne das „Herein" abzuwarten, stapfte eine Frau in sein Büro und sagte im Tonfall eines Angriffs: „Bitte, da bin ich, Elisa Martini." Dazu legte sie einen großen Beutel von Handtasche auf Vossis Schreibtisch.

„Ach", sagte Vossi und blickte auf. „Erstens, weisen Sie sich bitte aus, zweitens nehmen Sie Ihre Tasche vom Schreibtisch, drittens Guten Tag. Damit meine ich nicht, dass Sie gleich wieder gehen können, sondern ich meine es als Gruß, der in unserer Kulturzone eigentlich ein Mindestmaß an Höflichkeit und Respekt sein sollte. Falls Sie das bezweifeln, lassen Sie es sich von Ihrem Chefredakteur oder Herausgeber näher erklären."

Elisa Martini zog die Tasche vom Tisch, kramte darin herum und legte einen reichlich ramponierten Personalausweis vor. Vossi sah nicht einmal hin, sondern sagte nur: „Ihren Presseausweis. Ich spreche nur mit der Journalistin Elisa Martini. Also weisen Sie sich als solche aus."

„Den habe ich nicht dabei."

„Dann können Sie gleich wieder gehen. Ich teile dann Ihrem Chefredakteur schriftlich mit, was ich Ihnen sagen wollte."

„Ich bin hierhergekommen, weil ich dachte, Sie wollten mir Informationen geben."

„Erstens haben wir dafür eine Pressestelle, zweitens bitte ich Sie, mich jetzt nicht länger aufzuhalten."

Sie stand auf, schob dabei mit einem Ruck den Sessel zurück, sodass er beinahe umfiel und verließ mit „Übrigens, hier stinkt's" grußlos den Raum. Mit Letzterem hatte sie leider recht. Vossi brannten nach einer Stunde in seinem Büro immer noch die Augen, nach zwei Stunden verfiel er in einen Hustenkrampf. Wahrscheinlich hatten die einen Lack auf das Parkett geschmiert, der wegen seiner Dämpfe gar nicht zulässig gewesen wäre. Er würde auch dem nachgehen. Zuvor aber schrieb er Elisa Martinis Chefredakteur einen Brief. Er stellte sich als Leiter der neuen Abteilung „Leib-Leben-Organisiertes Verbrechen Triest/Gorizia" vor und mahnte an, dass Redakteure und Redakteurinnen, die unbekannte Täter spekulativ und ohne konkrete Erkenntnis als Irre oder Pornomörder bezeichneten, sich und die Kollegenschaft des Mediums, für das sie schrieben, gefährden konnten. Es gäbe in der Kriminalgeschichte eine Reihe von Gewaltverbrechern mit absonderlichen Eitelkeiten. Wurden die gewollt oder ungewollt herausgefordert, konnten solche Täter als Rächer in eigener Sache Leib und Leben ihrer Zielobjekte bedrohen. Deshalb sei dringendst geboten, sich bei der Nachrichtenweitergabe streng an die Inhalte der Presseaussendungen des

Polizeikommandos zu halten. Seine Bereitschaft, dies der Autorin der spekulativen Artikel zu den Tötungsedelikten Mia Vaccaro, Valentina Scutti und Djamal Jurkovic persönlich klar zu machen, scheiterten an deren Unvermögen, sich per Presseausweis als Journalistin auszuweisen. „Bei dieser Gelegenheit" wollte Vossi auch gleich darauf verweisen, dass nur Presseausweise mit Signum des Innenministeriums in Rom oder der Regionsregierung amtliche Geltung hätten. Dies mit der Bitte um Verständnis, da die Authentizität von Ausweisen der Verlage oder Redaktionen amtlicherseits nicht überprüfbar wäre.

Dieses Schreiben ging als Entwurf an die Kanzlei des Polizeipräsidenten, denn Vossi war nicht berechtigt, solche Mitteilungen direkt in die Post zu geben.

11

Nach der Mittagspause versammelten sich im Palazzo Prozzi Mann und Maus zum Riechtest. Rita hatte der Psychologin Dottoressa Novaco nochmals bis ins Detail vermittelt, worauf es der Polizei ankam. Die Psychologin ihrerseits gab Anweisung, wie der Ablauf zu organisieren sei. Das Kabinett des Presidente hatte über persönliche Kontakte eine Parfümerie dazu überreden können, eine ganze Kollektion der Duftwässerchen anzuschleppen. Ungeöffnete würden selbstverständlich wieder zurückgenommen. Geöffnete kämen in den Fundus für die Tombola des Polizei-Sommerfests, die alljährlich zugunsten der Hinterbliebenen von im Dienst zu Tode gekommenen oder bleibend invalid gewordenen Kollegen stattfand.

„Wir brauchen mehrere Räume. Wenn wir alle Tests in einem Raum durchführen, kommt ein Mix zusammen, in dem keiner mehr einzelne Duftnoten unterscheiden kann", beschied die Psychologin.

An die zwanzig Kolleginnen und Kollegen waren erschienen, um als Duftträger zur Verfügung zu stehen. Darunter acht Frauen. Die schickte sie schon mal weg. „Es sollten Männer sein, da wir einen Mann suchen. Es gibt Erkenntnisse, wonach ein und dasselbe Parfum an Männern anders riecht als an Frauen. Damit könnten uns die Träger ausgehen. Aber vielleicht finden sich noch ein paar Kollegen, um für die Damen einzuspringen."

Roberto machte sich als Ausrufer auf den Weg, um männlichen Ersatz zusammenzutrommeln. Indes wurden der Streifenpolizistin Matilde Savone die Augen verbunden. Sie sollte als erste schnüffeln, damit sie sich möglichst bald mit dem Zeichner an einem Phantombild versuchen konnte. Bei der vierten Duftprobe sagte sie „Pathos Sport. Eindeutig“ und lag richtig.

Dann war der Busfahrer an der Reihe. Die halbe Belegschaft der Wache am Portal hatte sich als Duftträger eingereiht. Klar war, der Busfahrer durchschaute den Ernst des Tests nicht ganz. Ganz nebenbei meinte er, ein Rasierwasser rieche letztlich doch wie das andere. Dies änderte sich aber schnell, als ihm ein Kollege der Wache von seiner Hand Bottega Veneta schnuppern ließ. „Das wär meines“, sagte er ganz begeistert.

„Das ist es?“, fragte Vossi leicht enttäuscht. „Das hat der Mann im Bus getragen?“

„Nein, das wäre meines, wenn ich mir eines aussuchen könnte.“

„Ach so“, atmete Vossi auf. „Was kostet so etwas denn?“

Die Drogistin, die die ganze Kollektion angeliefert hatte, meinte: „Hat einen guten Geschmack, unser Proband. 70 Euro.“

„Ganz schön geschmalzen. Und was kann es?“

Die Drogistin las von einer Art Beipackzettel runter: „Kalabrische Bergamotte eröffnet dieses erfrischend aromatische Bouquet mit Extrakten sibirischer Kiefer und Wacholder. Jamaikanischer Nelkenpfeffer in Kombination mit dem Balsam der kanadischen Tanne und Muskatellersalbei aus dem Mittelmeerraum führen in das warme Herz, das von indonesischem Patschuli und nostalgisch anmutendem Lederakkord charakterisiert wird.“

„Lassen Sie mich mal riechen“, bat Vossi, und schnüffelte ebenfalls an der Hand des Duftträgers.

„Nicht schlecht. Davon nehme ich einen Hauch.“

Nach drei weiteren Proben sagte der Busfahrer: „Das ist es. Danach roch der Fahrgast.“

Die Drogistin las vor: „Pathos Sport. Das Aroma erntefrischer Mandarinen öffnet sich auf intensiven Zedernholznoten und wird von einem kristallinen Akkord hervorgehoben. Sinnliches Mandelaroma verbindet sich mit den schmeichelnden Noten des weißen Moschus in einer intensiven, tiefen Basisnote."

Vossi war hochzufrieden: „Vorstellen kann ich mir unter dem Gesülze zwar nichts, aber riechen tut's herrlich. Und wir haben zwei Treffer gelandet. Mehr kann man nicht mehr erwarten. Schnüffelstunde beendet, vielen Dank den Teilnehmern, mehr davon bei der Tombola für die Hinterbliebenen, bitte zahlreich Lose zu kaufen, es lohnt sich."

Weniger erfolgreich war der Versuch des Zeichners, aus Matildes Angaben ein Phantombild zu basteln. Nach 30 desperaten Minuten warfen sie das Handtuch. Das Bild, das bei den verzweifelten Versuchen herauskam, ähnelte am ehesten noch Capitano Scappos Konterfei und landete auf dem Friedhof für Bytes.

Ähnlich bescheiden war das Ergebnis von Robertos Hautarztrunde. Dabei ging es um die Überlegung, dass der Gesuchte nach Angaben des Buschauffeurs Handschuhe trug. Und das im Juli. Vielleicht in der Absicht, die Rückstände einer hässlichen Brandwunde zu verdecken. Deshalb klapperte Roberto alle Dermatologen zwischen Tagliamento im Westen und der slowenischen Grenze im Osten ab. Der in Cividale Ordinierende fischte aus seiner Kartei einen Lehrer, der sich bei einem Testversuch im Chemiesaal die Hand mit Schwefelsäure verätzt hatte und seither Handschuh trug, um die Verätzungen zu kaschieren. Er beschrieb ihn als groß gewachsen Mann mit dunklem Haar, so der Hautarzt. Name und Adresse des Patienten verweigerte er unter Hinweis auf seine ärztliche Schweigepflicht. Die wäre in seinem Fach der Haut- und Geschlechtskrankheiten geradezu sakrosankt.

Roberto hatte es mit Zureden versucht, danach mit der Brechstange, doch der Medicus sei bei seinem Nein geblieben. Also besorgte sich Vossi eine richterliche Anordnung. Sie brauchte drei Tage und implizierte eine Befragung durch den Mann in der Robe, bei der sich Vossi wie ein Beschuldigter vorkam. Immerhin bekam er den Wisch mit Brief und Siegel. Mit Roberto fuhr er los in Richtung Cividale. Sie sprachen wenig auf der Fahrt, bis Vossi plötzlich herausplatzte: „Ich habe so etwas noch nicht gehabt. Drei Morde und keine augenscheinliche Verbindung vom Täter zu den Opfern, keinerlei denkbares Motiv. Alle drei Verbrechen wie aus heiterem Himmel, alle wie Zufall. Hätten wir nicht die paar Haare vom Frisiersalon und aus dem Schlamm der Fangokabine, die vage Beschreibung des Busfahrers, wir hätten nichts. Es ist zum Aus-der-Haut-Fahren."

„Dann wären wir ja beim Hautarzt gut aufgehoben, Commissario."

Solche Töne von Roberto war Vossi nicht gewohnt. Er sah ihn von der Seite an. Roberto sah müde aus. Das endlose Klinkenputzen, Telefonieren, Hoffen, Enttäuschtwerden hatte ihn gezeichnet. Höchste Zeit für ein Erfolgserlebnis. Vielleicht jetzt beim Hautarzt?

Der Hautarzt sah aus wie Silvio Berlusconi und hieß Arturo Dingi. Zum Glück war sein Wartezimmer leer und er sofort zu sprechen. Er prüfte die richterliche Verfügung mit Misstrauen, als ob nichts näherlag, als dass Vossi und Roberto sie gefälscht hätten. „Richter Marco Tuscello also, ein Schulkollege von mir. Damals schon ein ungewöhnlicher Kauz. War noch keine elf Jahre alt und träumte davon, Notar zu werden. Ist das normal?"

„Geradezu abnormal", dachte Vossi, sagte aber: „Wir haben es eilig, Dottore."

Der Mann in weiß schwang sich hinter seinen Computer und sagte: „Emilio Cadutti, 46 Jahre alt. Ich drucke Ihnen gleich die Behandlungstermine aus, Commissario. Würde mich wundern, wenn Sie nicht für ein Alibi reichten. Emilio Cadutti wurde nämlich auf eine Hauttransplantation vorbereitete und war vor zwei Wochen fast täglich bei mir zur Behandlung."

Also nicht der Schlaksige Fausto Grassi. Das war schon mal eine Enttäuschung. Die nächste ließ nicht lange auf sich warten. Aus dem Ausdruck ergab sich: Für das Ereignis im Frisiersalon Brioli hatte der Chemielehrer ein Alibi, für den Mord an Valentina Scutti nicht, für den Mord am Taxifahrer Djamal Jurkovic schon.

Vossi summierte die Schritte an diesem Tag: Wieder eine Null unterm Strich. Zu Roberto sagte er: „Schau ihn dir zur Sicherheit an." Die Nachforschung ergab auch für den Mord in der Fangokabine ein hieb- und stichfestes Alibi.

Als nächstes meldete sich der Kabinettschef des Polizeipräsidenten: „Commissario, das mit dem Brief an die Redaktion dieser Elisa Martini, haben Sie sich das auch gut überlegt? Noch haben Sie den Würger nicht gefunden. Ihre Suche wird man mit medialen Schmähungen begleiten. Wollen Sie das?"

„Ich bin kein Opernstar und kein Politiker. Ich bin Beamter und die Republik hat sich verpflichtet, mich vor solchen Übergriffen gegen meine Person zu schützen. Ich habe keinen Grund, zu bezweifeln, dass Ihre Organe das auch tun werden. Ich brauche also Untergriffe der Presse weder zu fürchten noch zu berücksichtigen."

„Wie Sie meinen. Dann lasse ich das vom Presidente abzeichnen und raus damit. Des Weiteren hätte Sie der

Herr Polizeipräsident gerne zu einem Kennenlernen in sein Büro gebeten. Wann würde es Ihnen denn passen?“

„Geht es jetzt gleich?“

Nach einer kurzen Rückfrage kam die Antwort: „Bestens, in zehn Minuten?“

„Das passt.“

„Der Polizeipräsident zeigte sich über alles informiert. Auch über das Gespräch Vossis mit der Psychologin und den Geruchstest samt Resultat. Er plauderte leutselig über gemeinsame Bekannte und holte zu einem Keulenschlag aus: „Commissario, Sie wissen ja, ich bin ein Mann der Lega. Und Sie sind doch kein Zentralist. Möchten Sie nicht zu uns stoßen? Als politischer Quereinsteiger. Wir brauchen Leute wie Sie, die mit allen können und allseits geschätzt werden. Solche Leute fehlen uns.“

Vossi war völlig perplex:

„Herr Präsident, ich empfinde Ihren Vorschlag als Auszeichnung und persönliche Wertschätzung. Sie müssen aber wissen, ich bin ein Pantoffelheld. Würde ich mir anmaßen, Politiker werden zu wollen, würde mich meine Frau auslachen und früher oder später wahrscheinlich sogar verachten. Denn Handlungen, die meine Frau auf die Palme bringen würden, wären in dieser Rolle zwangsläufig erforderlich. Wir hatten mal einen in Ehren alt gewordenen Staatspräsidenten, der eine Wiederkandidatur ablehnte, weil sich sonst seine Frau scheiden lassen würde. Er sagte damals, in seinem Alter würde er keine Frau mehr finden, daher verzichte er. Aus dem gleichen Grund fange ich mir mit Politik erst gar nichts an.“

„Denkt Sie so schlecht über uns?“

„Meinen Sie jetzt die Lega?“

„Nein, nein, Politiker ganz allgemein.“

„Sehen Sie, Herr Präsident, damit fängt es schon an. Ich darf als Polizist nicht lügen, mehr noch, muss unerschrocken sein. Daher ein ehrliches Ja. Und ich wäre der Letzte, der die Meinung meiner Frau über diese Zunft ändern könnte."

„Aber sie mag doch auch den jugoslawischen Tito."

Aha, dachte Vossi, man hat sich informiert. Aber er wusste mit der Bemerkung des Präsidenten umzugehen: „Von ferne, von ferne, Presidente. Ich aber bin ihr nah und will es bleiben. Daher würde sie mich mit einem anderen Maß messen."

„Schade, Vossi. Das Gespräch bleibt unter uns?"

„Es hat nie stattgefunden, Presidente."

Als Vossi ging, verabschiedete sich der Kabinettschef des Presidente mit einer Kumpelhaftigkeit, als ob Vossi bereits einer der ihren wäre. Nie durfte er Jelena davon erzählen. Sie würde bloß sagen: „Zu blöd. Endlich wären wir es wert, korrumpiert zu werden und hätten Geld wie Heu." Und Vossi wusste: Ein ganz klein wenig würde sie es ernst meinen.

Wieder in seinem Büro, stellte Vossi fest, außer böse Briefe an Redaktionen zu verschicken und politische Ämter abzulehnen, konnte er momentan nichts tun. Die eine Hälfte seines Teams war unterwegs, um Käufer von Pathos Sport ausfindig zu machen. Die andere Hälfte seines Teams ging die Kundenliste des Wellnesscenters des Hotels in Grado durch. Vossi entschied sich also für etwas frische Luft und einen Espresso irgendwo in einem Café. Doch Lorenzo verstellte ihm den Weg. Die Forensik hätte Partikel am Hals des Taxifahrers sichergestellt. „Rehleder. Könnten von einem ganz ordinären Putzlappen stammen oder von exklusiven Handschuhen."

„Na, dann entscheiden wir uns mal für Handschuhe, denn Putzen war die Sache unseres Opfers Djamal ganz sicher nicht“, entschied Vossi.

„Und noch etwas“, sagte Lorenzo und legte eine Pause ein, um dem Folgenden Gewicht zu verleihen. „Wir fanden auf dem Rücksitz ein Pferdehaar.“

„Ein Pferdehaar?“

„Ja, aber kein gewöhnliches, sondern ein gebleichtes.“

„Ach, von dem Schimmel, der mit dem Taxi ins Imperial zur Fangoanwendung trabte und sich dann im Friseursalon Brioli die Haare bleichen ließ, ich verstehe.“

„Alles ok Bruno?“

„Nein, gar nichts ist ok. Ich glaube ich drehe durch. Was heißt Pferdehaar, gebleicht? Meinst du von einem Schimmel?“

„Ob von einem Schimmel, weiß ich nicht. Aber gebleicht weiß ich.“

„Bleichen Tapezierer neuerdings Haare?“

„Eher nicht. Die verwenden doch ohnedies nur noch synthetisches Zeugs.“

„Eben. Der Meinung war ich eigentlich auch. Also: Wer verwendet heute noch Pferdehaar, noch dazu ein chemisch behandeltes?“

„Wir kamen nach langem Überlegen auf eine mögliche Erklärung. Cellisten oder Geiger. Die spannen damit ihren Bogen.“

„Gut gedacht, Lorenzo. Darauf wäre ich nie gekommen. Ein musikalischer Mensch also. Wie unser Roberto, aber der war es nicht. Dafür lege ich meine Hand ins Feuer.“

Rita meldete sich aus dem großen Einkaufszentrum in Monfalcone: „Bruno, hier im Emisfero ist eine Parfümerie, wahrscheinlich die größte zwischen Alpen und

Adria. Und ich hatte die Idee, nachzufragen, wie oft sie das Pathos verkauften und ob sich jemand an die Käufer erinnert."

„Klingt spannend, schieß los."

„Ist es auch. Pass auf: Die haben Umsatzlisten, da ist jeder Artikel, den sie verkaufen, abgespeichert. Wenn es zum Beispiel um Wattestäbchen geht, gibst du die Artikelnummer ein und, peng, alles auf Bildschirm. Und wir haben mal Pathos eingegeben. Es machte nur sieben Mal peng."

„Nur sieben Mal?"

„Ja. Weil das Zeugs so teuer ist und weil es noch gar nicht lange auf dem Markt ist."

„Gut. Und wie führt uns das zu unserem Mann?"

„Kundenkarten. Die sind natürlich auch hier in Gebrauch. Du weißt doch, diese Plastikdinger, die ein wenig aussehen wie Kreditkarten mit deiner Adresse, die die Konzerne dann weiterverkaufen und schon quillt dein Postkasten vor lauter Werbekatalogen über."

„Weiß ich, weiß ich. Auch die Vossis leiden darunter."

„Und jetzt wird's richtig spannend. Drei dieser Pathos-Flaschen wurden an Karteninhaber verkauft. Schlecht?"

„Nein, klingt ganz hervorragend. Was sind das für Leute, die Pathos gekauft haben?"

„Wollen sie uns nicht verraten. Sie berufen sich auf Datenschutz. Gleichzeitig verkaufen sie die Adressen an Meistbietende für Werbezwecke. Es ist zum Kotzen."

Vossi überlegte. Ohne richterliche Anordnung musste der Marktleiter die Adressen nicht bekanntgeben. Eine solche würde er aber heute nicht mehr bekommen. Frühestens morgen und das auch nur nach langen Erklärungen. Also musste er einen anderen Weg wählen. Er rief seinen Freund Guido vom Marktamt an und erklärte ihm das Problem. Der sagte, es wäre keines.

Zwanzig Minuten später trafen sie sich vor dem Haupteingang des Emisfero und Guido übernahm. Ein kurzes Gespräch zwischen ihm und dem Filialchef und schon hatten Vossi und Rita die drei Adressen der Karteninhaber.

„Wie hast du das gemacht?“, wollte Vossi von Guido wissen.

„Ach, Kinkerlitzchen. Du musst nur eine Überprüfung der Belüftungsanlage und des Lichtpegels androhen, beanstanden, dass der Mindestabstand zwischen den Regalen nicht eingehalten ist und ein Stapel mit Sonderangeboten die Fluchtwege im Brandfall gefährdet, das reicht dann meistens schon. Aber ich hätte noch Schlimmeres auf Lager gehabt. Die Details willst du gar nicht wissen.“

„Vielen Dank Guido.“

„Aber immer doch. Übrigens, eine Sauerei, was Saintrope und unser Gewerkschafter zu deiner Übersiedlung herumerzählen. Was wirst du dagegen tun?“

„Nicht hinhören, Guido. Einfach ignorieren. Glaub mir, wenigstens in solchen Fällen gilt: Die Wahrheit siegt. Wozu also nachhelfen.“

Rita und Vossi sichteten die Adressen. Ein Mann und zwei Frauen.

„Dann beginnen wir mal mit dem Mann“, meinte Vossi. „Bist du mit dem Wagen da?“

„Nein, mit dem Bus.“

„Dann vertrau dich mal Vossi an, dem schlechtesten Fahrer zwischen Adria und Alpen, wie Jelena sagt.“

Sie mussten zweimal läuten, bevor das automatische Gartentor den Weg freigab. Während sie einen spartanisch gestalteten Vorgarten durchschritten, öffnete sich die Tür des Einfamilienhauses und ein Mann von etwa 50 Jahren, geschätzt 160 groß, hager, zeigte sich und seine spindeldürren Oberarme in einem Ruderleibchen.

Vossi dachte „nicht unser Mann“. Da man aber schon hier war, machte man seinen Job. Es stellte sich heraus, dass er das Pathos für seinen Schwiegersohn als Weihnachtsgeschenk gekauft hatte. Weiters stellte sich heraus, dass er kein Bild von seinem Schwiegersohn hatte, aber das Hochzeitsfoto seiner Tochter. „Da ist er ja drauf als Bräutigam“, zeigte sich das Männchen kooperativ.

Der Bräutigam auf dem Foto war um zwei Köpfe größer als die Braut und hatte dunkles, wallendes Haar.

„Wann wurde die Aufnahme gemacht?“, wollte Rita wissen.

„Sagte ich doch. Zur Hochzeit der beiden.“

„Ja, aber wann war die?“

„Im Mai vor zwei, nein vor drei Jahren.“

„Hatte Ihr Schwiegersohn Freude mit dem Geschenk?“

„Ach, wissen Sie, der macht richtig Geld. Und wenn ich sage, richtig, dann meine ich, alles im sechsstelligen Bereich auf siebenstellig gegen Jahresende überspringend. Hat alles. Was wollen Sie einem solchen Mann schenken? Wahrscheinlich hat er das Eau de Toilette weggeworfen oder weitergeschenkt. Aber ich kann sie zu Weihnachten doch nicht mit leeren Händen besuchen.“

„Und Ihre Frau?“

„Vor einem halben Jahr gestorben. Das Herz.“

„Und so sind Sie jetzt oft bei Ihrer Tochter, oder?“

„Nein. Dafür haben wir uns zu wenig zu sagen. Ihre Freunde kenne ich nicht, Geldadel. Deren Freizeitinteressen teile ich nicht, Golf. Eine Yacht steuern kann ich nicht, Skifahren in Kitzbühel ist auch nicht mein Ding, ein Wochenende in London in einem Hotel, wo der Zimmerpreis das Doppelte meines Monatsgehalts ausmacht, scheidet ebenfalls aus. Das alles trennt. Ich kann mir doch nicht immer alles von ihnen bezahlen lassen. Ich kann aber auch nicht von ihnen erwarten, dass sie mit mir in einem gutbürgerlichen 3-Stern-Hotel oder einer gutgeführten Familienpension absteigen. Also muss ich so tun, als wäre ich griesgrämig und altersbedingt an allem desinteressiert. Manchmal begründe ich meine Absagen mit Schmerzen, die ich gottlob nicht habe."

Dann aber erinnerte er sich, worum es eigentlich ging: „Was wollen Sie eigentlich mit der Adresse meines Schwiegersohns?"

„Ihn besuchen."

„Na, dann versuchen Sie mal einen Termin zu bekommen."

Vossi versetzte diese Antwort in Erstaunen. Dass der Mann nicht interessiert daran war, zu erfahren, was die vielen Fragen um das Pathos eigentlich sollten, sich nicht sorgte, dass sein Schwiegersohn vielleicht in Schwierigkeiten sein könnte, wich vom Durchschnittsverhalten deutlich ab. Immerhin wollte ihn die Kriminalpolizei sprechen. Das lässt Angehörigen doch keine Ruhe. Aber offensichtlich konnte sich der Mann im Ruderleibchen gar nicht vorstellen, dass sein vermögender Schwiegersohn in Schwierigkeiten sein könnte. Als ob er davon ausginge, dass großes Geld Schwierigkeiten mit der Polizei ausschließe.

Der Schwiegersohn, Dottore Luigi Noventa, und sein „Studio Legale" firmierten im obersten Stockwerk eines Palazzos direkt am Wasser, ein paar Ringstraßenpalais entfernt vom Hotel Excelsior. Die Innenarchitektur wurde von den Farben Olivgrün dezent und Mahagoni massiv dominiert, in den kräftigeren Schattierungen, wie sie die Clubs der oberen Fünftausend im postviktorianischen London bevorzugten. Nach Vossis Geschmack war es ein Jammer, die wunderschönen

Stofftapeten mit Postern zu verschandeln, die Rita als exklusive Auswahl von Modern Art zu erkennen glaubte und jedes Stück teurer schätzte als zwei Einfamilienhäuser.

„Woher weißt du das?“, fragte Vossi leicht ungehalten.

„Von Zeitschriften, die bei meinem Friseur aufliegen.“

„Schön langsam glaube ich, Frauen haben mehr Allgemeinwissen als Männer, weil sie mehr Zeit beim Friseur verbringen.“

Eine freundliche Sekretärin bot Wasser an und bat sie zu warten. Sie verschwand hinter einer der Mahagonitüren und ein drahtiger Mann von etwa 40 kam ihnen federnden Schrittes entgegen. Ein Mann, den Vossi vom Sehen her kannte. Er konnte ihn nur nicht gleich zuordnen.

Auch Dottore Noventa hatte ihn erkannt: „Nie hätte ich geglaubt, dass Sie Polizist sind“, sagte er zu Vossi, nachdem er zuerst Rita begrüßt hatte und zum Sitzen einlud.

Vossi fiel es schlagartig ein. Dottore Noventa und er hatten die gleichen Vorlieben für das, was Liz, eine australische Slowenin oder slowenische Australierin oben in der Brda, zwischen Weingärten und Obstspalieren auf den Tisch zauberte.

„Sie bestellen doch immer die Fischsuppe“, erinnerte sich Dottore Noventa.

„Und Sie haben mir neulich die letzte Portion Spanferkel weggeschnappt.“

„Hätte ich das mitbekommen, es hätte mir noch besser geschmeckt“, lachte Dottore Noventa.

„Wofür haben Sie mich denn gehalten?“, wollte Vossi wissen.

„Für einen, der wie ich schon allein wegen Lizzis Palatschinken 30 Kilometer hin und 30 Kilometer retour gerne auf sich nimmt.“

„Nein, ich meinte, welchen Beruf hatten Sie mir den zugedacht."

„Ich hätte gemeint Bauer oder Weinbauer. Aber die sind meist schlechte Esser. Deshalb kam ich auf Bierbrauer in einer der vielen kleinen Brauereien, die in Slowenien aus dem Boden schießen."

Um seine Frage zu unterstreichen, sah sich Vossi ostentativ in Noventas Büro um und fragte: „Wie hat man als Anwalt diesen Erfolg? Vertreten Sie den Vatikan, russische Oligarchen und die Wall Street?"

Noventa lachte und meinte leichthin: „Indirekt ja. Wir machen Kaufverträge auf Termingeschäfte und Versicherungsverträge auf Fracht im Großen."

„Kaufverträge auf Termingeschäfte? Was muss ich mir darunter vorstellen?"

„Nun, sagen wir, Sie wollten um 60 Millionen Dollar Öl von den Russen kaufen, das noch gar nicht gefunden, geschweige denn gehoben ist, dann machen wir den Kaufvertrag."

„Interessant. Wie kommt man in solche Kreise?"

„Wie in schlechte Gesellschaft, letztlich durch eine Verkettung von Zufällen. Aber bevor wir die Dame zu sehr langweilen, was führt Sie eigentlich zu mir, Commissario?"

„Wir suchen einen Serienmörder und haben an Sie gedacht."

„Habe ich schon einen derart schlechten Ruf? Wie kommen Sie denn auf mich?"

„Eigentlich über Ihren Schwiegervater."

„Und ich dachte immer, der mag mich."

„Tut er. So sehr, dass er Ihnen eine Flasche Pathos schenkte, ein Eau de Toilette. Ziemlich exklusiv und nicht das Billigste."

„Wann soll das gewesen sein?"

„Letzte Weihnacht."

„Daran kann mich nicht erinnern. Wissen Sie, wir bekommen so viele Geschenke, von Freunden, von Klienten, von Firmen, dass wir alles sammeln und immer im Mai der Feuerwehr für ihre Tombola überlassen."

„Ja, aber das war doch ein Geschenk Ihres Schwiegervaters."

„Das rutschte da vielleicht irgendwie rein. Ich hätte wohl besser aufpassen sollen", sagte er und sah ehrlich beschämt drein.

„Nur noch fürs Protokoll. Wo waren Sie zur Tatzeit?" Die Sekretärin fand heraus, zur Tatzeit Mia Vaccaro war Noventa in New York, zur Tatzeit Valentina Scutti in Philadelphia, zur Tatzeit Djamal Jurkovic hier im Büro zu einer Besprechung mit dem Direktor der Generali-Versicherung. Das Wort der Sekretärin genügte. Dottore Noventa verabschiedete sich mit der Frage: „Wie hieß das Eau de Toilette noch?"

„Pathos Sport."

„Riecht es einigermaßen?"

„Meine Kollegin hier meinte, es würde gut zu Ihnen passen."

„Ella", sagte Dottore Noventa zu seiner Sekretärin. „Könnten Sie mir bitte ein Pathos Sport besorgen und mich erinnern, dass ich es trage, wenn sich mein Schwiegervater anmeldet?"

„Gern."

Rita half ihr mit einem Tipp: „Versuchen Sie es im Emisfero in Monfalcone. Es ist nicht überall zu bekommen."

Worauf sich jeder bei jedem mit einer leichten Verbeugung bedankte.

„Wie bei den Chinesen", sagte Dottore Noventa lachend und verschwand hinter der Mahagonitür.

Im Auto meinte Rita, „Ein netter Kerl, dieser Noventa."

Vossi war ganz ihrer Meinung und fügte hinzu: „Die zwei verbliebenen Adressen zu den Emisferokarten machst du allein. Und die Suche nach dem Gewinner des vom Noventa für das Feuerwehrfest gespendete Pathos verschieben wir auf später. Hoffentlich müssen wir nie darauf zurückkommen, denn diese Recherche wäre heftig."

Während Rita in der Sache weitermachte, ließ sich Vossi von den Teammitgliedern berichten, die das persönliche Umfeld der Opfer nochmals genau untersuchen sollten. Nichts. Zwei Stunden später packte Rita auf die negativen Ergebnisse noch eines drauf. Sie hatte die zwei Kundenkarten vom Supermercato Emisfero abgearbeitet. Beide Karteninhaber waren unauffällig.

Vossi reichte es. Er sehnte sich nach seiner Terrasse. Jelena würde wohl auch schon zu Hause sein, einer ihrer Martini-Drys wäre nicht zu verachten. Er schloss seine Aktenschränke und die Schreibtischlade ab und wollte gerade zum Lift gehen, als ihm ein großer hagerer Mann entgegenkam. Vossi konnte es kaum fassen: Fausto Grassi alias der Schlaksige studierte ein Türschild nach dem anderen. Mit aufgesetzter Gelassenheit sagte Vossi: „Sie wollen sicher zu mir."

„Ah, Commissario. Mein Arzt sagt, Sie suchen mich."

„Allerdings. Wie die Nadel im Heuhaufen. Aber kommen Sie drei Türen weiter. Da sind wir ungestört."

Während Grassi Platz nahm, rief Vossi nach Rita.

„Darf ich vorstellen, Signore Grassi, meine Kollegin Commissaria Rita Jurinec. Und nun sagen Sie mal, wo sind Sie denn die ganze Zeit abgeblieben?"

„In Villach, im dortigen Krankenhaus."

„Ich hoffe, nichts Ernstes."

„Zumindest nichts Akutes. Meine Nieren wollen nicht."

„Und wie fühlen Sie sich?"

„Ich lebe. Dank einer Maschine."

Alle weiteren Fragen beantwortete Grassi ohne Zögern. Ja, er kenne den Friseursalon Brioli. Ja, auch die Eigentümerin. Nein, Kunde sei er nicht. Ja, er sei zur fraglichen Zeit in der Nähe des Salons Brioli gewesen, sogar daran vorbeigegangen. Wie einstudiert, dachte Vossi mehr als einmal.

Nein, aufgefallen sei ihm nichts. Der Rollbalken wäre nach unten gezogen gewesen, aber aus dem Salon hätte man gedämmt irgendein Kreischen gehört, das heute wohl als Musik geführt werde. Gesehen habe er niemanden. Die Straße sei menschenleer gewesen.

„Wir haben alle Zeit der Welt. Denken Sie nach, ob da nicht doch irgendetwas war, was für uns von Interesse sein könnte."

„Kein Mensch. Wenn da wer gewesen wäre, der wäre mir doch in der engen Gasse aufgefallen."

Vossi dachte an Alessias Aussage und fragte: „Kommen Sie, Signore Grassi, es war früh am Abend und die Via Vecchio ist die direkte Verbindung zwischen Busstation unten an der Piazza und den Wohnhäusern oben am Ende der Straße. War da wirklich gar niemand?"

„Kein Mensch. Nur unten an der Ecke vom Restaurant Pergolato, da wartete eine junge Frau und sah den Gästen auf der Terrasse beim Essen zu. Ich dachte noch: Wahrscheinlich hat sie Hunger und ihr Kavalier lässt sie warten."

„Wie sah sie aus?"

„Genau kann ich mich nicht erinnern. Wie ein Mädchen vom Land."

„Sie meinen bäuerlich?"

„Ja. Mit Halbschuhen und einem ziemlich langen Rock."

Vossi war sich sicher, das war Alessia, die auf ihre Schwester Mia wartete. Und wenn Grassi Musik aus dem Salon hörte, Alessia später aber nicht mehr, dann war Mia bestimmt noch am Leben als Grassi am Rollbalken vorbeiging.

„Warten Sie, Commissario, da fällt mir noch etwas ein, ja, die Straße war leer. Doch als ich am Salon vorbei war, überholte mich schnellen Schrittes ein Mann."

„Können Sie ihn beschreiben?"

„Groß, größer als ich."

„Wie sah der Mann aus?"

„Ich habe ihn nur von hinten gesehen. Wie gesagt, groß, dunkelhaarig. Er ging ja auch gleich in das nächste Haus."

„Er ging in ein Haus. In ein Haus in der Via Vecchio?"

„Ja doch. Das Haus mit den großen Sonnensegeln vor den Fenstern. Da ging er hinein."

„Nur um ganz sicher zu sein: Könnten Sie es mir zeigen?"

„Wenn Sie mich hinbringen, gerne. Ich bin nämlich mit dem Bus da."

Die Tür zum Stiegenhaus des bewussten Hauses stand offen. Es war von vier Familien bewohnt, die abends das Haustor absperrten oder auch nicht, wie eine ältere Frau hinter Tür Nummer eins zeterte. „Dann muss ich immer raus, um abzusperren. Zum Dank wird dann an mein Fenster geklopft, wenn einer der anderen Mieter seinen Schlüssel nicht dabeihat. Dann muss ich wieder raus und aufsperren. Immer sage ich: ‚Zusperren, ab acht Uhr abends zusperren. Das gehört sich doch so.' Aber es hält sich keiner daran."

Ein großer, dunkelhaariger Mann wohne nicht in ihrem Haus. Vielleicht hatte der Werwowarum nur Deckung gesucht, weil er sich verfolgt fühlte. Oder nach der Tat durchatmen musste. Vossi ließ sich von der Alten die Namen aller Parteien geben. Rita und Roberto würden sie filetieren.

Danach wollte sich Signore Grassi verabschieden. Vossi hatte aber etwas dagegen: „Ich muss Sie noch um Ihre Gesellschaft bitten. In der Questura in Triest. Wir müssen doch ein Protokoll machen."

„Werde ich etwa verdächtigt?"

„Nun, Sie hätten die Geschichte mit dem großen Unbekannten ja für uns erfinden können. Versetzen Sie sich mal in meine Lage. Das muss ich doch als Möglichkeit in Erwägung ziehen, meinen Sie nicht?"

„Ich war's aber nicht. Ich kannte diese Mia nicht einmal. Und ich war zuletzt in dem Laden, da war ich vielleicht zehn Jahre alt und der alte Signore Brioli hat mir eine Stoppelglatze geschnitzt."

„Das erzählen Sie mir alles in Triest."

Vossi versperrte von innen den Wagen. Grassi hörte das Klicken, blickte ihn erstaunt an, doch bevor er etwas sagen konnte, beruhigte Vossi: „Das geschieht bei den Dienstwagen automatisch und hat nichts zu bedeuten." Vossi sah Grassi an, dass der viel zu intelligent war, um diesen Quatsch ernst zu nehmen. Dann brauchte er sich wegen der kleinen Lüge kein schlechtes Gewissen zu machen. Eine Lüge, die als Lüge durchschaut wird, ist ja keine, sondern bloß Spiel, beruhigte er sein Gewissen. Danach Schweigen.

Im Vernehmungsraum der Questura wartete Rita. Vossi wiederholte alle seine Fragen für das Mikrofon und ließ Grassi antworten. Es ergaben sich keine Widersprüche zu den Erstangaben. Zur Anfertigung eines Phantombildes jenes Unbekannten, der Grassi schnellen Schrittes in der Via Vecchio überholte und dann in das Haus mit den Sonnensegeln ging, reichten seine

Beobachtungen nicht. „Ich habe ihn ja nur von hinten gesehen und überhaupt nicht beachtet."

„Was machten Sie eigentlich in der Via Vecchio? Waren Sie bloß zur falschen Zeit am falschen Ort?"

„Ich bummelte durch die Gegend. Der Arzt hat mir Spaziergänge verordnet. ‚So viele wie möglich', sagt er immer wieder."

Vossi wechselte zum Mord an der Frau in der Fangokabine: „Wo waren Sie eigentlich, als die Hotelangestellte im Imperial von Grado getötet wurde?"

„Hören Sie, Commissario! Ich bin doch kein Doppelmörder!"

„Also bloß Einfachmörder?"

„Ich bitte Sie."

Im weiteren Verlauf der Vernehmung wurde Rita und Vossi rasch klar, dass Fausto Grassi mit den drei Mordfällen nichts zu tun hatte. Die Überprüfung seines Alibis im Krankenhaus von Villach war bloß noch eine Routine, deren Ergebnis Vossi im Selbstgespräch mit dem Satz vorwegnahm: „Standen wir vor Grassis Auftauchen vor einer schwarzen Null, stehen wir jetzt vor einer roten."

12

Fünf ergebnislose Tage später hielt es Vossi für seine Pflicht, dem Personaldirigenten des Polizeipräsidenten zu bescheiden, dass die Personalverstärkung des Teams Vossi abgezogen und die Soko Fangobad aufgelöst werden könne."

„Gratuliere. Gibt es handfeste Ergebnisse, Vossi?"

„Nein, aber nicht genügend Ansatzpunkte, um zwölf Mann auszulasten. Es ist wie verhext."

„Ein höchst seltener Fall, Vossi. Normalerweise können die Einsatzleiter nicht genug Personal abgestellt bekommen und Sie reduzieren. Beachtlich. So ein Fall ist mir in den elf Jahren hinter meinem verdammten Schreibtisch noch nicht untergekommen."

„Mir auch nicht, Direttore, mir auch nicht."

Minuten später hoffte Vossi inständig, dass dies nicht ein zu voreiliger Schritt gewesen sein möge. Denn die Funkstreife Alpha 4 meldete einen Todesfall: „Ein Mechaniker. Schädel zertrümmert, offensichtlich Fremdeinwirkung. In der Peugeot-Werkstätte von Ronchi."

Diesmal waren sie vor der Spusi am Tatort. Lorenzo quittierte bei seiner Ankunft den Anblick des zertrümmerten Schädels am Ende einer schlanken Gestalt im Blaumann mit: „Was für ein Saustall!"

Danach beugte er sich über das Opfer mit zertrümmertem Schädel. Vossis erster Gedanke bei dem Anblick war: Nicht das Werk meines Phantoms. Der bevorzugte es unblutig.

Auf der hochgefahrenen Hebebühne war ein schwarzer Peugeot aufgebockt, dessen Auspuff herabhing. Darunter der Tote. Kaum Blut. Das meiste davon musste wohl in den Ölsammler geronnen sein. Laufschuhe an den Füßen des Opfers fielen Vossi noch auf. Wenn keine asiatische Fälschung, dann teuer.

Lorenzo zeigte auf den Werkzeugtrolley, eine Art Servierwagen, auf dem das gerade benötigte Werkzeug griffbereit abgelegt wurde. „Schau dir das Durcheinander an, die Hälfte davon auf dem Boden und eine Kerbe im Rahmen. Sieht aus, als ob der Täter beim ersten Mal danebenschlug."

„Da muss er aber sehr erregt gewesen sein."

Dottore Lambertis Jaguar fuhr vor. Mit „Nimmt das denn gar kein Ende", kniete er sich neben der Leiche hin, maß die Körpertemperatur, zeigte auf die Castrol-Werbung an der Wand und wollte die Raumtemperatur wissen. Die alte Werbetafel hätte Sammler entzückt. Sie war aus Email, ein gut erhaltenes Original mit einem Thermometer. Die Messsäule zeigte 24 Grad an.

„Tod eingetreten vor etwa drei Stunden, plus minus 20 Minuten. Die Eisenstange passt in die Wunde, mehr morgen früh und guten Tag, meine Herren."

„Stipe ist also immer noch stinksauer wegen des Fotos", dachte Vossi und wandte sich an den Herren in dem kleinen Kabuff hinter einer Glaswand, das ganz offensichtlich das Büro der Werkstätte war.

„Ricci, Oliviero Ricci", gab er sich zu erkennen. Ein Mann zwischen 40 und 50. „Ich habe Ninko gefunden, Ninko Glubovic, meinen Helfer. Ich war beim Arzt, hätte eigentlich schon längst zurück sein sollen, aber sein Wartezimmer war voll."

„Nichts Ernstes, hoffe ich."

„Probleme mit dem Knie. Die typische Mechanikerkrankheit. Kommt von den vielen Kniefällen vor den Autos, um Räder und Roststellen an den Türen zu prüfen und Lackschäden zu begutachten."

„Sind Sie Sachverständiger?"

„Heute mehr als alles andere. Die Werkstätte war das Lieblingskind meines Vaters. Ich hatte nie viel für sie übrig. Letztlich zählte aber sein Wunsch mehr als meine Ablehnung, weshalb ich sie ihm zuliebe weiterführte."

„Als Sie den Toten fanden, was haben Sie da gemacht?"

„Nichts angerührt. Doch, das Radio habe ich abgestellt, weil ich ja sonst beim Notruf mein eigenes Wort nicht verstanden hätte."

„Sie riefen also die Polizei an, warteten und rührten außer dem Radio, das Sie abstellten, nichts an."

„Sie sagen es."

„Was wissen Sie über Ninko Glubovic?"

„Ein netter Kerl. Immer hilfsbereit, immer höflich und flink bei der Arbeit. Wenn es um einen defekten Motor ging, war er ein Mechaniker vom alten Schlag. Einer von denen, die mit einem Satz Schraubschlüsseln und ein paar Schraubenziehern aus einem alten Traktormotor und einem liegengebliebenen Opel Rekord einen Opel Diesel bauen konnten. Aus diesem Eisen war Ninko. Ein Blick in den Motorraum und schon wusste er, warum die Karre nicht ansprang. Einmal kurz hinhören und schon wusste er, wo es hakte. Er war mal Pannenfahrer beim Automobilklub. So habe ich ihn kennengelernt. Weil mein Wagen unrund lief. Und ich greife in einen Motorraum längst nicht mehr hinein. Heiß, dreckig und unübersichtlich. Nichts davon mag ich."

„Und doch sind Sie Kfz-Mechaniker?"

„Wie gesagt, meinem Vater zuliebe. Aber jetzt als Sachverständiger habe ich es ja, gottlob, nur noch mit Schätzungen und Zahlen zu tun."

„Hat Ninko Glubovic Familie?"

„Nein. Lebt allein. War mal verheiratet. Aber er Serbe, sie Kroatin, das ging nicht gut. So seine Worte."

„Kinder?“

„Nein. Eine Mutter in Serbien, für die ich 300 Euro Monat für Monat von seinem Lohn einbehielt, um sie nach Novi Sad zu überweisen.“

„Das tat er nicht selbst?“

„Nein. Ich glaube, er hatte kein Konto. Denn er wollte seinen Lohn am Monatsende bar auf die Hand.“

„Wie lange arbeitete er schon für Sie?“

„Drei Jahre. Im November werden es vier.“

„Hatte er Freunde?“

„Nicht, dass ich wüsste. Er war nicht der gesprächige Typ. Wenn er morgens kam, trank er einen Kaffee von unserem Automaten, rauchte eine Zigarette dazu, schaltete in einem der Autos das Radio ein und begann konzentriert zu arbeiten. Ich glaube, ich habe ihn nie lachen gesehen. Er war aber nicht griesgrämig oder so, sondern nur ernst. Todernst, aber immer hilfsbereit, unser Ninko.“

„Wohnen Sie hier im Haus?“

„Bis vor kurzem haben wir, also meine Frau und ich, im ersten Stock gewohnt. Vor einem Jahr habe ich dann ein Haus in der Stadt gekauft, in Schwung gebracht und dann sind wir dorthin gezogen.“

„Also steht die Wohnung im ersten Stock noch leer?“

„Ja. Ich wollte sie Ninko günstigst überlassen, aber er wollte nicht.“

„Wo wohnte er denn?“

„Auf Untermiete in Versa.“

„War er italienischer Staatsbürger?“

„Nein, Serbe. Hätte sich schon längst einbürgern lassen können. Aber er wollte Serbe bleiben, um sein Alter auf dem Land irgendwo in der Nähe von Novi Sad zu verbringen. Armer Ninko, aus diesem Traum ist nun nichts geworden.“

„Was könnte das Motiv des Täters gewesen sein?"

„Ich kann mir keines vorstellen."

„Raubmord?"

„Er hat bestimmt kein Geld mit sich herumgetragen."

„Fehlt etwas in der Werkstätte?"

„Nein, ich habe den Kassenstand überprüft, alles da, auf Euro und Cent."

„Kann Eifersucht dahinterstecken?"

„Keinesfalls."

„Können Sie das wirklich beurteilen? Sie sagten doch, Ninko Glubovic war nicht gesprächig."

„Naja, um Eifersucht zu spüren, muss man doch in jemanden verliebt sein. Und wenn man in jemanden verliebt ist, arbeitet man dann 14 Stunden am Tag und die meisten Samstage und Sonntage?"

„Schob er so viele Überstunden?"

„Nein. Aber er hatte seine eigene Kundschaft. Die kam nach 17 Uhr und natürlich am Wochenende und er konnte die Werkstätte benutzen, wann immer und wofür immer er wollte. Nur zwischen 7 Uhr und 17 Uhr arbeitete er für die Firma, also für mich."

„Was meinen Sie, könnte der Täter einer der Kunden sein?"

„Möglich, aber unwahrscheinlich."

„Was veranlasst Sie zu dieser Einschätzung?"

„Unsere Kunden bringen ihre Autos morgens zwischen 7 und 8 und holen sie nachmittags zwischen 16 und 17 Uhr wieder ab. Zwischendurch kommt hier kaum jemand vorbei."

„Klingt sehr plausibel. Würden Sie uns dennoch Ihre Kundenkartei zukommen lassen? Und auch die Namen der Kunden, die nur einen Kassenzettel als Rechnung bekommen. Sie können uns vertrauen. Wir sind nicht vom Finanzamt. Wir wollen diesen brutalen Mord an

Ihrem Mechaniker aufklären. Nur das zählt. Von den Privatkunden Glubovics kennen Sie keine Namen und Adressen?"

„Nein. Ich komme um 14 Uhr, schreibe die Rechnungen der Wagen, die abholbereit sind, gebe sie Ninko und der gibt sie an die Kunden weiter."

„Wer macht dann das Inkasso?"

„Niemand. Die Rechnungen werden mit Zahlschein übergeben, die Kunden überweisen dann auf unser Konto. Wenn wirklich mal einer nicht zahlt, steht das in keinem Verhältnis zu meinem Zeitaufwand für eine Autoübergabe gegen Bares, wie das sonst üblich zu sein scheint. Sie können sich ja mein Kundenkonto anschauen. Vielleicht drei, vier Zahlungen, die überfällig sind, uneinbringlich keine."

„Und ohne Rechnung geht gar nichts?"

„Für solche Dinge habe ich keine Zeit. Ich schreibe Tag für Tag die Rechnungen, Zahlschein dazu und fertig. Meine Frau sagt, ich mogle nicht, weil ich zu faul dazu bin. Ich sage, ich habe keine Zeit dafür."

„Und Kleinigkeiten. Wenn nun einer stehenbleibt, weil seine Hupe nicht geht. Was geschieht dann?"

„Um solche Kinkerlitzchen kümmert sich Ninko. Die paar Euro dafür gehören ihm. Setzt er dafür Material ein, beispielsweise eine Glühbirne, dann sagt er mir das und ich rechne es ihm am Monatsende von seinem Lohn ab. Hat sich alles so eingespielt und immer bestens bewährt."

Vossis Interesse an dem Fall hielt sich angesichts der Tatumstände und der Herausforderungen im Fall Phantom in Grenzen. Der Täter hatte mit großer Wucht zugeschlagen. Er ging von einer Beziehungstat aus. Mit den Worten „Roberto, übernimm und betrachte die ganze Geschichte mit dem Mechaniker als die deine", übertrug er ihm die Verantwortung für den Fall.

Die Spusi hatte einen ganzen Pack Kleinseligkeiten aus der Werkstätte zur Analyse mitgenommen, aber nichts gefunden, das in diesem frühen Stadium auf den Täter hingewiesen hätte. Also erwirkte Roberto eine Hausdurchsuchung beim Werkstättenbesitzer und erklärte diesem die Notwendigkeit als Routine. Im Zwischenbericht informierte er Vossi, er habe dabei einen Stapel Kleider, der noch in der Plastikverpackung der Reinigung steckte, konfisziert und Wäsche aus dem Wäschekorb. Lorenzo von der Spusi würde sie auf Blutspuren durchsuchen. Der tippe übrigens auf den Würger. Alle gebrauchten jetzt das von Vossi auf den Index gesetzte Wort. Nicht nur die Boulevardpresse, die dem Mechanikermord wenig Platz widmete, weil es in Rom wieder einmal regierungskriselte und Neuwahlgerüchte die Runde machten. Lorenzos Argument: „Die Eisenstange hat der Täter nach dem Schlag abgewischt. Du sagst, damit scheidet der Würger aus. Es passe nicht zu deinem Werwowarum. Der trug Handschuhe und musste keine Fingerabdrücke abwischen."

„Richtig", blieb Vossi bei seiner Linie.

„Und wenn er sie einmal nicht dabeihatte?"

„Möglich, aber unwahrscheinlich."

„Und der Schlag auf den Trolley? Du glaubst doch nicht wirklich, dass der Würger beim ersten Versuch danebenschlug und erst beim zweiten traf."

„Kein Kampf heißt nicht, keine hitzige Debatte, bei der der Täter ersten Druck abließ und auf den Trolley schlug. Dann verlor er vollends die Beherrschung, drehte durch und zog dem Mechaniker eins über."

„Und das soll mein Werwowarum gewesen sein? Glaube ich nicht."

Dennoch gaben ihm Lorenzos Argumente zu denken. Aber tags darauf, Bingo. Roberto berichtete, Tina

Ricci, die Ehefrau des Werkstattbesitzers, hätte ihm völlig verheult die Tür geöffnet.

„Na also", brummte Vossi. „Eifersucht. Wenn ich es recht bedenke, hat der Werkstattbesitzer auf meine Frage nach Eifersucht als Motiv sehr vorschnell mit einem ‚keinesfalls' reagiert. Vielleicht ist er Ninko und seiner Angetrauten auf die Schliche gekommen und deshalb der Umzug in die Stadt. Fort aus der Wohnung oberhalb der Werkstätte, um seine Frau aus der Zone der Versuchungen zu bringen."

„Hätte er da nicht eher diesen Ninko gefeuert?", hielt Roberto dagegen.

„Wie beten die Bauern, Roberto? Gott lass die Kuh gesund bleiben und die Frau auch. Zuerst kommt die Kuh, dann die Frau. Und wenn Ninko ein so tüchtiger Mechaniker war, war der die Kuh. Vielleicht ist ein guter Mechaniker schwerer zu ersetzen als eine Ehefrau. Also versucht er es zuerst einmal mit örtlicher Trennung. Scheint aber nichts gebracht zu haben, oder? Jedenfalls schauen wir uns die beiden morgen genauer an."

Womit die Qualität von Oliviero Riccis Alibi zu hinterfragen war.

„Zutreffend ist, er war beim Arzt. Die Sprechstundenhilfe bestätigt auch, dass das Wartezimmer voll mit Patienten war. So wie immer. Und jetzt kommt's: Oliviero Ricci hat sich angemeldet, auf die Patientenliste nehmen lassen, hingesetzt und ging nach einer gewissen Zeit wieder. Er wolle nur auf eine Zigarette ins Freie, habe er der Sprechstundenhilfe gesagt."

„Das heißt, er könnte in die Werkstätte gefahren sein, seinen Helfer erschlagen haben, um dann wieder im Wartezimmer das zu tun, wofür es da ist, nämlich zu warten."

„Ich bin die Strecke abgefahren. Für den Schlag mit dem Eisenhebel hätte er jedenfalls ausreichend Zeit gehabt. Für die Hin- und Rückfahrt braucht man keine 20 Minuten."

„Und was wollte er vom Arzt?"

„Knieschmerzen."

„Diesen Ricci schauen wir uns jetzt genauer an. Lass uns aber unangemeldet aufkreuzen."

Ricci war zu Hause. Allein.

„Signore Ricci, ich will ganz offen mit Ihnen sein. Ihr Alibi wackelt. Sie waren beim Arzt, das stimmt. Aber Sie sind gleich wieder weg."

„Nur um auf der Straße eine Zigarette zu rauchen. Dann bin ich wieder hinein."

„Bis zum Beginn der Behandlung waren es noch gute 60 Minuten. Der Arzt vermerkt jeweils Beginn und Ende."

„Während ich rauchte, kam Andrea Trotti von der Wechselseitigen Versicherung zufällig vorbei. Der hat mich endlos wegen einer Schadensschätzung beschwatzt."

„War sie ihm zu hoch oder zu niedrig?"

„Denen ist alles zu hoch, die feilschen immer. Vor Gericht laufen sie zur Höchstform auf."

„Wir müssen das überprüfen. Wo erreichen wir diesen Andrea Trotti?"

Signore Ricci schrieb ihnen die Adresse und Nummer auf, während sich Vossi im Wohnzimmer der Riccis ein wenig umsah. Alles war kalt, unpersönlich, schien nur nach Zweckmäßigkeit aus einem Katalog entnommen.

„Wo ist übrigens Ihre Frau?"

„Sie hat mich verlassen."

„Wissen Sie, wo sie sich aufhält?"

„Wo alle Frauen nach dem Entschluss, ihren Mann zu verlassen, sich fürs erste verkriechen. Bei Muttern oder bei der besten Freundin."

„Haben Sie Namen und Adressen?"

Während Ricci einige aufschrieb, fragte Vossi weiter:

„Wie wird sie über den Tod Ninkos hinwegkommen?"

„Ach, Sie wissen?"

„Sie war wohl schlecht im Verbergen."

„Allerdings! Ich habe von Anfang an gewusst, dass sie und mein Mechaniker einander gesucht und gefunden haben."

„Wie wirkte sich das auf Ihr Verhältnis zu Ninko aus? Haben Sie ihn deshalb gehasst oder vielleicht sogar erschlagen?"

Oliviero Ricci lachte: „Nein. Mir bedeutete Ninko mehr als Tina."

„Weil er so wichtig war fürs Geschäft?"

„Nein, weil er ein ganz toller Kumpel war. Tina hingegen war und ist ein dummes Ding, die sich in Ninko verliebt hat."

„Könnten Sie sich vorstellen, dass Ihre Frau ...?"

„Nein. Bei ihrer Intelligenz würde sie glatt danebenhauen."

Sie verabschiedeten sich und ließen einen Mann zurück, aus dem Roberto nicht schlau werden konnte. „Ist der schwul?", wollte er im Wagen von Vossi wissen.

„Ich glaube nicht. Er und Ninko waren eben durch echte Freundschaft miteinander verbunden. Ich kenne ja Signora Ricci nicht. Beschreib sie mir."

„Kann ich nicht. Eine Frau, die heult, können Sie nicht einschätzen. Da empfinden Sie nur Mitgefühl."

„Ein kluger Satz, Roberto. Darf ich ihn frei zitieren?"

„Sie dürfen, Commissario."

Noch während der Fahrt erhielten sie Oliviero Riccis Alibilücke von dem Versicherungsmann aufgefüllt. Ja, er erinnere sich. Er sei dem Werkstattbesitzer zufällig über den Weg gelaufen, ja, man habe eine Schadensregulierung besprochen.

Damit war Vossis Theorie vom Eifersuchtsdrama nur noch die Hälfte wert. Um sie bewerten zu können, sollte Roberto der Ehefrau von Oliviero Ricci noch ausgiebig auf den Zahn fühlen, Tränen hin oder her.

13

Vossi brauchte eine Pause. Er entschied sich für das Café Tommaseo. Nicht, um ihm eine neue Chance als Stammlokal zu geben, sondern weil er noch nichts Besseres gefunden hatte. Um dahin zu gelangen, musste er einen Umweg machen und passierte die Piazza. Dort musste er sich seinen Weg durch einen Wirbel von Protestanten bahnen. Linke und Rechte demonstrierten gegen Jugendarbeitslosigkeit und gegeneinander. In ihrer Mitte schwenkten die von der Bewegung Trieste Liberta ihre Fahnen. Ihr politisches Ziel war, die Stadt vom italienischen Stiefel herauszuschneiden. Im Übergang zur Unabhängigkeit sollte er von einem Gouverneur der UNO verwaltet werden. So stand es auf ihren Flugzetteln, die sie wehrlosen Passanten aufdrängten. Seit 2011 gipfelte ihre Kampagne in antiitalienischem Vandalismus. Vossi verabscheute diese Gruppe, die in einem ansehnlichen Haus auf dem Börseplatz ihr Büro hatte und mit ihren Plakaten hinter den Fenstern der ersten Etage unschön das Ambiente urbaner Eleganz verschandelte. Sympathie hatte er hingegen für die andere Hälfte der Demonstranten, die gegen die Jugendarbeitslosigkeit marschierte. Sie lag bei unerträglichen 25 Prozent. Zu Demos ganz allgemein hatte Vossi seine ganz persönliche Meinung. Er fragte sich, warum man sich nicht im Internet artikulierte. Die gebrüllten Slogans auf den Plätzen waren doch nicht wirklich effizient. Sie verhallten zu rasch und die Schmierereien wurden oft noch am selben Tag von Putzerkolonnen übertüncht. Am Ende waren sie nur Verschwendung knapper kommunaler Ressourcen. Dazu kam der Einsatz der Carabinieri-Hundertschaften. Sie hatten zu kämpfen, um die aufgebrachte

Menge vom Regierungssitz fern- und den Zugang zum Rathaus freizuhalten.

Im Tommaseo stellte Vossi zunächst mal überrascht fest, dass nur heimisches Publikum anwesend war. Entweder waren die Touristen in ihren Betten oder die Demos hatten sie verschreckt. Jedenfalls erfreulich. Doch am Tisch, den er ansteuern wollte, saß eine junge Frau. Sportliche, streng nach hinten gekämmte Frisur, blasser Teint, spitzes Kinn und Lederjacke. Kein Zweifel, die Journalistin Martini. Er wich in einem großen Bogen aus. Am anderen Ende der Diagonale war noch ein Tisch frei. Er bestellte einen doppelten Fernet und eine große Flasche Mineralwasser. Mit Millionen Italienern war er sich einig, dass Fernet grausam schmeckte. Aber er half bei Konzentrationsaufgaben. Vossi hätte geschworen, dass in der Mixtur ein bewusstseinserweiterndes Kräutlein war. Und bei dem Geschmack, war es leicht, damit Maß zu halten. In besonders schweren Fällen genehmigte er sich allenfalls noch einen Zweiten.

Er hatte es geahnt: Die junge Frau näherte sich seinem Tisch, grüßte freundlich und bat: „Darf ich stören, Commissario?"

„In diesem Ton immer, meine Dame."

Sie stutzte ein wenig, prüfte, ob sich vielleicht Spott in den Worten verbarg, sah in Vossis blauen Augen mit den freundlichen Lachfalten freundliches Interesse und fand es angebracht, sich für ihr Auftreten im Comando di Polizia zu entschuldigen.

„Und hier mein Presseausweis", sagte sie beinahe schüchtern und legte ihn vor ihm auf den Tisch wie ein Zeugnis mit einer Fünf in Betragen. Vossi war sich nicht sicher, ob sie dabei nicht sogar leicht errötete.

„Darf ich noch ein wenig bei Ihnen bleiben?"

„Sie dürfen. Aber Sie dürfen mich nicht zu den Fällen Mia Vaccaro, Valentina Scutti und Djamal Jurkovic befragen", sagte er in einem Ton, der nach Friedenspfeife roch.

„Bestimmt nicht, Commissario. Mir geht es ausschließlich um den toten Mechaniker."

Beide lachten.

„Was war eigentlich los mit Ihnen, bei unserer ersten Begegnung?"

„Zum Kotzen, Commissario. Da recherchiere und recherchiere ich und dann übernimmt unser Chefredakteur mein Manuskript und macht daraus eine ganz blöde Revolvergeschichte. Ich hatte übrigens an dem Morgen, an dem ich zu Ihnen kam, gekündigt."

„Einfach so?"

„Einfach so. Und dann noch mein Vater. Er treibt mich manchmal in den Wahnsinn."

„Und ich habe Sie an ihn erinnert?"

„Ein wenig schon."

„Und wie bös ist das gemeint?"

„Ach, er hat auch seine guten Seiten."

„Ich auch, sagt man."

Wieder lachten sie.

„Was ist denn Ihr Vater von Beruf?"

„Landwirt. Drüben in der Brda."

„Ach, Sie sind Slowenin. Daher Ihre betont italienische Note."

„Ich schäme mich durchaus nicht, Slowenin zu sein!"

Wieder war ein strenger Ton in ihren Worten. Das ließ nur einen Schluss zu: Gleichwertig fühlte sich für sie ihre slowenische Haut wohl nicht an.

„Und woher kommt das Martini in Ihrem Namen?"

„Der letzte Rest von meinem Mann, Emilio, die Staubwolke."

„Ach, Sie waren verheiratet. Und jetzt haben Sie gekündigt. Schon Broterwerb in Aussicht?"

„Man kam mir in der Sache entgegen, gab mir beinahe Recht und so habe ich meine Kündigung zurückgezogen."

„Daher die Sachlichkeit in Ihrem letzten Artikel. Es hat ihn keiner mehr überarbeiten dürfen. Kann man das so sehen?"

„Kann man, Commissario."

„Wohnen Sie hier in Triest?"

„Ja."

„Dann sind Sie quasi Expertin. Wissen Sie, ich bin neu hier. Ich komme vom Land, verbringe meine Zeit gerne mit Bauern, wie Ihr Vater vermutlich einer ist. Leute mit viel Erfahrung und Menschenkenntnis, aber ein wenig verschlossen. Gar nicht so selten in Konsequenz ihrer Klugheit. Und so bin ich nun in der Stadt und suche einen Platz, um mich zurückziehen zu können. Eine ruhige Ecke, wie die in meinem Stammcafé in Gorizia. Wissen Sie einen solchen Platz in Triest?"

„Warum nicht hier im Tommaseo?"

„Zu viele Touristen."

„Ach, Sie gehören auch zu den Verlierern."

„Wie bitte?"

„Zu den Verlierern, die vor dem Sturm der Touristen kapitulieren. Das Tommaseo ist nicht bloß ein Raum mit Thonet-Sesseln und Wasserspülung. Nein, Commissario, *wir* sind das Tommaseo. Wenn wir es den Touristen überlassen, wird ein Coffee-to-go-Lokal daraus. Ich bleibe, und wenn ich will, sehe ich Tommaso Marcato, den Gründer dieses Tempels und höre die derben Sprüche der Kutscher, die vor mehr als hundert Jahren die ersten Thonet-Stühle aus Wien abladen. Ich bin Gast bei einer der vielen Vernissagen und stoße an auf die

Maler und die Kunst aus drei Jahrhunderten. Das alles lasse ich mir doch nicht von Touristen rauben."

„Weiter so. Sie haben mich beinahe schon auf Ihrer Seite."

Die junge Frau schien Vossis Worte gar nicht zu hören und ereiferte sich:

„Was für ein Tempel, dieses Kaffeehaus. Dort vor dem Fenster sitzt Guglielmo Oberdan. Er kommt gerade von der Demonstration gegen Kaiser Franz Josef, der mit dem Schiff aus Fiume hier angelandet ist. Der junge Oberdan ahnt nicht, dass die Österreicher von seinem Attentatsvorhaben wissen. Und dann wird es kalt. Es ist der 20. Dezember 1882. Vorne an der Theke schmücken sie gerade den Weihnachtsbaum und ich sitze hier und zittere. Ich weiß, jetzt hängen sie Guglielmo Oberdan. Er ist 26 und ruft „Ich sterbe für Italien" und der Henker öffnet die Klappe und der junge Mann stürzt in den Tod. Der Traum darf kein Irrlicht gewesen sein, Commissario!"

„Gut, aber hundert Meter von hier demonstrieren die Kinder der Helden von gestern für ein befreites Triest. Ein von Italien befreites Triest. Das kann Folgen haben. Jeden Tag könnte sich jemand in Rom oder Mailand berufen fühlen, uns neuerlich ein faschistisch eingefärbtes Italienertum aufzuzwingen, um so verspätet dem Tagesbefehl d'Azeglios nachzukommen. Alles schon erlebt unter Mussolini."

„Jedenfalls kennen Sie jetzt meinen Traum. Nennen Sie mich eine Nationalistin. Aber die, die dem Kaiser nachweinen und der ach so schönen Kaiserin, die nenne ich Phantasten. Sind Sie ein Phantast, Commissario?"

„Nein, bin ich nicht. Und auch die anderen sind es nicht. Das ist ein Karneval derer, die den italienischen Staat scheitern sehen. Ein Glück, dass es die EU gibt."

„Das sehe ich anders.“

„Natürlich, Sie sind ja Nationalistin und das sei Ihnen unbenommen. Aber, da wir gerade so schön beisammensitzen. Fürchten Sie nicht, dass Sie sich mit Ihren Artikeln über meine Morde gefährden?“

„Gefährden, wieso?“

„Überlegen Sie doch mal. Ein Killer, wir wissen nicht, was in ihm vorgeht. Aber in Ihrem Blatt ist er ein Verrückter, der zu viele Pornos gesehen hat, in denen Krankenschwestern als weiblicher Part auftreten. Das ist nicht gut, Signora Elisa. Das ist nicht gut. Es könnte unseren Serientäter schwer treffen. Ich meine das ernst. Sie glauben gar nicht, wie abstrus die Ehrbegriffe sein können, die manche Mörder mit sich herumschleppen.“

„Sie meinen, ich sei in Gefahr?“

„Ich meine, dass wir allesamt nicht wissen, wozu so ein Typ fähig ist. Gab es irgendwelche Reaktionen auf Ihre Texte?“

„Nicht, dass ich wüsste.“

„Und Sie meinen also wirklich, ich sollte hier meinen Stammtisch aufschlagen.“

„Unbedingt, Commissario.“

„Na gut, ich will es versuchen.“

„Konnten Sie sich übrigens schon eine Karte sichern für das große Konzert?“

„Welches Konzert?“

„Beethovens Violinkonzert mit der deutschen Wundergeigerin als Solistin.“

„Nein, konnte ich nicht.“

„Es ist überall plakatiert.“

„Mag sein. Aber ich bin auf der Jagd, wie Sie ja wissen.“

„Sie werden keine Karten mehr bekommen. Darf ich Ihnen eine Pressekarte sichern?“

„Hätte nur einen Sinn, wenn es zwei sein könnten."

„Abgemacht. Das gilt als Versprechen."

Nachdem sie gegangen war, konzentrierte er sich wieder auf seine Fälle. In jedem war der Täter auf eine Dienstleistung aus. Was war die geschwungene Klammer um den Haarschnitt, das Fangobad, eine Taxifahrt und eine Autoreparatur? Die jeweilige Wartezeit? Hatte Stipe recht, der bei irgendeiner Gelegenheit meinte: „Vielleicht eine krasse Form von Klaustrophobie." Beim Friseur warten unter einem Umhängetuch, in der Fangokabine stillliegen unter einer schweren Decke, im Fond eines Autos dem Taxifahrer ausgeliefert, beim Mechaniker warten bis er Zeit hat, nicht wegkönnen, weil der eigene Wagen ja streikt. All das könnte der Gesuchte als Zwangsjacke empfunden haben. Um sich befreien zu können, schlug er zu. Danach wäre der ganze Aufwand wegen des Pathos Sport verlorene Liebesmüh gewesen. War das „Finden Sie den Geruch, der die Tatorte verbindet und Sie haben den Täter" der Psychologin Dottoressa Novaco nicht mehr wert als der Spruch der Pythia im Orakel von Delphi? Und wie passte die Wahl der Mittel zu der Regel, dass ein Mehrfachmörder bei seinem Muster bleibt? Erst erwürgen, dann Schädel spalten? „In der Regel heißt in der Regel, aber noch lange nicht immer", sagte Vossi halblaut zu sich selbst.

„Wie bitte?", fragte der Ober, der gerade ein Tableau voll Tassen und Gläser an seinem Tisch vorbeibalancierte.

„Nichts, danke, ein Missverständnis", beschwichtigte ihn Vossi und machte sich ausnahmsweise einmal um sich selbst Sorgen: „Wo wird das enden? Jetzt führe ich schon Selbstgespräche. Höchste Zeit für ein paar freie Tage in dem Land, wo der Isonzo Soča hieß."

14

Von einem Tag auf den anderen war ganz Triest Ludwig van gewidmet. Die Löwenmähne des Klanggenies der Wiener Klassik und das Lächeln der strahlenden Violinistin aus Deutschland waren allgegenwärtig. In Schaufenstern, auf Plakatwänden und auf Poloshirts erinnerten sie an das Datum des Konzerts, von dem die Journalistin Elisa Martini Vossi gegenüber als dem Kulturereignis des Jahres schlechthin geschwärmt hatte. Interviews mit Musikkennern füllten Hörfunk- und TV-Sendungen zu Sendezeiten, an denen sonst vollbusige Blondinen dumme Quizfragen stellten, für deren richtige Beantwortung es eine Kaffeeschale zu gewinnen gab.

Das Violinkonzert in D-Dur sollte auf der Piazza Unita, einem der schönsten Rechtecke Europas, zur Aufführung kommen. Dort wurde gehämmert, geschraubt, gesägt, um die Bühne aufzubauen. Das Rathaus am langen Ende der Piazza, ein Außenposten von Wiener Ringstraßenarchitektur, übergossen mit venezianischer Zuckerglasur, würde die Kulisse abgeben. Rechts und links davor die Fassaden der Paläste aus der Zeit der k.u.k. Monarchie. Die vierte Seite gab den Blick auf die Adria frei. Ihr entlang führte die Nationalstraße vierspurig als Hauptverkehrsader der Stadt in Richtung Überseehafen und weiter nach Istrien. Sie blieb das akustische Risiko der Veranstaltung, weil die nationale Straßenverwaltung eine Verkehrsumleitung abgelehnt hatte. Beethoven sei nicht Madonna oder die Rolling Stones, hatte Rom entschieden. Eine Verdrehung, die Eingeweihte mit den Animositäten zwischen dem Bürgermeister, einem Mann der Forza Italia, und dem Präsidenten der Region, einem Mann der Lega, erklärten.

Die Medien hatten lobenswerterweise nichts von dem Tratsch zu diesem Thema aufgegriffen. Stattdessen zeigten sie, was sie konnten, wenn sie nur wollten. Sie stellten das Symphonische Orchester vor, reflektierten in Wort und Bild die Etappen seiner letzten Tournee durch Australien und Osteuropa und tischten Historisches auf. Etwa, dass die Paukenschläge als Auftakt in Beethovens Violinkonzert für die Französische Revolution stünden und die darauffolgenden Sequenzen den Aufbruchsgeist des 19. Jahrhunderts widerspiegeln würden.

Solche Geschichten nahmen dem breiten Publikum Triests die Schwellenangst zur Klassik. Kein Wunder also, dass auf der Piazza am Abend des Konzerts kein Pflasterstein frei blieb. Bis in die Seitengassen standen die Menschen und dann noch eine Traube von ihnen am Börseplatz vor den Livescreens. Vossi drängte sich mit Jelena in eine Abgrenzung für die Presse. Dass er keinen der Schreiber kannte, empfand er als angenehm. Die waren eben vom Ressort Kultur. Doch Elisa Martini war da.

Es wird mucksmäuschenstill, als der Dirigent für die ersten Schläge der Pauke den Stab hebt. Plötzlich ein Poltern und Scheppern in der ersten Reihe der 1. Violinen. Einer von ihnen springt auf, reißt sich die Fliege vom Hemd, schnappt nach Luft und wankt polternd in Richtung Abgang. Dabei stößt er links und rechts gegen die Bratschen und kollidiert mit dem Kontrabass. Ein Raunen geht durch das Publikum. Es dauert bis sich das Orchester wieder auf den Dirigenten konzentriert und auf dessen Wink die Pauke geschlagen wird.

15

Nach dem Plausch mit der Journalistin im Café Tommaseo hatte Vossi drei Urlaubstage angemeldet, die er bei den Schwiegereltern in Slowenien verbringen wollte. Es müsse sein, allerdings wäre er jederzeit erreichbar und die Fahrt zurück an den Schreibtisch wäre praktisch ein Katzensprung. Jelenas Eltern betrieben am Oberlauf des Isonzo, da wo der Fluss Soča hieß und seit grauer Urzeit Felsenwände durchfurchte, eine Gostilna. Über die Jahre war sie zu einem kleinen Hotel angewachsen.

Schon im Voraus freute er sich auf eine Plauderstunde mit der Schwiegermama. Sie war bauernschlau und abergläubisch, aufrührerisch und habsburggläubig, sparsam und großzügig, heimatverbunden und weltoffen. Als Quereinsteigerin in Vossis Gedankengänge hatte sie ihn mehr als einmal auf Ideen gebracht, für die sein Gehirn anscheinend nicht der richtige Nährboden war. Vielleicht wegen seiner Erziehung, vielleicht, weil verdorben durch Bildung. Vossi war längst überzeugt, dass die schwiegerelterliche Gostilna das Mekka besonderer Geister war. Denn fast immer schöpfte die Schwiegermama ihre Weisheiten aus Begegnungen. Die begannen dann mit: „Wir hatten da mal einen Gast ..."

Vielleicht hatte sie ja auch mal einen, der wusste, wie Phantome dingfest zu machen waren. Mittwoch und Donnerstag war in der Gostilna Ruhetag. Also genügend Zeit für einen zwanglosen Tratsch.

Seine Stimmung besserte sich und nahm weiter zu, als ihm der Polizeipräsident mitteilte, die Regionsregierung habe soeben 10.000 Euro für Hinweise ausgelobt, die zur Ergreifung des Täters führten. Vossi ließ zu einer Pressekonferenz einladen und gab die Meldung weiter. Prompt beschwerte sich einer der Journalisten über die Informationsblockade im Fall Valentina Scutti.

„Da sind Sie bei mir an der falschen Adresse. Ich ermittle. Ich halte notfalls Ermittlungsergebnisse zurück, Fakten, mit deren Hilfe ich spätere Ergebnisse und Aussagen auf Täterwissen überprüfen kann. Für die Meldung, dass ein Verbrechen stattgefunden hat, für das Wo und Wann der Tat, ist einzig und allein unsere Presseabteilung zuständig."

„Wie stehen Sie dazu, wenn ein Verbrechen in einem Fünfsternehotel drei Tage lang nicht gemeldet wird?"

„Als Beamter habe ich Entscheidungen der Behörden, die außerhalb meines Kompetenzbereichs liegen, nicht zu kommentieren. Entscheidungen vorgesetzter Stellen, die meinen Kompetenzbereich betreffen, erst recht nicht. Bleiben wir also lieber beim Thema: Zur Ergreifung könnte das Handy des Täters verhelfen, mit dem der Täter in der Taxizentrale Monfalcone den Wagen des Fahrers Djamal Jurkovic bestellte. Wir konnten es nicht zurückverfolgen. Doch unsere bisherigen Ermittlungsergebnisse legen nahe, dass er es nach der Tat weggeworfen hat. Vielleicht liegt es abgeschaltet in irgendeinem Abfallkorb der öffentlichen Plätze. Wenn also jemand ein Handy in einem Abfallkorb findet, möge er es an uns weiterleiten, damit wir es auswerten können. Das könnte bares Geld wert sein."

Elisa Martini war auch da. Sie nickte ihm nicht einmal zu, sondern kam mit dem Tross der Zeitungsleute und ging mit ihm. Sie hielt sich also an die Spielregel eines professionellen Umgangs zwischen Ermittler und Journalisten. Nichts anderes hatte Vossi von ihr erwartet.

Nach der Pressekonferenz meldete sich Roberto an, um über Tina Ricci zu berichten: „Die Frau war in diesen Mechaniker total verliebt. Sie weint ihm immer noch nach. Nicht nur das, sie hat sichtlich abgenommen und ist ganz zittrig. Wenn sie so weitermacht, braucht sie unbedingt einen Psychotherapeuten. Ich habe ihr sogar angeraten, sich von einem helfen zu lassen. Ihr Traummann Ninko Glubovic hatte ihren Angaben zufolge fleißig gespart, wollte zurück nach Serbien. Sie hatten geplant, ein Haus zu renovieren, sein altes Elternhaus. Er wollte sich ein kleines Boot kaufen, eine Zille, fischen und als Jagdhelfer sein Geld verdienen. Da gäbe es nämlich einen großen Fluss ..."

„Die Save oder die Theiss?"

„Ich glaube sie sagte etwas wie Save."

„Und da wollte sie hin? Das verwöhnte urbane Ding? Die Stechmücken hätten sie gefressen und zu Tode gelangweilt hätte sie sich nach zweimal Amen und drei Tagen!"

„Also, sie zeigte mir ein paar Bilder. Muss schon herrlich sein, dort."

„In drei Monaten kann ich dir mehr davon erzählen. Sie sprach wohl von der Vojvodina. Und die liegt auf meiner Urlaubsroute."

„Und sie schwärmte von ihrer zukünftigen Schwiegermutter dort. Die sei mal bei Ninko auf Besuch gewesen und ganz lieb und so natürlich."

„Spricht sie überhaupt ein einziges Wort Serbisch?"

„Habe ich auch gefragt. Nein, spricht sie nicht. Aber Watstiefel und eine ziemlich patente Fischerausrüstung hat sie sich gekauft, um mit Ninko einmal fischen zu können. Unter Tränen hat sie mir alles gezeigt."

„Und wann sollte die Reise losgehen?"

„Ach, eine Schwärmerin. Nicht vor dem nächsten Frühjahr."

„Wusste ihr Mann, was da geplant war?"

„Sie sagt ja. Und der sei auch gar nicht bös und immer sehr lieb."

„Und wo war sie zur Mordzeit?"

„Zu Hause, sagt sie."

„Zeugen?"

„Nein. Aber ich glaube, die würde sich eher selbst was antun, als ihrem Ninko ein Haar zu krümmen."

Vossi überlegte und kam zu dem Schluss: „Wahrscheinlich hast du recht. Wir archivieren sie mal unter kein Alibi, aber unverdächtig." Wenig später hakte er nach: „Und Ninko hat angeblich fleißig gespart?"

„Sagte sie."

„Die Spurensicherung hat aber in seinem Untermietszimmer in Versa nichts gefunden. Keine Kontoauszüge, keine Sparbücher, nichts."

Dann erinnerte sich Vossi an Riccis Bemerkung, dass Ninko immer alles in bar haben wollte. Das hatte wahrscheinlich mit Erfahrungen in seiner Jugend zu tun, als der Dinar Monat für Monat zehn Prozent verlor und das Geld auf der Bank nach sechs Monaten nur noch die Hälfte wert war. Galt die alte D-Mark nicht immer noch in manchen Ecken des Balkans als die einzige akzeptierte Währung, der man traute? Vossi rief Lorenzo an und bat ihn, sich das Untermietszimmer in Versa nochmals vorzunehmen. Und tatsächlich. Unter einer losen Bodendiele fanden sie eine Tasche mit über zweihunderttausend Euro in verschieden großen Scheinen.

16

Er wurde früher als sonst wach und wunderte sich, dass er Frack und Hose ganz gegen seine Art nicht vor dem Zubettgehen gebürstet und im Kleiderschrank aufgehängt, sondern bloß lose über das Anstelltischchen geworfen hatte. Also stand er auf und holte es nach. Seine Fliege fehlte. Sie war nicht auf dem Anstelltisch und nicht unter den anderen fünf Fliegen im Schrank. Das war ihm auch noch nie passiert. Gleich nach einem kargen Einmannfrühstück aus einer Tasse Schokolade mit drei Leibnitzkeksen ging er hinunter zum Tabacchi um die Zeitungen. Die Kritiken zum Konzert, die musste er lesen.

Täuschte er sich oder sah ihn Carlo, der Kaffeebrauer hinter der Gaggia, sonderbar an, während er seinen Cappuccino braute? Und die drei Männer, die am Schreibpult ihren Lottoschein ausfüllten, flüsterten sich etwas zu. Unwillkürlich prüfte er seine Hosenfront. Danach vertiefte er sich in die Zeitungen. Jawohl, der wunderbare Klang der Streicher wurde an einer Stelle erwähnt.

Eigenartig, an die Generalprobe konnte er sich genau erinnern, an jeden Ton. Vor dem ersten Übergang zur Solistin waren die Flöten zu laut. Und dann hatte sie eingesetzt. Wahrhaft brillant. Nur gute Geiger, solche wie er, konnten den Unterschied zwischen Genie und guten Violinisten ermessen. Der war groß. Und das lag nicht an der Stradivari unter ihrem Kinn.

Er bat um einen weiteren Cappuccino. Offensichtlich war beim Konzert alles bestens verlaufen. Ohne den kleinsten Fehler. Denn einen solchen hätte er ja in Erinnerung. Doch jetzt fiel es ihm ein. Da war was. Irgendein Misston oder sogar mehrere beim

Einstimmen der Bratschen. Daran konnte er sich erinnern. Aber an den Applaus? Hatte es Bravo-Rufe gegeben? Eine Zugabe? Blumen? Gab es Blumen für diese Schönheit an der Stradivari? Er hätte es nicht sagen können. Die Zeitungen jedenfalls waren voll davon. Die Bilder vom Rathaus, ein Bild von der jungen Solistin mit Blumenstrauß, neben ihr der Gastdirigent aus Wien und eines vom ganzen Orchester. Komisch, sein Platz war leer. Wahrscheinlich war er von der 2. Geige hinter ihm, dieser fülligen Blondine mit langer Mähne, verdeckt. Die drängte sich ja immer in den Vordergrund.

Er hatte für den Tag nichts Besonderes vor. Die Glühbirne seines Peugeots vorne rechts musste erneuert werden. Ein Polizist hatte das Manko beanstandet. Freundlich aber bestimmt. Also fuhr er los. Ohne ihm selbst bewussten Grund, fuhr er nicht zu seinem Kfz-Stammbetrieb, sondern in Richtung Grenze. Gleich dahinter wusste er eine Werkstätte. Die ausgebrannte Glühbirne auszutauschen würde einige Zeit brauchen, weil bei seinem Modell die Scheinwerfer schwer zugängig wären, meinte der Mechaniker. Also würde er sich ein wenig die Beine vertreten. Schräg gegenüber der Werkstätte war eine Espressobar. Da er schon zwei Cappuccini intus hatte, bestellte er ein gemischtes Eis.

Die junge Frau strich es mit geschickten Bewegungen in eine Schale mit Stiel, sah ihn fragend an und meinte: „Sind Sie neu?“

„Wie bitte?“

„Ich meinte nur, weil wir doch hier hauptsächlich Kunden vom Finanzamt haben. Finanzer und Lehrer von der Abendschule. Die einen passen auf, dass ich alles vorschriftsgemäß boniere und die anderen kümmern sich um meine Erwachsenenbildung.“

Sie lächelte ihn an. Er wusste nicht, was er darauf sagen sollte. Sie drehte sich nach der Regalwand um und stellte per Fernbedienung das Radio lauter, das seitlich der Theke auf einer Anrichte stand.

„Damit es hier nicht so leer ist“, sagte sie. Im Radio wurde der Rap eines Abbas Abdul angekündigt, der beim Wettbewerb in Venedig die besten Chancen hätte, den Award Voti Internazionale zu gewinnen. Die Ansagerin überschlug sich förmlich, um Sensationsgier zu entfachen. Gleich danach surrte es los:

Lybien, das war die Hölle
Yussuf hieß ihr Folterknecht
Doch dann kam ich an ein Messer
Danach ging es Yussuf schlecht.
Allāhu akbar Allāhu akbar.

Finster war's auf Lampedusa
Wellen hoch wie's Minarett
Auf der Pier die Polizei
Hunde waren auch dabei
Allāhu akbar Allāhu akbar.

Stacheldraht auf festen Mauern
Und zum Fressen Lagerbrei.
Dafür ging ich nicht durch Wüsten,
wer mich aufhält muss jetzt büßen
Allāhu akbar Allāhu akbar.

Keiner kann mich daran hindern,
meinen eignen Weg zu gehen.
Carlo, ich will ab nach Norden
Kann auch weiter dafür morden.
Allāhu akbar Allāhu akbar.

Die Letzten Phrasen hörte er kaum noch. Entsetzt starrte er auf das altmodisch gestylte Gerät, das ihn anplärrte. Zwischen seinen Ohren wurde es heiß. Er umklammerte seinen Stock mit beiden Händen und holte damit zum Schlag aus. Er sah nur noch mit seinem inneren Auge und was dieses sah, verstellte den Blick nach außen. Zwischen seinen Ohren die Glut. Und ein Ungeheuer, das seinen Hammer auf den Amboss niederdröhnen ließ, als ob es mit den Schlägen seinen Schädel spalten wollte. Doch dann wurde es unvermittelt still. Das Bild seines inneren Auges schrumpfte wie ein Ballon, dem die Luft ausgeht. Rauchschwaden lösten sich auf und gaben die Sicht auf die reale Umgebung wieder frei. Er sah an sich runter und sah, dass er auf den Trümmern des Radios stand. Etwas drückte gegen den rechten Fuß. Er klemmte sich den Stock unter die Achsel, streifte den Schuh ab und bückte sich. Ein Teil des Lautsprechers steckte darin. Er entfernte es und sah sich um. Eine Armlänge von ihm entfernt stand die Frau, den Stecker des Stromkabels in der Hand, den sie geistesgegenwärtig aus der Steckdose gerissen hatte. Sie wirkte aber keineswegs erschrocken, eher belustigt und fragte ungerührt: „Haben Sie das öfters?“

„Ich bitte Sie tausendmal um Entschuldigung. Ich hasse bestimmte Töne. Immer, wenn ich mich konzentrieren möchte, stört von irgendwoher Musik.“

Mit diesen Worten reichte er ihr den Stock mit dem Griff voraus, wie ein Krieger, der seine Waffe streckt.

Die Frau sagte: „Was soll ich damit?“

Er blickte verwirrt auf den Stock, zog ihn zurück und beteuerte: „Ich werde den Schaden natürlich sofort gutmachen.“

Vorsichtig, als ob es feinstes Porzellan wäre, legte er die Teile des Radios auf das Schankpult und holte einen Zweihunderter aus der Brieftasche.

„Reicht das?“

Die Frau sagte:

„Zweihundert ist zu viel“, steckte die Banknote ein, reichte ihm einen Hunderter und meinte leichthin: „Sie haben mein vollstes Verständnis. Früher verfolgte auch mich dieses ständige Plärren aus den Radios. Heute merke ich es nicht mehr. Mein Ohrenarzt meinte übrigens, das sei ein schlimmes Zeichen. Und wirklich schlimm ist, dass ich heutzutage ohne Radio nicht einschlafen kann. Ist es einmal nicht an, muss ich aufstehen und es einschalten, weil ich ansonsten kein Auge zu machen kann. Ich muss radiohören, ob ich will oder nicht. Kaum zu glauben, oder?“

Trotz ihrer aufmunternden Worte schämte er sich, nahm den Hunderter Wechselgeld nicht an und konnte sich erst auf der anderen Straßenseite beruhigen. Hoffentlich war der Wagen schon fertig. Doch jetzt fehlte ihm das Bargeld. Zum Glück akzeptierte die Werkstätte Visa.

17

Wie immer bedeutete eine Autofahrt mit Jelena zweimal Warten. Einmal an der Tür, den Autoschlüssel in der Hand, weil das Rot ihrer Lippen nachgezogen werden musste oder die Wimpern schwächelten und noch etwas schwarze Tusche brauchten. Das zweite Mal, wenn man schon abfahrtsbereit im Wagen saß und ihr einfiel, dass sie etwas vergessen hatte. Diesmal war es die Fernsehillustrierte der Vorwoche wegen eines Artikels über Blasenschwächen, die sie der Schwiegermutter versprochen hatte.

„Aber du hast doch ohnedies schon einen ganzen Pack für sie im Kofferraum", scharrte Vossi mit den Hufen.

Hätte er sich sparen können. Jelena stapfte zurück ins Haus, kam nach zehn Minuten wieder und fragte mit leichter Schärfe, ob Vossi sie vielleicht weggeworfen hätte. Da er die Frage nicht mit letzter Sicherheit verneinen konnte, begann gemeinsames Suchen, das sie vom Schlafzimmer, über die Toilette bis hinunter in den Weinkeller führte, immer begleitet von Jelenas „da habe ich schon gesucht". Schließlich blieb nur der Mülleimer. Jelenas Oberkörper verschwand darin.

„Das hat doch keinen Zweck", rief ihr Vossi nach. „Selbst, wenn du die Zeitschrift zehnmal im Abfall findest, sie wird nach faulem Fisch stinken. So kannst du die Illustrierte doch nicht überbringen."

Ihre Antwort aus der Tonne war unverständlich. Doch Vossi wusste auch so, dass es Jelena in diesem Stadium des Suchens nicht mehr um das Druckwerk ging, sondern darum, dem rücksichtslosen Vandalen, damit war er gemeint, das Corpus Delicti unter die Nase halten zu können.

Pustend tauchte Jelena wieder auf. „Die mit Berlusconi auf dem Titelblatt", jammerte sie. Vielleicht hätte Vossi nicht darauf hinweisen sollen, dass sie sich wiederholte. Jedenfalls sprach sie fortan kein Wort mehr. Was den ganz und gar nicht unwillkommenen Vorteil hatte, dass er nun die Schönheiten der Windungen des Isonzo flussaufwärts in Richtung Alpenpässe in aller Ruhe genießen konnte. Aber irgendetwas begann in Vossis Bewusstsein zu nagen. Er wird doch nicht die Illustrierte für die Blumen ...? Nein, ganz sicher nicht.

Knapp zwei Stunden und unzählige Flussbiegungen später grüßte als Gostilna das festgebaute Haus mit den freundlichen Fensteraugen. Das Hallo der Schwiegermama kam aus voller Brust. Von weitem schon winkte sie heftig mit einem Geschirrtuch. Vossi begrüßte sie hocherfreut, schon wegen der Aussicht auf das, was sie in den nächsten drei Tagen in ihrer Küche kreieren würde.

Nach stürmischer Umarmung befreite er den mitgebrachten Strauß Rosen aus Jelenas Garten aus dem nassem Zeitungspapier und erheischte dabei Berlusconis blöde Visage. Also doch! Ein kurzer Seitenblick verriet, auch Jelena hatte Augen im Kopf. Alles eine Angelegenheit von knapp einer Sekunde. Doch die Schwiegermama registrierte den Blickwechsel und fragte neugierig: „Ist was?"

„Ja", sagte Jelena. „Bruno hat die Rosen in dem Artikel eingewickelt, den ich dir versprochen habe und den wir vor unserer Abfahrt stundenlang gesucht haben."

„Sie hat aber noch einen ganzen Pack für dich im Kofferraum."

„Na siehst du. Hauptsache ihr seid pünktlich. Ich habe nämlich zur Willkommensjause Liwanzen vorbereitet und der Germteig ist gerade aufgegangen."

„Gefüllt mit Powidl?“

„Ja natürlich. Powidl aus den Zwetschgen in meinem Garten. Womit denn sonst?“

„Hat er nicht verdient“, motzte Jelena.

Schwiegerpapa kletterte umständlich vom Dach des Nebengebäudes. Dort hatte er begonnen, das Wellblech aus der Titozeit gegen Holzschindeln zu tauschen. Er umarmte Jelena und schüttelte Vossi verschmitzt lachend die Hand: „Ich habe heute früh vier Forellen für euch aus der Soča geholt. Bestes Maß, zwischen 30 und 40. Mit der Hand gefangen natürlich. Das tut ihnen nicht weh und sie erleiden keinen Schock. Das schmeckt man, wirst sehen.“

Im Schankraum gab es Bier vom Fass und Obstler aus der hauseigenen Destille als Willkommenstrunk. Über der Theke hing das slowenische Wappen im Bilderrahmen.

„Oho, ganz was Neues“, sagte Vossi und zeigte darauf. Vossi wusste aus Erzählungen: Bis 1918 hing an dieser Stelle das Bild Kaiser Franz Josefs. Danach das des Jugoslawischen Königs. Von 1941 bis 1944 das Bild Hitlers. Danach das Titos. Und weil einem der Gäste nach der Unabhängigkeit Sloweniens 1991 unter Titos gönnerhaftem Blick das Bier nicht mehr schmeckte, wurde es Schwiegermama zu dumm. Mit den Worten „Politiker kommt mir da keiner mehr hin“ ersetzte sie das Konterfei durch Beethoven.

„Beethoven bewährte sich auch nicht. Zu viele Gäste wollten wissen, ob er zur Familie gehörte. Und so kam ich auf das Landeswappen“, erklärte Schwiegermama.

In der Stube roch es nach Ruhetag und frisch gebügelter Tischwäsche. Die Blumengestecke darauf und die Zirbenpaneele an den Wänden waren genau das Ambiente, das Vossi jetzt brauchte. Dazu das beruhigende

Tick-Tack der Standuhr. Die Sekunden schienen hier zu fließen und dem Pendel für seinen Weg mehr Zeit zu lassen. Tick ... tack, tick ... tack, als ob die Schwerkraft hier schwächer wäre. In diesem Raum zählte die Uhr nur die schönen Stunden. Hier wurden Geburten gefeiert und Hochzeiten. Gestorben und geweint wurde in den anderen Zimmern.

Die Stunden am Oberlauf der Soča taten Vossi gut. Der tiefe Schlaf unter den Federbetten statt den italienischen Linnen und Decken, die absolute Stille, der Hahnenschrei zu den ersten Sonnenstrahlen, das Nass des Taus auf der Wiese beim Morgenspaziergang, das alles hatte er dringend gebraucht. Es erinnerte Vossi daran, wie schnell der ländliche Charakter aus der Umgebung ihres Zuhauses in Gorizia verschwunden war. Begonnen hatte es mit dem Verkauf des Bauernhauses gegenüber. Die Hauswiese, die Hühner, die Scheune und den Ziegenstall ersetzten Häuser, Schwimmbecken, Garagen und Vorgärten. So war binnen kürzester Zeit aus einem Dorf Vorstadt geworden.

Während er bei Schwiegermamas Zwetschgenfleck darüber nachdachte und Wespen verjagte, hatte sie sich herangepirscht, um unumwunden zu fragen, wo ihn der Schuh drückte.

„In der Nase", sagte er und erzählte ihr vom Gespräch mit der Psychologin und ihrer Empfehlung „Finden Sie den Geruch, der die Tatorte verbindet und Sie haben den Täter." Schwimu schien wenig davon zu halten: „Ich mach dir einen Vorschlag. Lass uns hinauf zum Bildstöckel gehen. Das Wandern belebt das Gehirn und es wird uns mit Sicherheit etwas Gescheites einfallen."

Der Weg führte an der Kirche vorbei. Sie gingen hinein, genossen die Kühle der Steine und verharrten am Epitaph eines Venceslav Lucenperger, der laut

Kirchengeschichte von 1720 bis 1761 hier als Priester wirkte. Eine Tafel dazu verriet, dass er wegen seines Wirkens als Heiler und Weissager in Erinnerung gerufen wurde. Als Ranjki Trentars verehrten ihn heute noch die Bewohner der Berge und Täler hier, erwähnte Schwiegermama flüsternd vor dem Stein. „Der könnte dir heute weiterhelfen, wenn er noch lebte", seufzte sie.

„Was hat er denn geweissagt?"

„Oh, Schlimmes. Auf seinem Totenbett prophezeite er, dass der König und seine Königin geköpft würden."

„Wurden sie aber nicht."

„Oh doch. Ludwig der XVI. und Maria Antoinette, 32 Jahre später."

„Na ja, irgendwo auf der Welt wird wohl in jedem Jahrhundert ein König ermordet."

„Ja, aber der Trentar sagte ‚geköpft' und gemeinsam mit seiner Frau und er sagte Zeiten voraus, die so schlecht sein würden, dass er nicht einmal seine Schuhbänder zurücklassen möchte, um sie zu erleben."

„Ach, weißt du, als Weissager hast du eigentlich leichtes Spiel. Du brauchst nur schlechte Zeiten anzukündigen und schon werden dich die nachfolgenden Generationen als Prophet verehren."

„Da bist du aber jetzt ungerecht. Von 1945 bis zum Ende das Kalten Krieges hatten wir doch nur gute Zeiten. Es ging ständig bergauf. Wann hat man schon eine so lange Glückssträhne. Aber wir haben nichts aus ihr gemacht. Wo ist denn die Friedensdividende hingekommen, von der nach dem Kalten Krieg so viel die Rede war? Nix war's mit Frieden. Wir haben Waffen erzeugt und sie in die Dritte Welt exportiert. Dort haben sie damit Kriege angezettelt. Jetzt kommen die Dortigen als Zukunftslose hierher. Sie bringen ihr Unglück mit, an dem wir nicht unschuldig sind, mein Lieber. Und ihr

Unglück wird sich hier ausbreiten, weil Unglück ansteckend ist. Meine Generation weiß das. Ja, ich gebe dir recht, die Zeiten sind schlechter geworden. Aber nicht zwangsläufig, sondern weil wir mit den guten nichts anzufangen wussten."

Sie gingen über eine der für den Oberlauf der Soča so typischen Hängebrücken und Vossi riskierte einen Blick in smaragdgrüne Tiefen, unterbrochen von weißer Gischt: „Und hier fängt Vater seine Forellen?"

„Nicht hier, etwas weiter flussabwärts. Da hat er seine Stellen. Aber wo genau, verrät er nicht einmal mir."

In dieser Nacht träumte Vossi vom Weissager Trentar. Er lag auf seinem Totenbett und stammelte: „Mein Pendel, mein Pendel, weiß alles, weiß alles." Dazu hielt er Schuhbänder in die Höhe: „nehme ich mit, nehme ich mit." Und Vossi horchte in die Nacht hinein und vernahm das Schlagen der Standuhr in der Stube unter ihm: Tick ... tack, tick ... tack. Darüber schlief er wieder ein.

Als er am nächsten Morgen erwachte, schlich er sich aus dem Zimmer. Natürlich wurde Jelena wach, sagte „Kannst du nicht Rücksicht nehmen? Jetzt kann ich bestimmt nicht mehr einschlafen", drehte sich um, schnaubte noch einmal ärgerlich und war schon weg.

Vor dem Haus mähte Schwiegervater die Hauswiese. Mit der Sense, die er zwischendurch dengelte. Vossi genoss diese Geräusche. Sie hatten seine frühe Kindheit begleitet. Damals war Landarbeit noch eine Symphonie in Moll. Das Klappern von Hufen, das Schnauben der Pferde, das leichte Stöhnen der Wagenräder auf Steinen, kein Traktor, kein Dieselgestank, kein Rattern der Stalldungstreuer.

„Sag mal, Vater, du hast doch Erfahrung mit Hunden."

„So, habe ich?"

„Ich dachte. Ein Landwirt und Gastwirt wie du einer bist, versteht etwas von Hunden."

„Na, dann lass uns mal hören, vielleicht hast du Recht."

„Ich habe vier Tatorte und einen Täter, der ein bestimmtes Parfum benutzt. Glaubst du, dass der Hund riechen kann, ob ein Verdächtigter an den Tatorten war und damit als Täter in Frage kommt?"

Schwiegervater stellte die Sense ab und kramte in seinen Erinnerungen: „Ich hatte mal einen Hund, den hat mir ein Knecht überlassen, weil er zum Militär musste. Nach den üblichen 18 Monaten Wehrdienst kam er mittags auf ein Bier vorbei. Ich war gerade mit dem Hund unterwegs gewesen und kam erst abends zurück. Schon im Vorhaus wurde er unruhig. In der Stube ging er auf den Sessel zu, auf dem mein Freund mittags gesessen hatte und winselte ihn die halbe Nacht an. Nach mehr als 18 Monaten hatte er seine Fährte aufgenommen und gewusst, dass mein Freund da war und auf dem Sessel gesessen hatte. Ich meine, du solltest es versuchen. Hast du denn einen Hund?"

„Ich nicht, aber meine Kollegen von der Hundestaffel des Rauschgiftdezernats."

„Ich kann nur sagen: Versuch's."

Die Stunden flogen dahin, der Aufenthalt war kurz, der Abschied lang. Er begann in der Küche der Gostilna, in der Schwiegermama aufzählte, was sie alles für sie gepackt hatte und was bis spätestens wann zu verputzen sei. Er setzte sich fort an der Schank, wo man mit Stammgästen der Gostilna einen auf den Weg trank und endete auf dem Parkplatz, wo Schwimu sich nochmals niederbeugte, um durch das offene Wagenfenster auf eine Baustelle unten im Tal hinzuweisen und Tipps zu geben, wie man lebend an ihr vorbeikäme.

Die Rückfahrt in das Land, in dem die Soča Isonzo hieß, verlief genauso ruhig wie die Herfahrt. Nur dass Jelena diesmal nicht schmollte, sondern, zusammengerollt wie eine Katze, auf den Rücksitzen schlief. Wenn Vossi nicht durch den Rückspiegel nach ihr sah, und das tat er oft, war er bedacht alles zu vermeiden, was sie wecken könnte. Und zwischendurch überlegte er, wie die der Einsatz der Hundestaffel am besten zu organisieren sei.

Am nächsten Morgen, Vossi war noch gar nicht richtig wach, läutete das Telefon und Schwiegermama war am Apparat: „Hast du etwas zum Schreiben?"

Vossi suchte zuerst seine Brille, dann einen Stift und schließlich ein Blatt Papier:

„Was ist denn passiert, dass du so früh anrufst?"

„Gar nichts ist passiert. Aber ich konnte diese Nacht nicht gut schlafen und habe in den Illustrierten gelesen, die Jelena mitbrachte."

„Ja und?" Vossis Stimme war einen Deut weniger freundlich als sonst.

„Ein Professor Dottore Gero von der Universität Triest hat festgestellt, dass ein Hund riecht, ob du Angst hast. Der kann dir sicher alle Fragen beantworten, die du Papa gestellt hast."

Vossi war hellwach:

„Tatsächlich? Welche Illustrierte war es denn?"

„Die *Galantemente.*"

„Besorge ich mir. Vielen Dank, Mama."

„Ich habe dich geweckt, gelt?"

„Sagen wir so, Mama: Du hast mir den Tag versüßt, ehe er noch richtig begonnen hat."

Um Punkt acht wurde Vossi zum Dienst abgeholt. Von der Fahrbereitschaft Triest. Jahre hatte er den Kollegen von Gorizia eingeschärft, auf der Fahrt zu ihm nicht die Reifen bei jeder der drei Serpentinen zu seinem Haus quietschen zu lassen und das Blaulicht nicht anzustellen. Aus Rücksicht auf die Nachbarn, die das mehr als einmal moniert hatten. Jetzt, nach seiner Versetzung nach Triest, musste er mit diesen Bemühungen ganz von vorne beginnen. Mit wenig Aussicht auf raschen Erfolg. Denn während aus Gorizia jeweils die gleichen Kollegen bei ihm vorfuhren, waren es nun immer andere, hatte die Fahrbereitschaft Triest doch einen Personalstand von mehr als 20 Mann. Und so hörte er auch an diesem Morgen schon von weitem das Polizeihorn, das Quietschen der Reifen, das Aufheulen eines Motors und das Durchdrehen der Reifen beim Bremsmanöver auf dem Schotter vor seiner Gartentür. Kein Wunder, dass Jelena überzeugt war, die Hälfte des Polizeikorps würde auch ohne Lohn arbeiten, wenn sie nur wie verrückt mit Blaulicht und Martinshorn dahinrasen dürften. Es gab Momente, in denen Vossi ihr recht gab.

Er ließ vorm Pressehaus in der City anhalten, um sich die Nummer der *Galantemente* ausgraben zu lassen. Das lief aber anders ab, als er es in Erinnerung hatte. Er brauchte nur den Artikel anzugeben, die junge Frau hinter dem Pult gab ein Stichwort dazu ein, sagte „Moment, das haben wir gleich“, und reichte ihm vier Blatt Papier mit Fotos von Hunden und einem Professor, der aussah wie der in dem Film „Zurück in die Zukunft“.

Im Wagen bemerkte er, dass der Artikel von einer Elisa Martini gezeichnet war. Das musste ‚seine‘ Elisa Martini sein, aber die schrieb doch für den *Punto*. Im Büro rief er sie an. Ja, sie habe diesen Artikel geschrieben. Das sei schon einige Zeit her. Da sei sie noch freie Journalistin gewesen. Ja, sie würde in das Comando di Polizia kommen. Ja, 10 Uhr wäre ihr recht.

Bis dahin wollte sich Vossi in das Thema einlesen.

Der Artikel der *Galantemente* näherte sich dem Thema populärwissenschaftlich. Bisherige Untersuchungen hätten gezeigt, dass des Menschen bester Freund seine akustischen und visuellen Signale erkennen kann. Soweit nichts Sensationelles.

In dem Artikel ging es aber um mehr. Nämlich um den Mythos, wonach Hunde riechen könnten, ob jemand Angst vor ihnen habe. Beispielsweise der Briefträger. Wenn ja, bissen sie eher zu, stand da zu lesen. Dies sei das Ergebnis praktischer Tests eines Forscherteams der Universität von Neapel unter der Leitung des Neurobiologen Biagio D'Aniello. Die Forscher wollten darüber hinaus wissen, ob Hunde auch über den Geruch des Menschen seine Gefühlslage deuten können.

Für ihre Studie stellten sie insgesamt 40 Labradore und Golden Retriever auf die Probe. Zunächst schauten sich menschliche Probanden Videos an, die bei ihnen ein Glücksgefühl auslösten. Dann einen angstauslösenden Film. Unmittelbar nach den Vorführungen nahmen die Wissenschaftler jeweils Schweißproben von den Teilnehmern und setzten sie ihren Hunden vor.

Diese reagierten stark darauf. Auf den Angstschweiß zeigten sie sich gestresst und ihre Herz- und Hirnfrequenz ging nach oben. Außerdem suchten die Tiere vermehrten Blickkontakt mit ihrem Halter und ignorierten die anderen, unbeteiligten Personen im Teststudio. Der Hund übernahm via Geruchsprobe das Gefühlsleben seines Besitzers. Die Hunde rochen nicht nur Angst, nein, sie verspürten diese dann auch selbst.

Das Happy End des anderen Streifens schienen sie förmlich zu riechen. Sie streckten sich auf dem Boden aus und zeigten auch Interesse an den fremden, unbeteiligten Personen, die im Teststudio dabei waren.

Im zweiten Teil des Artikels ging es um Versuche von Professor Gero von der Universität Triest. Er hätte schon vor geraumer Zeit herausgefunden, dass Hunde quasi Zeit riechen konnten.

Ein Nachbar des Professors hätte behauptet, sein Hund, ein Retriever, könne die Uhr lesen. Professor Gero ließ sich das erklären. Die Ehefrau des Nachbarn schwor Stein und Bein, kurz vor fünf blicke der Hund auf die Uhr und sehe, dass es Zeit sei, sich vor der Tür zu platzieren, um Herrchen zu begrüßen, der immer kurz nach fünf von der Arbeit nach Hause käme.

Dem sei Professor Gero nachgegangen und habe alles so bestätigt gefunden. Allerdings hätte der Hund nicht auf die Uhr geguckt, sondern hätte sich einige Minuten vor 17 Uhr aus seinem Körbchen erhoben, gestreckt, gegähnt und wäre ganz nach beschriebenem Habitus zur Tür gedackelt.

Daraufhin habe Professor Gero den Nachbarn um einen Pack seiner Kleider gebeten. Mit der Ehefrau sei vereinbart worden, dass sie diesen kurz nach der Mittagszeit aus dem Plastiksack nehmen und im Wohnzimmer auflegen würde. Prompt verpennte der Hund die Ankunft seines Herren und war ganz erstaunt, als um fünf Uhr die Tür aufging und Herrchen da war.

Danach erklärte Professor Gero das Verhalten des Hundes. Durch das Auflegen der Kleidungsstücke habe sich der Körpergeruch des Herrchens länger im Raum gehalten. Das Gemisch der Raumluft erreichte verspätet jenen kritischen Punkt, an dem der Hund sich aus seinem Korb erhob, um Herrchen zu begrüßen. Er verschlief die Heimkehr Herrchens und war baff, dass er schon da war.

Deutlich vor zehn Uhr klopfte es an Vossis Bürotür und Elisa Martini steckte ihren Kopf herein.

„Kommen Sie nur, kommen Sie nur“, hieß Vossi sie willkommen. Die Hundenummer hatte ihn echt beflügelt. Zumal Rita den Artikel ebenfalls studiert und anerkennend genickt hatte: „Das kann uns schon zeigen, ob wir es mit einem oder zwei Tätern zu tun haben.“

Vossi machte die beiden Damen bekannt. Elisa Martini nahm Platz, Rita bevorzugte zu stehen.

„Also erzählen Sie mal, wie sind Sie auf den Professor gekommen?“

„Ganz einfach, er ist der Bruder meiner Mutter, Onkel Leo.“

„Leo?“

„Ja, für Leonardo.“

„Und wie kamen Sie auf den Hund?“

„Alto, der Retriever meiner Mutter.“

„Ach, und der Mann, der täglich um fünf Uhr nach Hause kommt, ist Ihr Vater?“

„Nein, mein Bruder und Alto, also der Hund, hat einen Narren an ihm gefressen.“

„Und Ihr Bruder kommt täglich um Punkt fünf nach Hause?“

„Er unterrichtet Deutsch, Englisch und Technisches Zeichnen am Gymnasium. Und die Zeichenkurse sind seit Ewigkeiten von drei bis halb fünf Uhr nachmittags.“

„Vielleicht erkennt der Hund das Geräusch des Busses oder des Autos, mit dem Ihr Bruder nach Hause kommt?“

„Haben wir anfangs auch gedacht. Wenn mein Bruder aber das Fahrrad nimmt, ist es das Gleiche.“

Vossi erkannte eine konkrete Chance, in der Frage Serientäter einen entscheidenden Schritt weiterzukommen: „Signora Martini, zunächst mal Danke für Ihr Kommen. Vielleicht kann Ihr Alto uns einen großen Dienst erweisen. Wir wollen herausfinden, ob sich eine bestimmte Person an verschiedenen Orten irgendwann in den letzten Wochen aufgehalten hat. Die vermutete Person verwendete Parfum. Wenn wir Alto davon schnüffeln lassen, ihn dann zu den verschiedenen Örtlichkeiten führen, glauben Sie, dass er uns anzeigen kann, ob die Person je in den besagten Räumen war? Auf einem Stuhl da oder einer Bank?“

„Einen Versuch ist es jedenfalls wert. Alto entstammt einer Dynastie von Trüffelschnüfflern im kroatischen Motovun. Seine Familie hält den Rekord und ortete Trüffel bis zu 60 Zentimeter tief unter der Erde.“

Man besprach die Vorgangsweise und verabredete sich mit Elisa Martini und Hund für den nächsten Morgen, 8 Uhr, im Palazzo Prozzi.

„Darf ein Fotograf dabei sein, wenn Alto in Aktion tritt?“, bat die Journalistin.

„Signora Martini, das geht beim besten Willen nicht. Ihre Kollegen würden mich in Stücke schneiden, auf ihren Federn aufspießen und als Rasnici herumreichen.“

Da schaltete sich Rita ein: „Andererseits, wenn der Fotograf morgen früh um neun zufällig einen Friseurtermin bei Brioli hätte und anschließend einen Fangotermin im Imperial und schließlich seinen Wagen in die Werkstätte Ricci zur Reparatur brächte, wären wir machtlos. Oder?“

„Ja dann“, sagte Vossi um einen todernsten Gesichtsausdruck bemüht, „dann wären wir tatsächlich machtlos.“

Zum vereinbarten Zeitpunkt erschien Elisa Martini mit Alto, dem Retriever, in Vossis Büro. Rita hatte das Pathos Sport aus der Asservatenkammer kommen lassen. Professor Gero hatte Anweisung gegeben, ein paar Tropfen auf ein Kissen zu spritzen und Alto davon als Charge schnuppern zu lassen. Genau nach diesen

Anweisungen wurde vorgegangen. Im Friseursalon der Via Vecchio hieß es ‚Such's!' Schon war er hochkonzentriert bei der Sache. Er ignorierte Signora Brioli, die ganz aufgeregt war und glasige Augen bekam. Der Hund schnupperte am Schirmständer, an den Sesseln für die Wartenden, am Friseurstuhl, in jedem Winkel des Nebenzimmers. Danach sah er Elisa Martini ganz enttäuscht an. So als ob sie ein Versprechen nicht gehalten hätte.

„Der ist noch nicht fertig", sagte Elisa Martini. „Der will bloß ein Leckerchen und weiß genau, dass er eines bekommt, damit er weitermacht. Ich kenne doch meinen Alto."

Die Martini ließ es ein wenig in ihrer Rocktasche rascheln, zog ein Leckerchen hervor, Alto ließ es mit einem feuchten Schlapp in seinem Maul verschwinden, wartete ab, ob es nicht noch ein zweites gäbe, erkannte wohl das Nein in ihrem strengen Blick, fand sich damit ab und suchte weiter. Vor einem kleinen Kästchen neben der Waschmuschel im Nebenraum schlug er an. Laut, wild, siegessicher.

Vossi sah die Martini an, die sah Signora Brioli an und fragte: „Was ist da drin?"

„Putztücher."

„Bloß Putztücher?"

Sie öffnete das Kästchen und tatsächlich, bloß eine Stapel Tücher, zusammengelegt auf einem Stapel.

Daneben lag eines, das besonders sorgfältig gefaltet war und das Alto aufgeregt anbellte.

„Haben Sie dafür eine Erklärung?", fragte Elisa Martini Commissario Vossi.

„Habe ich, Signora Martini, habe ich."

Die Brioli sah ihn mit einem Gesicht voller Fragezeichen an. Vossi dozierte: „Aber, aber, Signora Brioli, denken Sie nach. Der Täter kam doch zurück, um die Telefonnummer vom Spiegel zu wischen. Mit Sicherheit hat er diesen Lappen verwendet, ihn danach fein säuberlich wieder gefaltet und zurück in das Kästchen neben der Spüle gelegt, dem er es entnommen hat. Seine Pedanterie hat uns zu einem Etappensieg verholfen. Sie erinnern sich an die Kassenlade. Wie sagten Sie? ‚Schauen Sie Commissario, hier habe ich immer mein organisiertes Chaos. Und jetzt, alle Papiere auf Kante gestapelt.' Das waren Ihre Worte, stimmt's?"

„Ja, so war es Commissario."

„Und weil er das Tuch wieder so fein gefaltet und zurückgelegt hat, entging es Ihrer Waschmaschine. Dass Alto am Behandlungsstuhl nach all den Tagen und den vielen Gästen, die seither darauf saßen, nichts entdecken würde, war mir vom Anfang an klar. Ich habe immer auf irgendeine Reliquie des Täters gehofft, die der Hund identifizieren könnte."

Alto hörte gut zu, wusste genau, es war von ihm die Rede, und sah Vossi herausfordernd an. Diesmal verstand sogar der Commissario die Hundesprache: „Ganz toll, Alto. Das hast du fein gemacht. Ich werde das meinem Präsidenten erzählen und vielleicht bekommst du sogar einen Orden. Wer weiß."

Die Worte genügten. Alto ging auf den Commissario zu und drückte seinen muskulösen Körper gegen dessen Waden. Vossi beugte sich vor und streichelte ihn und der Hund wedelte so heftig mit dem Schwanz, dass die Blätter des Schwarzkopf-Kalenders an der Wand flatterten.

Ganz anders verlief der Test in der Fangokabine in Grado. Der Hund ließ sich in die Fangokabine führen, machte in der Mitte des kleinen Raumes Sitz, besah Pritsche, Duschnische und Ozonbecken, hob dann seinen Kopf in Richtung Elisa Martini als wollte er sagen: „Hier etwas finden? Seid ihr meschugge?“

Wieder anders im Taxi. Das Auto war in einer Halle der Carabinieri gelagert worden. Roberto war vorgegangen und hatte die vier Türen des Taxis geöffnet. Alto beschnupperte den Fahrersitz. Nichts, den Beifahrersitz, nichts, um dann vor dem Platz hinter dem Fahrersitz loszubellen.

Roberto sah Vossi an und der nickte nur kurz.

In der Kfz-Werkstätte war es ganz ähnlich. Für Hebebühne und Werkzeugwand hatte Alto nur einen verächtlichen Blick. Er ging zielbewusst auf eine mit Stoff bespannte Sitzbank zu, schritt sie einmal der Länge nach ab und schlug an ihrem rechten Ende an.

„Da saß unser Mann, danke Alto“, sagte Vossi in dem Ton, in dem er sonst Roberto lobte.

Ihr Siebzigster war da. Die Liebe, die Gute. Er würde sie bekochen. Und er würde ihr etwas auf seiner Geige vorspielen. In ihrem Garten. Dank einem kühlenden Wind aus den Bergen war die Temperatur geradezu ideal für ein Ständchen im Freien. Und Blumen würde er kaufen. Nelken müssten es sein. Mutter liebte Nelken. Wegen Picasso.

Doch in dem Geschäft neben dem Eingang zum Einkaufszentrum gab es keine Nelken. Die Verkäuferin empfahl ihm einen Laden im Zentrum neben der Oper. Dort würde es bestimmt welche geben. Er überlegte. Nelken vielleicht, aber niemals einen Parkplatz. Also entschied er sich nolens volens für einen Strauß weißer Rosen.

Aufzüge mied er üblicherweise. Als er aber sah, dass die Liftkabine hinauf zum Oberdeck des Parkhauses leer war, spurtete er hinein. Dass von der Kabinendecke Musik rieseln könnte, damit hatte er nicht gerechnet. Von wegen Musik: Der Sieger des Awards Voti Internazionale keuchte im Stakkato seinen Rap:

Finster war's auf Lampedusa
Wellen hoch wie's Minarett
Auf der Pier die Polizei
Hunde waren auch dabei
Allāhu akbar Allāhu akbar.

Er blickte auf die Anzeige. Noch vier Stockwerke nach oben und der Rapper gönnte sich keine Pause:

Stacheldraht auf festen Mauern
Und zum Fressen Lagerbrei.

Dafür ging ich nicht durch Wüsten,
wer mich aufhält muss jetzt büßen
Allāhu akbar Allāhu akbar.

Noch zwei Stockwerke nach oben.

Keiner kann mich daran hindern,
meinen eignen Weg zu gehen.
Carlo, ich will ab nach Norden
Kann auch weiter dafür morden.
Allāhu akbar Allāhu akbar

Er stöhnte: „Komm, Parkdeck, komm, wie lang denn noch." Er quälte sich mit eiserner Disziplin, nicht loszubrüllen, zuzuschlagen und beugte seinen Kopf so weit es ging nach hinten. Gleich würde sich die Kabinentür öffnen, würde der Spuk vorbei sein. Doch der Hammerschmied zwischen seinen Ohren hatte kein Erbarmen, wollte ihm nicht die wenigen Sekunden Aufschub gewähren. Schon hob er den Hammer, um das Innerste seines Schädels zu zerschlagen. Endlich der alles entscheidende Ruck der Liftkabine und das erste Tageslicht durch die sich viel zu langsam öffnende Tür. Er stürzt ins Freie. Eine Gestalt versperrt den Weg. Er schiebt sie beiseite, verliert die Rosen, greift gierig nach ihnen, sticht sich an den Dornen. Jemand schreit. Er rappelt sich hoch, verlässt fluchtartig die Szene. Keine Minute später hört man einen Motor aufheulen und das Quietschen der Reifen, die auf der Betonspirale nach unten radierten.

19

Vossi studierte gerade das Leistungsvermögen des Geruchsinns von Hunden, als Roberto hereinstürzte und frohlockend meldete: „Gute Nachricht, Commissario. Er hat wieder zugeschlagen."

„Was um Gottes Willen kann daran gut sein?"

„Sie hat überlebt."

„Wer hat überlebt?"

„Die Frau, der er auf dem Parkdeck des Einkaufszentrums neben dem Bahnhof an die Wäsche wollte."

„An die Wäsche wollte? Unser Mann? Unmöglich. Das ist nicht seine Art."

„Doch Commissario. Und diesmal gibt es ganz sicher Spuren. Er hat sie umgeworfen, sagen die Carabinieri, sich auf sie gestürzt. Da muss es doch DNA von ihm geben, meinen Sie nicht auch?"

„Endlich jemand, der ihn aus der Nähe gesehen hat. Wenn wir Glück haben, bekommen wir ein Phantombild. Los, nichts wie hin."

Viele Fragen stellten sich gleichzeitig. Allein schon das Oberdeck als Tatort verwirrte. Warum auf dem Oberdeck? Zur Haupteinkaufszeit. Bei der extrem hohen Gefahr, entdeckt zu werden. So wie die Frau laut Carabinieri zu liegen kam, musste der Angreifer aus der Liftkabine gekommen sein.

„Wo ist die Frau?", fragte Vossi den Kollegen der Stadtpolizei am Tatort. „Wo sind die Carabinieri?"

„Die Carabinieri sind abgezogen. Sie sagten, für sie sei nichts zu tun, da ohnedies Sie sich um die Sache kümmern würden. Und die Frau ist im Erste-Hilfe-Raum des Einkaufszentrums. Sie ist ganz schön geschockt."

„OK, Roberto, du wartest hier bis Lorenzo kommt, um Spuren zu sichern. Ich rede mit der Frau."

Die hatte sich inzwischen gefangen. Dieser Meinung war auch der herbeigerufene Notarzt, der, ähnlich wie vorhin der Polizist, meinte: „Jetzt, wo Sie da sind, kann ich ja gehen, Commissario. Oder brauchen Sie mich?"

„Nein, Dottore. Der Dame ist nichts passiert?"

„Absolut nichts. Den Aufprall des Hinterkopfes hat ihr Hut gedämpft, sodass es absolut keine Verletzung gab."

„Ich sehe ein wenig Blut an ihrem Unterarm."

„Ein Stich. Sie sagt, von einem Dorn. Der Täter hatte laut ihr Rosen bei sich. Das ist auch schon alles."

Die Frau war bei der späteren Befragung überhaupt keine Hilfe: „Endlich ging die Lifttür auf, ich wollte eintreten, da stößt mich so ein Lackel um und wirft sich auf mich. Ich habe geschrien, da hat er von mir abgelassen und ist auf und davon."

„Wie sah der Mann aus?"

„Ich sagte doch, ein riesen Mannsbild."

„Ja, aber Sie haben doch sicherlich sein Gesicht gesehen, oder nicht?"

„Dazu kam ich ja gar nicht. Er hat sich auf mich geworfen, ich habe mir vor Schreck die Hand vor das Gesicht gehalten und dann war er weg."

„Ist das alles?"

„Das war der Würger. Der wollte sich an mir vergreifen. Fragen Sie den Signore. Der hat alles gesehen."

In der Ecke des Erste-Hilfe-Raums stand ein Herr, den Vossi zunächst für den Begleiter oder Ehemann der Signora hielt. Es stellte sich jedoch heraus, dass er nur zufällig Zeuge des Vorfalls geworden war: „Die Frau stürzte, der Mann beugte sich über sie, um ihr die Tasche zu entreißen."

„Tasche? Vermissen Sie Ihre Tasche, Signora?"

„Aber nein. Das waren die Rosen. Die Rosen hat er an sich genommen."

„Sie hatten also Rosen dabei?“

„Ich nicht, er hatte.“

In diesem Moment erschien Lorenzo von der Spusi im Türrahmen. Vossi beschrieb die Diskrepanzen in den Aussagen und bat ihn, sich die Blutspuren am Unterarm der Signora näher anzusehen. Ein Strauß Rosen wäre mit im Spiel gewesen. Auch der Täter könnte sich daran gestochen haben. Vielleicht sind auch von ihm ein paar Tropfen darunter.

Der Signora erklärte er: „Signora, das ist unser Kollege von der Spurensicherung. Bitte kooperieren Sie mit ihm. Es kann sein, dass der Mann, der Sie überfiel, ein Haar an Ihnen ließ oder ein Hautpartikel, das uns helfen könnte, ihn zu überführen. Wir verlassen jetzt den Raum, damit mein Kollege in Ruhe arbeiten kann.“

Die Signora erhob sich.

„Nein, nein, Sie bleiben natürlich, Signora.“

Vossi hielt es für möglich, dass der Gesuchte die Blumen im Laden neben dem Eingang gekauft haben könnte. Wenn ja, würde ihn die Verkäuferin beschreiben können. Sie konnte. Er sei ein freundlicher Riese gewesen, sicherlich 1.90. Er habe die Rosen mit Visa bezahlen wollen, aber sie hätte gemeint „lieber in bar“.

Vossi hätte bei dem Satz am liebsten aufgeheult.

„Deshalb hat er mit einem Zehner und ein paar Münzen bezahlt.“

„Her mit den Zehnern“, sagte Vossi im Tonfall eines Bankräubers.

Sie nahm den obersten Schein aus dem Fach und reichte ihm die Banknote. Er griff vorsichtig danach und sagte: „Tut mir leid, Signora, ich brauche alle Ihre Zehner. Oder sind Sie ganz sicher, aber absolut sicher, dass dies der bewusste ist?“

„Also, wenn Sie mich jetzt so fragen, bin ich es nicht.“

„Wie viele Zehner haben Sie?“

Sie zählte, es waren elf. Vossi gab ihr aus seinem Bargeldbestand zwei Fünfziger und zwei Fünfer, womit der Fall unbürokratisch gelöst war. Danach schob er die elf Zehner vorsichtig in seine Brieftasche, weil er nichts Geeigneteres dabeihatte.

Später berichtete Lorenzo: „Ich habe zwei schwarze Haare, könnten von unserem Freund stammen und einen Tropfen Blut, der nicht von der Signora stammt. Der Notarzt hat sich definitiv geirrt. Nicht sie hat sich an den Dornen gestochen, sondern unser Mann. Das habe ich an ihrem Oberarm genau überprüft.“

„Hoffentlich ist es der, an den wir denken. Was hältst du von dem Vorfall?“

„Also an die Wäsche wollte ihr der Werwowarum sicherlich nicht.“

„Aber was dann?“

„Vielleicht hatte er Dünnpfiff, wollte sich so schnell wie möglich entleeren und es stand ihm die Frau im Weg.“

„Würde er sich aber in so einem Fall nach den Rosen zu bücken?“

„Kaum.“

„Und dann Blut, Sekunden nach einem Stich, da muss er heftig in die Dornen gegriffen haben, meinst du nicht auch?“

„Allerdings. Ein klitzekleiner Einstich war das nicht. Der hat ordentlich nach der Botanik gegriffen.“

„Sag mir so rasch wie möglich, ob die Haare passen. Das geht ja wohl schneller als die DNA.“

20

Den Commissario fand er ausgesprochen sympathisch. Ein Mann mit höflichen Umgangsformen und angenehmer Stimme. Schien wie er eine Vorliebe für das Tommaseo zu haben. Er schätzte ja das Lokal, weil es keine Musik aus irgendwelchen Lautsprechern gab, sondern nur das Klingen von Gläsern, das Scheppern von Kaffeelöffeln gegen Tassen zu den leichten, beinahe tänzelnden Schritten des Obers. Der Commissario schien es wegen dieser Journalistin zu frequentieren. Und er gestand sich ein, auch er fand sie attraktiv. Er war ihr sogar dankbar. Für ihre ausführliche Beschreibung des Täters. Ein Sittenstrolch, der Frauen Gewalt antat. Das befreite ihn von dunklen Ängsten, die er nur mit Mühe aus seinem Gehirn fortjagen konnte. Gott sei's gedankt, dass er sich zu den Vorfällen dann doch nicht beim Commissario gemeldet hatte. Er hätte ohnedies nur angeben können, dass er zu den beschriebenen Zeitpunkten vor Ort war. Dem Bericht der Journalistin nach, zufällig.

Aber woher die Ängste ...? Unsinn, nie hätte er dieser liebenswürdigen Valentina vom Fangobad etwas antun können. Im Gegenteil, sie hatte seine volle Sympathie, mehr noch, ihr Tod versetzte ihn in ehrlich empfundene Trauer. Und als dann noch ihr behinderter Ehemann vom Balkon ..., schrecklich. Er hatte tatsächlich geweint, als er davon in der Zeitung las.

Der Abend kam. Er wollte sich die wöchentliche Talkshow des lokalen TV-Programms zu Gemüte führen. Sie war groß angekündigt worden. Die Serienmorde waren das Thema. Und da war er wieder, der Verdacht, der ihn quälte. Hatte er mit dem Mord an seinem Kfz-Mechaniker Ninko am Ende etwas zu tun? Das war doch der Kroate, der ihm den Peugeot empfohlen hatte, den er dann gebraucht gekauft hatte. Oder? Er hatte nur kurz dessen Bild auf dem Fernsehschirm gesehen und es danach vermieden, eine Zeitung auch nur anzurühren. Warum eigentlich?

Nach einer Pizzaschnitte war es so weit. Die Talkshow begann. Eingangs bedauerte die Moderatorin, dass der ermittelnde Commissario Vossi nicht an der Runde teilnehmen wollte, obwohl es der Polizeipräsident erlaubt habe. Dafür aber war die Journalistin des *Punto* in der Runde. Wie sich herausstellte nicht nur eine modisch-elegante, sondern auch kluge Frau. Ihre Wortmeldungen waren dem teils hilflosen Gestotter der TV-Moderatorin weit überlegen.

Die Journalistin berichtete von einem Serientest, den Commissario Vossi mit einem Hund gemacht hatte. Nach Meinung der Polizeipsychologin verlor der gesuchte Täter auf einen bestimmten Duft hin jeweils die Kontrolle über sich und mordete. Der Test habe bewiesen, es sei immer ein und derselbe Täter am Werk gewesen. Das waren ihre Worte: *Am Werk gewesen.* Er schüttelte darüber den Kopf, während die Moderatorin bilanzierte: Also ein Serienmörder. Danach erschien ein Bild von einem Hund namens Alto auf dem Bildschirm und der Hinweis, dass der *Punto* in der Morgenausgabe ausführlich darüber berichten werde. Alles klar: *Punto* und TV-Sender standen ja im Eigentum ein und desselben Oligarchen.

Neueste Forschungsergebnisse zum Geruchssinn des Menschen, über die die Polizeipsychologin Erstaunliches zu berichten wusste, schob ein Kollege ihres Faches aufgeregt vom Tisch. Alles Quatsch! Die Testserie mit dem Hund sei völlig überflüssig gewesen. Er könne nur hoffen, dass niemand dabei gebissen wurde. Da niemand die Bemerkung lustig fand, wartete er mit seiner Überzeugung auf, wonach man es mit einem Triebtäter zu tun habe, den der Tötungsakt selbst sexuell erregte.

Welch ein Gefühl der Befreiung. Schluss mit den dunklen Momenten der Angst. Ein Verrückter war der Täter, ein Geruchsfreak. Ein Irrer, der zum Orgasmus kam, wenn er Menschen in seinen Händen sterben sah. Schluss mit den Selbstverdächtigungen. Er griff nach der Rotweinflasche, um sich einzuschenken. Die Oggi-Abendnachrichten begannen. Unvermittelt ließ er die Flasche fallen und schnappte nach Luft. Zu den jüngsten Ermittlungserkenntnissen in den Mordfällen wurde ein Phantombild eingeblendet. Es zeigte sein Gesicht. Schon läutete das Telefon. Er reagierte nicht darauf, sondern taumelte hinaus in die Nacht.

21

Es war ein herrliches Beisammensein auf Vossis Terrasse. Roberto hatte seine Auserkorene, die Winzerstochter Ludmilla, in ihre kleine Gesellschaft eingeführt. Eine echte Bereicherung. Nicht nur weil sich die Proben, die Ludmilla aus Vaters Rieden kredenzte, als edelste Tropfen erwiesen. Als die Stimmung ihren Höhepunkt erreichte, fing Roberto zu singen an. Vossi fürchtete schon, dass sich die Nachbarn in ihrer Nachtruhe gestört fühlen könnten. Doch als er eine Pause einlegte, gab es von der anderen Seite der Hecke Applaus und die Rufe „Zugabe, Zugabe." Da war auch Ritas Sohn Guido, der aus Padua angereist war, nicht mehr zu halten. Er packte seine Mandoline aus und entpuppte sich als wahrer Könner. Zum Öffnen der nächsten Flasche hatte Jelena Neuigkeiten zu verkünden. Der alte Weinbauer vom Nachbargut wolle sich zur Ruhe setzen. In den letzten Jahren hätte er schon peu à peu Weingärten verkauft, aber seine beste Lage, vier Hektar, hätte er bis zuletzt behalten. Er würde sie ihr und nur ihr verkaufen, unter der Bedingung, dass sie das Filetstück unter den Rieden selbst bewirtschafte und nicht gleich weiterverkaufe.

„Was steckt denn da dahinter? Ein Verkaufstrick oder ein Herz, das bei deinem Anblick höherschlägt?", wollte Vossi wissen.

„Jedenfalls ein Mann, der meine Qualitäten zu schätzen weiß. Er hat mir schon ein paar Mal Blumen ins Weingut gebracht und mich schon mehrmals gefragt, ob mein Chef denn überhaupt wisse, was er an mir habe. Und ich weiß, dass Digi, also mein Chef, schon seit Jahren auf diesen Weingarten spitzt."

„Vorsicht Jelena. Am Ende ist dir Digi noch bös, wenn du zuschlägst. Das wär die Sache nicht wert."

„Im Gegenteil. Er hat gesagt: ‚Nimm es, ich muss die Lage nicht haben.' Und ich könne sogar bei ihm keltern. Vorausgesetzt, ich würde über ihn verkaufen. Hat er gesagt und was Digi sagt, hat er bisher noch immer gehalten."

„Hör ich verkaufen? Den trinken wir selbst. Was bringt es denn, dein Filetstück?", fragte Vossi nun ehrlich interessiert.

„In guten Jahren bis zu sechshundert Liter."

„Das ist zu viel, das schaffen wir nicht."

Am nächsten Morgen meldete sich Lucy vom Café Visavis. „Bruno, der Mann, der nach dir fragte, war wieder da."

„Wann?"

„Gestern. Ich wartete ab, um es dir persönlich zu sagen. Aber du bist nicht gekommen, darum rufe ich jetzt an."

„Was wollte er?"

„Nichts. Er hat einen Espresso getrunken, die ganze Zeit den Eingang zur Questura beobachtet und dann noch ein Mineral bestellt. Meinem Eindruck nach, nur um Wartezeit zu überbrücken."

„Und?"

„Als er zahlte, habe ich ihn gefragt, ob er dich erreicht hätte. Er reagierte ziemlich verstört, wartete nicht auf sein Wechselgeld, sondern machte sich eilends aus dem Staub. Für mich ist diese Reaktion nicht normal. Sag Bruno, ist einer aus der Verbrecherkartei hinter dir her?"

„Nicht, dass ich wüsste. Wie sah er denn aus?"

„Groß, breit gebaut, ein fester Brocken, aber nicht fett. Vielleicht wurde ihm kurz davor ein Zahn gezogen, denn er sabberte ein wenig und wischte sich ständig mit dem Taschentuch über den Mund."

„Interessant. Über den musst du mir mehr erzählen. Ich komme am Abend auf einen Sprung vorbei."

Als der Abend da war, stellte Vossi enttäuscht fest: Das Visavis war nicht mehr, was es vor wenigen Wochen noch gewesen war. Lucy stand hinter dem Tresen und wurde von einem etwa 40-jährigen Mann beschwatzt, der Vossi zu glatt vorkam. Zu glattrasiert, zu ölig sein Gruß, als sie ihn mit „vielleicht mein Makler" vorstellte. Zu hastig auch seine Körpersprache, mit der er auf Lucys „Commissario Vossi, mein Stammkunde und Freund" seine Mappen in die Tasche schob und sich verabschiedete.

Das Gespräch danach lohnte sich. Lucy konnte den Neugierigen exakt beschreiben. Stock trug er keinen, aber Handschuhe. Das dunkle Haar passte ebenfalls. Die Aussichten auf ein akkurates Phantombild waren super plus. Lucy wollte gleich am nächsten Vormittag ins Palazzo Prozzi kommen. „Wenn es sich bei mir ausgeht, lade ich dich für deine Mühe zum Essen ein", sagte Vossi noch und sah zu, dass er nach Hause kam. Letzte Nacht war es nach zwei Uhr, als er ins Bett kam. Dennoch schlief er nicht gleich ein. Er dachte an das Phantom. Konnte es sein, dass es irgendwo arglistig herumstand und jeden seiner Züge bei der Suche nach ihm verfolgte?

Das Phantombild, angefertigt nach Lucys Angaben, war ein Volltreffer. Es stellte sich heraus, dass die Friseurin Brioli den Mann schon mal gesehen hatte. Mehr konnte sie dazu allerdings nicht sagen. Aber immerhin! Das sprach schon mal für Lucys Blickschärfe. Und siehe da, auch die Fangochefin des Hotels Imperial in Grado kannte den Abgebildeten „vom Sehen, ganz flüchtig, aber ja, er ist es. Er durchquerte am Mordtag das Wellnesscenter. Ich habe ihn vom Sozialraum aus gesehen.

Dieses Bild erinnert mich daran, dass da doch jemand war", ärgerte sie sich über ihre Vergesslichkeit.

Für den Werkstättenbesitzer Ricci war es keine Frage. „Den kenne ich, einer von Ninkos Kunden." Leider wusste Signore Ricci nicht, welche Automarke der Werwowarum fuhr.

Vossi schloss daraus: „Ein Täter. Jetzt wissen wir es mit Sicherheit. Doch warum tötet er die einen und lässt die anderen am Leben? „Finden Sie den Geruch, der die Tatorte verbindet und Sie haben den Täter", hatte die Psychologin gesagt. Mitnichten. Sie hatten ihn gesucht und gefunden. Aber der Täter lief nach wie vor unerkannt frei herum. Auch die diversen Zehneuroscheine der Blumenhandlung halfen nicht weiter. „Dein Geld ist nichts wert, du kannst es wiederhaben", hatte Lorenzo säuerlich verkündet.

Für den Abend war eine Kegelrunde um den Jahrespokal gegen die Mannschaft der Kollegen von drüben angesagt. Vossi hatte ja absagen wollen. Doch Lorenzo hatte gemeint „Das kannst du uns nicht antun, Bruno. Es geht um den Pokal. Sollen ihn schon wieder die Slowenen gewinnen?"

Vossi hatte den Ruf, ein guter Kegler zu sein, ein sehr guter sogar. Dennoch war er gegen eine Teilnahme an der Runde. „Mir fehlt ein Täter und so lange ich ihn nicht habe, fehlt mir die ruhige Hand. Stell dir vor, der schlägt zu und ich bin im Ausland beim Kegeln."

„Papperlapapp Ausland", hatte Lorenzo erwidert. „Nova Gorica ist deinem Haus näher als dein Büro. Hast du noch nichts von Schengen und der EU gehört, lebst du noch in der Zeit des Eisernen Vorhangs mit Stacheldraht und Wachtürmen?"

Er musste Lorenzo recht geben und sagte zu. Und beim gegenwärtigen Stand der Ermittlungen war es zu verantworten. Rita übernahm den Bereitschaftsdienst, sie machte sich nichts aus Kegeln, Roberto aber musste mit nach Nova Gorica. Er sollte slowenische Kollegen aus der Nähe kennenlernen. Hatte keine Ahnung von Kegeln, war aber vielleicht ein Talent, wer weiß?

Die Straße führte vorbei an schwer tragenden Obstbäumen, passierte die vor wenigen Jahren noch mit Maschinengewehren und Stacheldrahtverhau bewehrte Grenze. Solche Fahrten nutzte Vossi immer, um seinem Siziliano die wechselvolle Geschichte Triests zu vermitteln: „Du weißt schon, Roberto, dass die Stadt streng genommen erst seit dem 10. November 1975 auch nach dem Völkerrecht Teil Italiens ist?“

„Wie das?“

„Am Ende des Zweiten Weltkrieges wurde Triest von den Partisanen Titos für Jugoslawien beansprucht. Italien kämpfte ja zeitweise auf der Seite Hitlers, war also zum Teil Kriegsverlierer. Tito hingegen voll und ganz auf der Siegerseite. Das löste einen langen Streit um den Besitz der Stadt aus. Bis schließlich 1947 Triest und das Umland als Freies Territorium Triest unter die Oberhoheit der Vereinten Nationen kam. Dann, 1954, wurde das Territorium Triest geteilt. Die Stadt kam provisorisch zu Italien und der östliche Teil des Umlandes zu Jugoslawien. Und 1975 wurde aus dem Provisorium Völkerrecht.“

Roberto hörte ausnahmsweise einmal beim Kramen in Vossis Geschichtskiste aufmerksam zu.

Der Wettkampf zwischen der Squadra aus Triest und der aus Slowenien fand in einer typischen Gostilna im Hinterland von Nova Gorica statt. Das besondere an der Kegelbahn war, dass es sich um eine Anlage im Freien handelte. Am Ende der Rollbahn stand eine Art Gartenhaus, in der die Automatik installiert war. Nach dem Schub verschwanden die Kugeln mit Donnerhall hinter den Kegeln, wurden von einer nicht sichtbaren Automatik gehoben und rollten grollend wieder zu den Spielern zurück. Obwohl, die nannten sich ‚Wettkämpfer', wie Roberto erklärt wurde.

Etwas abseits war das ‚geistige' Zentrum der Veranstaltung: Eisgekühlter Slibovic, Weine in rot und weiß und frisch gezapftes Bier. In thermisch vertretbarer Entfernung die Glut, über der sich drei Spanferkel drehten. Daneben, auf heißer Asche, gaben Rosmarinzweige einen herbsüßen Rauch ab, der die Stechmücken vertreiben sollte und dabei auch tatsächlich erfolgreich war.

Nicht erfolgreich war Vossi. Was das Kegeln anbelangte, hatte er einen rabenschwarzen Tag erwischt. Seine Squadra verlor die Runde und übergab die Gesamtführung im Wettkampf um den Jahrespokal an die Slowenen.

Vossi hatte gleich zu Beginn entschieden, „Roberto, du kannst heute trinken, ich rühr nichts an und fahre uns nach Hause." Er behielt Roberto im Auge. Der goss Unmengen Mineralwasser in sich hinein und trank zum Spanferkel zwei Glas dalmatinischen Roten. Vossi hätte sich also nicht zu kasteien brauchen. Es hatte aber sein Gutes, denn es sollte noch eine lange Nacht werden, die einen klaren Verstand brauchte.

Mirko, ein in Ehren ergrauter, übergewichtiger slowenischer Streifenpolizist erzählte nämlich von einem Erlebnis seiner Nichte, das Vossi aufhorchen ließ. Die Geschichte handelte von einem Italiener, der in dem Lokal, in dem sie jobbte, das Radio zerschlug, weil er die Musik nicht mochte. „Haut einfach mit seinem Stock das Teil entzwei und trampelt auf den Trümmern herum. Ich meine, da fragt man sich, sind unsere Radioprogramme bereits so grottenschlecht?"

Es folgten Auslassungen über den totalen Verfall der Hörfunkprogramme.

Vossi wollte nicht unterbrechen, sondern wartete einen Themenwechsel ab, um sich dann an Mirko heranzupirschen.

„Ein Italiener, der ein Radio zerschlug. Ich glaube das interessiert mich. Wo und wie kann ich deine Nichte sprechen?"

Mirko rief sie per Handy an. Sie hätte noch bis elf Uhr nachts Dienst. Vossi ließ sich den Weg erklären und entriss Roberto einer hübschen slowenischen Polizistin. Roberto wollte auf den Fahrersitz.

„Nichts da, mein Lieber, ich fahre."

„Aber ich habe kaum ein Glas Wein getrunken."

„Was in Slowenien reicht. Hier gibt es keine Toleranz. Das Gesetz sagt Nullkommanull."

„Und daran halten sich die Slowenen?"

„Na sicher doch, allerdings habe ich noch keinen von dieser seltenen Spezies kennengelernt."

22

Auf der Straße wunderte er sich sehr. Er sah sich plötzlich dastehen im Straßenanzug. Wollte er so in das Konzert? Und seine Geige? Wo war seine Geige? Er kehrte um, fuhr in die dritte Etage, wunderte sich, dass seine Wohnung nicht abgesperrt war und der Fernseher lief. Schnell zog er sich um. Das Frackhemd, die Hose, den Frack, eine Fliege, die Geige. Wie immer wollte er zum Konzert ein Taxi nehmen. Das heißt, wie immer bat er Carlo von der Espressobar mit der Tabaklizenz an der Ecke ihm eines per Telefon zu rufen, während er sich, wie immer, einen Cappuccino genehmigte.

„So spät noch unterwegs, Professore?“, wunderte sich Carlo.

„Wieso spät?“

„Kurz nach zehn, Professore.“

„Kurz nach zehn?“

„Gewiss doch, Professore.“

„Um Gottes Willen, ich habe mein Konzert verschlafen.“

„Kann ich Ihnen helfen, Professore?“

Der Professore wankte, hielt sich an der kleinen Vitrine mit den Tramezzini fest und verlor die Besinnung. Im Fallen riss er die Vitrine samt Inhalt mit sich. Der Geigenkasten zerbrach unter seinem Gewicht, es klirrte und krachte, danach war es still.

Carlo rief nach hinten in den Nebenraum, in dem seine Frau mit der Tochter telefonierte: „Maria, leg auf, wir brauchen einen Arzt. Schnell. Professor Konstantinos ist ohnmächtig.“

23

Mirkos Nichte war auch vom Standpunkt des Ermittelns her einfach toll. Ihre Beschreibung des Gesuchten war klar und präzise, keine Unsicherheiten, so als ob er am Nebentisch sitze und sie nur hinüberzuschauen und seine Gesichtszüge zu kommentieren brauche. Alles deckte sich mit Lucys Angaben: „Seine Sprache war etwas undeutlich."

„Glaube ich gern. Ich vermute er sprach Forlanisch, also unseren Dialekt."

„Nein, das war es nicht. Seine Lippen schienen irgendwie undicht zu sein, sodass sein Mundwinkel ständig feucht war. Er musste ihn sich immer wieder abwischen."

„Ob er vielleicht beim Zahnarzt war und ihm ein Zahn gezogen wurde?"

„Das wird es sein, ja, das erklärt es", nickte die Nichte, als ob Vossi eine Quizfrage richtig beantwortet hätte. Als nächstes war das Phantombild dran. Roberto holte es aus dem Handschuhfach des Dienstwagens und zeigte es ihr.

„Das ist er, eindeutig."

„Was hat der Mann danach gemacht? Ich meine nach dem Zwischenfall?"

„Es war ihm schrecklich peinlich. Er nahm einen Zweihunderteuroschein aus seiner Rocktasche und wollte damit unbedingt den Schaden gutmachen. Das war aber viel zu viel für das kreischende Billigding. Deshalb wollte ich ihm einen Hunderter rausgeben, den er aber liegen ließ und einfach das Weite suchte."

„Haben Sie gesehen, wohin er ging? Hatte er einen Wagen?"

„Ja. Denn er ging in die Kfz-Werkstätte gegenüber und fuhr wenig später mit einem Wagen heraus."

„Automarke?“

„Keine Ahnung.“

„Farbe?“

„Blau. Dunkelblau oder leicht schwarz.“

„Leicht schwarz?“

Über diese Angabe musste sie selbst lachen. „Ich bin doch eher für blau.“

„Haben Sie eine Ahnung, wie ich jemanden von der Kfz-Werkstätte erreichen kann?“

„Am besten, Sie sprechen mit Stane, dem Chef des Ladens. Da drüben sitzt er.“

Vossi und Roberto näherten sich dem Tisch, an dem drei Männer saßen, darunter Stane, auf den Mirkos Nichte gezeigt hatte. Vossi und Roberto wiesen sich aus und zwei der Männer wollten das Feld räumen.

„Bitte bleiben Sie, vielleicht können auch Sie uns helfen“, sagte Vossi und zeigte dem Mechanikerchef das Bild seines Werwowarums.

„Der Italiener. Er war gestern bei uns eine Glühlampe seines Scheinwerfers ersetzen.“

„Was wissen Sie von ihm?“

„Gar nichts. Eine Laufkundschaft.“

„Wie hat er bezahlt?“

„Weiß ich nicht mehr. Unsere Kunden zahlen bar oder mit Kreditkarte.“

„Ich weiß, das wird Ihnen nicht gerade gelegen kommen, aber könnten wir nachsehen, ob der Betreffende vielleicht mit Kreditkarte bezahlte?“

„Das erscheint mir unwahrscheinlich. So kleine Summen wie die für eine Lampe werden meist bar bezahlt. Aber wir können es ja versuchen.“

Der Mechaniker rief Mirkos Nichte zu „Susanka, ich komme gleich wieder und zahle nachher“ und ging voran. Es brauchte, bis das Schloss der Tür in die Halle nachgab. „Es klemmt manchmal“, erklärte er und ließ Vossi und Roberto den Vortritt. Dunkelheit umgab sie. Vossi fühlte sich ganz nahe am Ziel. Er war so angespannt, dass ihm die Zehntelsekunden, die es brauchte, bis jede der Neonröhren mit einem Klick aufleuchtete, endlos vorkamen. Der Mechaniker öffnete die Tür einer Glaswand, hinter der das Kassenpult stand. Er wollte nochmals das Datum wissen. Dann suchte er die Kopie des Kassenbons und erklärte: „Wenn der Kunde mit Kreditkarte bezahlt hat, ist der Name des Karteninhabers und die Kartennummer vermerkt. Na bitte, wer sagt’s denn! Hier ist es: Alexis Konstantinos, Visa.“

Vossi hätte ihn am liebsten umarmt. In einem Tempo, als ob Triest brenne, fuhr er los. „Von wegen schlechter Fahrer“, grollte er und dachte an Jelena, die vermutlich gerade in seinem Fauteuil vor laufendem Fernseher schlief. Roberto sah vom Beifahrersitz in die Nacht. Er schien auf Ungereimtheiten gestoßen zu sein.

„Mit Pathos Sport hatten die Morde aber schon gar nichts zu tun, oder irre ich da?“

Vossi hatte nur ein kurz angebundenes „Mal sehen, was unsere Psychologin dazu zu sagen weiß“ als Antwort.

Die Wohnung von Alexis Konstantinos lag im sechsten Stock eines Appartementhauses von Monfalcone. Vossi läutete, Roberto klopfte, schließlich erschien der Hausmeister. „Was tut sich hier?“, fragte er und hauchte Vossi eine Schnapsfahne ins Gesicht. Nein, der Name Konstantino sagte ihm nichts, dies sei erst sein vierter Arbeitstag in dieser Stellung. Mühelos konnte ihn Vossi dazu überreden, den Zylinder des Schlosses aufzubohren. Den Hinweis auf Gefahr in Verzug brauchte es nicht.

Es brauchte, bis der Hausmeister mit einer Kabelrolle angetrottet kam und der Bohrer den Zylinder des

Schlosses in kleine Messingspäne zerrieb. Dann war er durch und die Tür sprang auf. Im Vorzimmer herrschte peinlichste Ordnung. An der Garderobenwand hing ein Jackett, ein Bademantel, alles fein säuberlich auf einem Kleiderhaken. In der kleinen Lade herrschte jene Ordnung, die Signora Brioli in ihrer Kassenlade verwundert hatte. Im Wohnzimmer sah es aus, als ob alles für ein Foto in einem Immobilien- oder Möbelhauskatalog zurechtgerückt worden wäre. Im Wohnzimmer stand ein Audienztisch an der Wand. Im Stil des zweiten Biedermeiers, wie Experten naserümpfend bemerkt hätten. Roberto klappte den Deckel hoch und sagte: „Weit kann dieser Alexis nicht sein, Commissario. Sein Pass, seine Kontokarte, seine Kreditkarte, alles da."

Vossi prüfte den Pass, reichte ihn Roberto und sagte nur: „Mitnehmen. Das Foto mit unserem Phantombild austauschen und den Konstantinos zur Fahndung ausschreiben lassen."

Im Kleiderschrank fanden sich zwei Fracks, zwei Smokinghosen, in der Kommodenlade fanden sich die dazu passenden Frackhemden und Fliegen.

„War wohl Zahlkellner in einem Fünfsternehotel", schätzte Vossi.

In der zweiten Kommodenlade lagen zwei Geigen. In der dritten lagen Geigenbögen, bespannt mit weißem Haar oder Plastik und runde Blechschatullen mit Seiten und Bogenhaaren. Vossi sagte nur: „Passt zum Rosshaar, das die Spusi in Djamals Taxi fand."

Lorenzo würde herausfinden, ob es sich um Haar oder Plastik handelte und würde die Wohnung umdrehen. Das war in diesem Fall nicht wörtlich zu nehmen, denn alles war geordnet, gefaltet, geputzt und geschlichtet. Lorenzo brauchte nur nach den Dingen, auf die es ihm ankam, zu greifen. Vossi erreichte ihn telefonisch bei einer Stammtischrunde irgendwo in den Hügeln von Cormòns: „Bitte nicht fragen, Lorenzo. Wenn du je mein Freund warst, setzt du dich in deinen Wagen und kommst."

Danach befahl Vossi Roberto auf die Spusi und Lorenzo zu warten. Dafür sollte er sich am nächsten Vormittag ausschlafen, während er selbst sich jetzt ein Taxi nehmen würde, um Schlaf zu bekommen, bevor er in Allerherrgottsfrüh weitermachen wollte.

Beim Abgang fiel sein Blick auf ein Schlüsselkästchen neben der Wohnungstür. Es war versperrt. Er öffnete es mit einem Küchenmesser. Neben diversen Schlüsseln, darunter wahrscheinlich auch Mia Vaccaros Zweitschlüssel zur Hintertür des Friseursalons der Signora Brioli, fand sich ein Büchlein halbvoll von handschriftlichen Eintragungen. Er drehte sich nach Roberto um und sagte in Siegerpose: „Da schau, was ich gefunden habe!"

„Ein Tagebuch?"

„Kann sein. Ich kann nichts davon lesen. Alles in Griechisch. Aber dafür gibt es gerichtlich beeidete Übersetzer. Ein, zwei Schritte noch, Roberto, und wir sind am Ziel."

24

Am nächsten Morgen breitete die Spurensicherung ihre Funde auf Vossis Schreibtisch aus. In den Unterlagen von Alexis Konstantinos fand sich die Handynummer seiner Mutter. Rita rief sie sogleich an, sprach von einer meldeamtlichen Rückfrage an ihren Sohn und erkundigte sich nach seinem Aufenthalt. Frau Konstantinos war auf einer Busfahrt für Senioren in Spanien unterwegs, irgendwo zwischen Barcelona und Valencia. Rita empfahl ihr die Reise abzubrechen. Ihr Sohn sei abgängig.

„Was heißt das, abgängig. Haben Sie es schon beim Orchester versucht?"

„Bei welchem Orchester?"

„Er ist 1. Geiger des Symphonieorchesters. Wissen Sie das nicht?"

Rita ließ sich Namen und Nummer des Managers geben und die Frau kündigte ihre sofortige Rückkehr an.

„Bruno, mir dämmert etwas", sagte Rita danach. „Wenn mich nicht alles täuscht, dann haben wir es mit dem Geiger zu tun, der beinahe das Violinkonzert von Beethoven geschmissen hätte."

„Das erklärt den Frack ..."

„Und die Geige, Roberto. Unser Mann ist kein Ober, sondern Berufsmusiker. Darauf hätten wir aber auch schon in der Nacht kommen können." Vossi ließ sich sogleich die Nummer des Dirigenten heraussuchen und schickte sich an, ihn anzurufen.

„So früh am Morgen willst du den Maestro stören? Der Mann hat vermutlich bis in die Nacht hinein dirigiert", gab sich Rita mitfühlend.

„Und wir? Haben wir Daumen gedreht? Roberto, wie spät war es gestern Nacht?"

„Bitte nicht fragen, sonst erinnere ich mich, dass ich müde sein müsste."

„Eben."

Vossi wählte die Nummer. Das Gespräch mit dem noch recht verschlafenen Maestro war nicht einfach. Es brauchte, bis er auf die Fragen vernünftig reagieren konnte. Immerhin ergab sich, dass Rita mit ihrer Vermutung richtiglag. Alexis Konstantinos war jener Geiger, der zu Beginn des Violinkonzerts einfach verschwunden war. Wo er sich jetzt aufhalten könnte, wusste der Maestro nicht. Er wusste auch nicht, mit welchen Orchesterkollegen Konstantinos vielleicht enger befreundet war.

„Ist Ihnen vielleicht in letzter Zeit etwas an ihm aufgefallen?"

„Ein wirklich ungewöhnlich bescheidener Mensch. Gleichzeitig ein äußerst präziser Geiger mit feinstem Gehör, der sich gerne zurücknahm, aber immer Höchstleistungen erbrachte, wenn man sie abrief. Wie der Stürmer eines Fußballklubs, der alles kann, aber nur zum Einsatz kommt, wenn die Erstbesetzung, also der Stürmerstar der Mannschaft, eine Krise hat. Und der dann brav Tore schießt. Verstehen Sie, was ich meine?"

„Nicht ganz. Ich bin kein Musiker."

„Ich sprach von Fußball."

„Auch davon versteht meine Frau mehr als ich. Aber haben Sie vielen Dank, Maestro. Eines noch, war Konstantinos in letzter Zeit krank?"

„Nein, der fiel nie aus, war immer da, zu jeder Probe und zu den Aufführungen sowieso. Nur nach unserer Tournee im Vorjahr, Kiew, Sofia und Bukarest, da lag er lange darnieder."

„Wie habe ich ‚lag darnieder' zu verstehen?"

„Kleine Ursache, große Wirkung. Ein Zeckenbiss oder so ähnlich. Hat ihn jedenfalls arg erwischt. Mit allem, was dazugehören kann. Meningitis und so. Fiel bis vor kurzem aus, der Arme. Aber als er zurückkam, schien er mir wieder der Alte."

Nachdem Vossi aufgelegt hatte, war nichts mehr mit ihm anzufangen. Er bat, allein gelassen zu werden, er müsse sich konzentrieren.

„Worauf?", fragte Rita leicht konsterniert.

„Auf die richtigen Fragen an unsere Polizistenflüsterin."

Dottoressa Novaco hörte konzentriert zu, ließ sich die Begebenheit mit dem Radio in dem Lokal auf der anderen Seite der Grenze zwei Mal erklären und hämmerte schließlich Eingaben in die Tastatur ihres Computers. Während der rechnete, fragte sie Vossi nach der Panne vor dem Violinkonzert und erklärte: „Ich war zu der Zeit leider in Zürich bei einem Psychologenkongress."

Vossi passte: „Ich bin kein Musiker und kann über das Konzert wenig sagen. Die Panne bestand darin, dass der Dirigent den Stab zum Einsatz hob und einer der Geiger, wir wissen inzwischen, es war Konstantinos, aufstand und wankend das Podium verließ."

„Genauer, Commissario. Der Dirigent zeigt sich, Applaus brandet auf. Verließ der Geiger jetzt das Podium oder danach oder davor?"

„Nach dem Applaus. Glaube ich."

„Moment, da haben wir das Video von der Aufzeichnung des Konzerts. Kommen Sie, schauen Sie mit."

Die Dottoressa drehte den Schirm so, dass beide das Bild sehen konnte. Es war der Beginn des Konzerts. Der Dirigent verbeugt sich ein letztes Mal in Richtung Publikum und nochmals in Richtung Solistin. Die Klarinettisten führen ihr Instrument einsatzbereit zum Mund, der Dirigent hebt leicht die Hand, Paukenschläge ertönen, ein Geiger in der ersten Reihe springt auf und poltert in Richtung Ausgang. Die Klarinettisten senken ihr Instrument und verfolgen pikiert den Abgang ihres Kollegen. Der Dirigent klopft mit dem Stab auf sein Notenpult, hebt wieder die Hand, die Paukenschläge ertönen nochmals, Klarinetten und Geiger setzen ein, das Konzert nimmt seinen Lauf.

Die Dottoressa stoppte an dieser Stelle das Video.

„Was ich sah, lässt mich vermuten, dass die Paukenschläge irgendetwas bei ihrem Mann auslösten. Vielleicht hat ihn schon das Einstimmen der Instrumente malträtiert und die Paukenschläge waren nur der Auslöser des spektakulären Abgangs. Die Überreaktion kann auf einen schweren Defekt im Gehörsinn des Menschen zurückzuführen sein, der bestimmte Geräusche unerträglich macht. Man spricht dann von einer Hyperakusis. Sie kann unerträgliche Kopfschmerzen in der Gehirnzone zwischen den Ohren auslösen und bei den Betroffenen zu totalem Kontrollverlust führen."

„Ist diese ..."

„Hyperakusis."

„Genau. Hat man sie von Geburt an?"

„Nein. Oft ist sie die Folge einer Grunderkrankung, etwa einer Borrelien-Infektion."

„Und wie holt man sich die?"

„Dazu passen die Ausführungen des Dirigenten. Zum Beispiel durch Zeckenbiss oder durch den Biss einer Pferdebremse. Die Infektion kann zu einer Phonophobie führen. Schon das Klingeln eines Telefons kann eine Attacke auslösen. Die Empfindungen können so stark sein, dass sie für den Betroffenen in der subjektiven Wahrnehmung den Bereich des Unerträglichen erreichen."

„Könnte das auf begrenzte Zurechnungsfähigkeit hinauslaufen?", fragte Vossi, der intuitiv den Lauf der Gerechtigkeit in Gefahr sah.

„Wäre ich der Verteidiger des Betreffenden, würde ich ganz sicher in diese Richtung plädieren. Wir können uns die Qualen einer Hyperakusis gar nicht vorstellen. Nehmen wir den Fall an, dass bei diesem Alexis Konstantinos irgendeine Musik oder bestimmte Geräusche derartige Schmerzattacken auslösen. Nehmen wir weiter an, dass dabei die Qual der Attacke im Friseurstuhl oder in der Beengtheit der Fangokabine durch klaustrophobische Angstgefühle ins Unerträgliche gesteigert wird, so erscheint nachvollziehbar, dass der Betroffene in einem Anwesenden die Ursache der schädelzertrümmernden Geräusche zu erkennen und sich in dessen Gewalt glaubt. Also wehrt er sich mit einem Befreiungsschlag. Normalerweise würde er sofort das Radio ausschalten. Aber in der beschriebenen Situation kann er das nicht. Ich kenne aus der Literatur einen Fall, da lief ein Betroffener ständig mit einem Hammer herum. Störte ein Radio mit einer bestimmten Musik, schlug er damit das Gerät kaputt. Überführt wurde er, weil er in einem Supermarkt mit einem Jagdgewehr in die Lautsprecherboxen schoss. In unserem Fall spielt wohl der Stock des Alexis Konstantinos den Part des Hammers."

„Also kein Dandy, aber ein Verrückter", trieb es Vossi auf einen Punkt zu, den er gar nicht mochte.

„Als verrückt würde ich ihn nicht bezeichnen. Es handelt sich um einen körperlichen Defekt. Er ist primär ein Fall für Hals-Nasen-Ohren und Neurologie, nicht für die Psychiatrie."

„Also doch zurechnungsfähig."

„Ja und nein. In den höchsten Nöten der Schmerzattacke handelt er quasi in Notwehr und vergreift sich in seiner akut eingeschränkten Urteilsfähigkeit an der vermeintlichen Ursache der Qual. Also Friseurin statt Radio,

Masseurin statt Lautsprecher, Taxichauffeur statt Autoradio und so weiter. So würde ich vor Gericht plädieren."

„Als Sachverständige?"

Die Dottoressa dachte kurz nach und sagte dann bestimmt: „Als seine Verteidigerin. Es gibt doch den Paragraphen zu Notwehrüberschreitung. Wohlgemerkt, nicht Notwehr, sondern Notwehrüberschreitung. Ich würde mich sofort in Höchsturteile dazu intensiv einlesen. Ich höre mich mit meinen geistigen Ohren schon plädieren und registriere, dass die Geschworenen jedes meiner Worte schlucken. Dabei erschauern, aber sie schlucken."

„Ist unser Mann gemeingefährlich? Kann er jeden Augenblick wieder zuschlagen?"

„Gegeben den Auslöser bei gleichzeitiger Phobie wegen Beengtheit, ja."

Vossi bedankte sich und rief alle Mitglieder seines Teams zu sich, um sie über den Stand der Dinge aufzuklären.

„Erinnert euch bitte an den Satz der Psychologin. ‚Wenn ihr den Geruch habt, der alles verbindet, dann habt ihr auch den Täter', sagte sie."

„Da lag sie aber wohl völlig falsch. Den ganzen Mist mit dem Riechtest des Hundes hätten wir uns sparen können", motzte einer in der Runde.

„Das mit der Duftnote war nicht ihr Mist, sondern eine Eingebung meiner Frau Jelena und ich habe sie dafür ausgelacht. Dazu bestand aber nicht der geringste Anlass. Sie zeigte in die richtige Richtung, ich aber tippte auf den falschen der fünf Sinne. Nochmals: Wir fanden nicht die Spur einer Opfer-Täter-Verbindung und sie hat ganz einfach geschlussfolgert: ‚Euer Mörder konnte seine Opfer nicht riechen.' Im Prinzip ein guter Ansatz. Der Auslöser für die Untaten musste etwas Immaterielles sein. Wir suchten nach Indizien, die Opfer und Täter in Beziehung brachten und fanden nichts. Wir fanden nichts, weil es nichts gab. Keines der herkömmlichen Tatmotive. Kein Hass, keine Eifersucht, nicht Gier, nicht Neid, sondern einfach nur jedes Mal ein Ereignis. Für unseren Täter eines vom Ausmaß eines Frontalangriffs auf seine Sinne, den er abwehrte, aus seiner Sicht abwehren musste, um zu überleben. Das Geschehen hatte nichts, aber schon gar nichts mit den Opfern zu tun, sondern ausschließlich mit dem Täter."

„Wie ich immer sagte, ein Irrer. Er war verrückt."

„Gemach, gemach, Rita. Wie ich schon sagte: Ich tippte auf den falschen der fünf Sinne. Es ging nicht ums Riechen, sondern ums Hören. Und wenn wir der Theorie unserer Polizistenflüsterin folgen, stellen wir fest, dass Robertos Idee von klaustrophobischen Anfällen gar nicht so abwegig war. Allerdings sind diese Anfälle nur die halbe Erklärung. Ausschlaggebend war, dass sich die Musik oder das Plärren aus einem Radio am Tatort mit den klaustrophobischen Attacken addierte. Erinnert euch: Beim Friseur lief das Radio. Zwei Zeugen, die zur Tatzeit auf der Straße vorbeikamen, sagten, sie hätten Musik gehört. Die Frage wäre, welche. Musik kann gewaltig nerven. Vor allem, wenn du stillsitzen musst unter einem Umhängetuch."

„In Zuckerlrosa", steuerte Roberto bei.

„Genau, in Zuckerlrosa. Die Farbe allein kann schon einiges Auslösen. Und jetzt kommt's: Da war doch dieses Radio am Ende des Pults mit all den Bürsten, Kämmen, Scheren und Tinkturen. Bei der ersten Tatortbesichtigung war das Anschlusskabel aus der Steckdose gerissen. Und wir wissen, irgendwann kam der Täter zurück. Die Schlüssel zur Hintertür hatte er ja, ich fand sie im Schlüsselkasten seiner Wohnung. Vielleicht kam er, um sich ein Bild vom Tatort zu machen, weil er gar nicht genau wusste, was eigentlich geschehen war. Oder aber, um etwaige Spuren zu verwischen. Er sieht Ziffern, hingekritzelt auf dem Spiegel über der Kasse. Vielleicht erkannte er sie als seine Telefonnummer oder er wischt sie einfach weg, weil sie seinen Ordnungssinn stören. Er rückt Bürsten und Kämme auf dem Pult gerade, merkt, der Stecker ist nicht in der Steckdose, steckt das Radio an. Es ertönt irgendein Gequassel, er stellt es ab. Signora Brioli hat das Radio nicht angesteckt. Ich habe sie ausdrücklich gefragt, konnte mir aber keinen Reim darauf machen. Alexis Konstantinos hat das Kabel herausgerissen, weil er irgendein Plärren des Programms nicht länger ertragen konnte. Die Enge des Stuhls, das Tuch um seinen Hals und das Plärren aus dem Radio lösten bei ihm einen Anfall von Hyperakusis aus."

„Einen Anfall von was?", wollte Rita genau wissen.

„Hyperakusis. Für Betroffene unerträgliche Schmerzattacken, ausgelöst durch bestimmte Geräusche, Musik, Geplärre, Kratzen auf leerem Teller, was weiß ich? Vielleicht hat er beim Sprung nach dem Gerät die Friseurin zur Seite gestoßen, sie zu Sturz gebracht und ist selbst über sie und auf sie gestürzt. Wahrscheinlich hat er im Fallen das Kabel herausgerissen. Dank der eintretenden Stille kam er wieder zur Vernunft. Wie der Ablauf des Dramas genau war, kann uns vermutlich nicht einmal Alexis Konstantinos selbst sagen. Aber ungefähr so muss es sich zugetragen haben."

„Und wie erklärst du den Vorfall in der Fangokabine?", zeigte sich Lorenzo skeptisch.

„Die Voraussetzungen sind ganz ähnlich: Die Beengtheit unter der schweren Decke auf der Fangopritsche. Dazu Regenwaldmusik. Eine ganze Weile erträgt man sie. Aber dann fängt sie an zu nerven. Zugeschnürt wie ein Kokon kann sich unser Alexis Konstantinos dagegen nicht wehren. Und so kommt es zur Hyperakusisattacke. Rasend befreit er sich, nackt und mit schwarzem Fangoschlamm beschmiert steht er vor der herbeieilenden Valentina. Sie steht ihm im Weg, will ihn vielleicht durch körperliches Drängen beruhigen. Da rastet er völlig aus, stößt sie von sich, sie stürzt so unglücklich, dass sie mit dem Kopf in dem Fangotrog landet und erstickt. Erinnert euch, wie Stipe am Tatort fluchte: ‚Kann vielleicht jemand diese Regenwaldmusik abstellen. Die macht einen ja wahnsinnig.'"

„Hyperakusis? So was gibt's?"

„So etwas gibt's. Es ist eine Übersteigerung dessen, was wir im Ansatz vielleicht schon alle mal empfunden haben. Also, ich habe. Ich war schon in so manchem Lokal versucht, gegen den phonetischen Müll aus den Lautsprechern den Stecker zu ziehen. Wenn dich ein Scheinwerfer blendet, kannst du die Augen verschließen. Gegen Geräusche aber bist du machtlos. Du kannst die Ohren nicht wie Augen verschließen und sie mit beiden Händen zuzuhalten, hilft auch nur bedingt."

„Und wegen eines Gehörfehlers all die Morde?", konnte es Rita noch immer nicht fassen.

„Nicht nur wegen eines Gehörfehlers, sondern wegen dem oft unerträglichen Dreck, der aus Lautsprechern auf uns einwirkt. Aber Mord? Ein großes Wort. Denkt doch an die arme Mia. Einerseits sagt Stipe, der Täter warf sich auf sie, andererseits konstatierte er: ‚Er hat sie so gut wie nicht berührt.' Dann Valentina in der Fangokabine. Was, wenn es zu gar keinem Kampf kam? Sie erschrickt, wendet sich von Alexis Konstantinos ab, der wie ein Ungeheuer mit Schlamm beschmiert wie der schwarze Mann vor ihr steht. Oder sie bleibt gefasst und versucht den Rasenden zu beruhigen. Und der stößt sie von sich. Sie dreht sich von ihm weg. Wenn sie in der engen Kabine stürzt, kann sie gar nicht anders fallen, als mit dem Gesicht in den Schlamm des Fangotrogs. Und Konstantinos will weg, weg von dieser unerträglichen Musik. Nichts ist leichter, als in dem Schlamm auszurutschen, zu stürzen und schon fällt er auf sie."

Rita konnte sich damit nicht sogleich anfreunden: „Mia hatte ja auch Druckstellen, und Valentina ist mit großer Gewalt in den Schlamm gedrückt worden. Dass er einfach nur gefallen ist, scheint mir unwahrscheinlich. Und dann gleich zweimal?"

„Also: Ruf dir die Beengtheit zwischen dem großen schweren Stuhl im Friseursalon vor Augen. Du willst nichts wie weg und vor dir geht jemand zu Boden. Nichts leichter, als darauf zu stürzen. Erinnere dich: Die Männer, die Signora Brioli in ihren Salon am Morgen des Leichenfundes nacheilten, dachten zuerst an einen Teppich, über den die Brioli gestürzt war. Sie hatte sich dabei sogar eine blutige Schramme zugezogen. Und die Enge der Fangokabine, Fliesenboden, wegen des Schlamms rutschig, wieder einmal willst du nichts wie weg. Doch ein beträchtliches Hindernis verstellt den einzigen Fluchtweg. Na, nichts leichter, als zu stürzen.

„Und dann?", wollte Rita es genau wissen. „Was geschah dann in der Fangokabine? Die Musik lief ja weiter."

„Schon, aber immerhin ist die Klaustrophobie als Auslöser der Hyperakusis, das Schwitzen in der Schlammkruste unter der dicken Decke, vorbei. Diese Befreiung ist quasi die halbe Miete. Er besinnt sich, duscht sich, das Rauschen des Wassers und der Reinigungsprozess beruhigen. Er zieht sich an und geht. Wahrscheinlich alles ziemlich mechanisch. Wie verwirrt er war, beweist, dass er, als einer der ordentlichsten Menschen, mit denen ich es je zu tun hatte, seine Krawatte vergisst. Jedenfalls gibt es kein Indiz dafür, dass er ihren Kopf so lange in der schwarzen Brühe untertauchte, bis sie tot war. In der Zeit, die er brauchte, um sich hochzurappeln, erstickte sie ohne Fremdeinwirkung an dem Schlamm in Mund, Hals und Lunge. Dieser Meinung sind inzwischen auch unsere Gerichtsmediziner."

„Und der Mord an dem Taxifahrer?"

„Im Taxi lief vermutlich das Autoradio. Für Alexis Konstantinos war es nur ein Handgriff. Schuld an dem Exitus war der unglückliche Abstand zwischen Sitzlehne und Nackenstütze."

„Passt aber alles nicht zum Mord an dem Mechaniker in der Servicewerkstätte", gab Lorenzo zu bedenken.

„Warum nicht? Unser Mörder war auch hier in einer Zwangslage. Er konnte nicht weg. Sein Auto hatte ein Gebrechen. Er war immobil. Das kann in bestimmten Situationen genauso schlimm sein wie räumliche Beengung. Und wenn nun ein Radio plärrt? Ich habe beobachtet, dass Mechaniker, bevor sie sich an die Arbeit machen, erst einmal das Autoradio irgendeines der herumstehenden Wagen einschalten. Und der Werkstättenbesitzer Ricci sagte, er hätte nichts angerührt, nur das Radio abgestellt. Wahrscheinlich eines, das in irgendeinem der Autos eingeschaltet war."

„Trotzdem, er hätte ja nur die paar Schritte von seinem Platz auf der Bank ins Freie zu gehen brauchen."

„Hat er aber aus irgendeinem Grund nicht. Stattdessen hat er nach einer zufällig dort liegenden Stange gegriffen und dem Mechaniker den Schädel zertrümmert. Diese Tat setzt Wut voraus. Und wenn da zum Beispiel so ein durchgedrehter Rap läuft, der kann, ja der will Wut auslösen. Von dieser wutauslösenden Intention von Rap hatte ich keine Ahnung. Ich habe erst im Internet gelesen, dass sie genau zu diesem Zweck getextet werden. Unter ‚Rap' heißt es: ‚... zeichnet sich aus durch Egotrips des Protagonisten und auch durch Verherrlichung von Drogenkonsum, Gewalt, Kriminalität, Rache und Sex.' Dieses Gegenteil von symphonischer Musik könnte unserem Geiger schon ohne Zutun als Vorhof zur Hölle in Rage gebracht haben."

„Ein Kulturkampf?"

„Ich verstehe wenig von Musik. Meist lässt sie mich kalt. Aber gegen so einen Rap würde selbst ich sofort zum Kulturkampf antreten."

„Stichwort Geiger", hakte Rita ein, „was soll dann der auslösende Ton beim Symphonischen Konzert gewesen sein? Wir wissen, das Konzert soll beginnen, er springt auf und poltert davon."

„Aber Rita, du kennst doch die Töne beim Einstimmen der Instrumente vor Konzertbeginn. Da können schon Geräusche darunter sein, die dich auf die Palme treiben. Vor allem, wenn du direkt daneben sitzt, in der ersten Reihe der Geiger. Und dann der Klaustrophobie auslösende Zwang in Gestalt der Bühne, des Fracks, des Publikums, das Gefühl, dass du nicht wegkannst. Als ob das nicht für eine klaustrophobische Attacke genügen würde. Also, ich kann mir das zumindest so vorstellen. Natürlich habe auch ich wie vermutlich die Meisten im Publikum gedacht: Der Arme hat Durchfall oder muss Kotzen."

„Und die völlig andere Handschrift beim Mord am Mechaniker?", ließ Lorenzo nicht locker.

„Du denkst, erschlagen wäre nicht die Handschrift unseres Täters. Aber das hat hier keine Relevanz. Unser Täter schlägt zu, um sich von etwas zu befreien. Schädel zertrümmern passt zwar nicht in das Strickmuster, ist aber nachvollziehbar."

Damit war das Gespräch fürs Erste zu Ende, denn es war 12 Uhr und Vossi wollte wegen der Wiedergabe einer Presseaussendung zu den neuesten Entwicklungen die Telenachrichten sehen. Die Meldung kam, doch statt des Fotos, das sie gestern in Alexis Konstantinos' Wohnung sichergestellt und zur Veröffentlichung weitergegeben hatten, blendete der Sender wieder das überholte Phantombild ein. Vossi fand das höchst ärgerlich. Er hörte nicht mehr hin, wollte schon abschalten, da schien sich die Meldung zu wiederholen, diesmal aber mit einem Foto von Alexis Konstantinos in einem gestreiften Hemd.

„Was war denn das?", fragte Vossi genervt.

„Verstehe ich auch nicht", sagte Rita.

Roberto beruhigte: „Für solche Fälle gibt es in unserem neuen System den Wiederholungsknopf."

Dank dieser Neuerung verfolgten sie die Meldung zu Vossis Pressemitteilung noch einmal. Doch dieser folgte tatsächlich eine weitere mit einem Foto von Alexis Konstantinos in gestreiftem Hemd mit der Bitte, wer diesen Mann kenne, möge sich bei Primarius Fey in der Nervenheilanstalt Triest melden. Der Mann brauche eine dringende Behandlung und es fehle die Anamnese.

„Sind die Fernsehredakteure wirklich so blöd wie ihr Programm?", fragte Rita in die Runde. „Schauen sich die nicht an, was sie senden und einblenden?"

„Ich fürchte, am Ende sind wir die Blöden, weil es für die Masse wohl so aussieht, als ob wir nicht fähig wären, einen Verrückten zu finden. Der Aufruf der Nervenheilanstalt klingt doch wie: ‚Volk, wir brauchen deine Hilfe, unsere Polizei ist nicht fähig, ihren Job zu tun.'"

Vossi lehnte sich zurück und fuhr verbittert fort: „Das ist aber noch lange nicht das Schlimmste. Unser Mann ist jetzt da, wo ich keinen Zugriff mehr auf ihn habe. In der Psychiatrie. Und Befragungen gibt es – wenn überhaupt – nur mit Erlaubnis dieses Primarius und in dessen Beisein. Es ist zum aus der Haut fahren. Ich glaube, ich krieg eine Hypowas?“

„Hyperakusis“, ergänzte Roberto, der mit dem Begriff nicht die geringste Mühe zu haben schien. Vossi setzte sich mit besagtem Primarius Fey in Verbindung, erfuhr, dass Alexis Konstantinos in einem jämmerlichen nervlichen Zustand sei und sein Gedächtnis verloren habe. Danach vereinbarte man einen Termin für den nächsten Tag.

Wenig später meldete sich die Mutter von Alexis Konstantinos an. Sie sei eben gelandet. Rita verwies sie an Primarius Fey. Zwei Stunden später rief sie wieder an, völlig aufgelöst: „Was haben Sie mit meinem Sohn gemacht. Er hat mich nicht erkannt. Stellen Sie sich vor, mein Sohn erkennt mich nicht, ist völlig weggetreten.“

Rita erklärte ihr, sie sei nicht befugt irgendeine Auskunft zum Befinden ihres Sohnes zu geben, alles ginge von nun an nur über den Primarius. Sie werde aber zur Einvernahme gebraucht, ob sie am darauffolgenden Tag in das Polizeikommando kommen könne.

„Gut gebrüllte, Löwin“, murmelte Vossi anerkennend.

25

Am nächsten Morgen stellte Vossi fest, dass wohl ein ganzes Heer von Reportern ausgeschwärmt war, um aus möglichst vielen Mosaiksteinen zu ihren Schlagzeilen ein Ganzes zu bauen. Es gab Fotos von Alexis Konstantinos als Kammermusiker, mit berühmten Dirigenten aus Rom, Wien und New York. In einer Zeitung war er ein Wunderkind, das nie über seine Pubertät hinauskam und deshalb zum Würger wurde. Eine andere ließ sich darüber aus, dass sein Vater in den Wirren des Bürgerkriegs in Griechenland nach 1945 hingerichtet worden wäre. Eine lieferte sogar die politischen Einzelheiten zur Exekution.

Nach der Morgenlektüre ging es hinauf zur Nervenheilanstalt. Sie lag in den Hügeln von Triest und hatte eine Aussicht, für die ein Ölscheich glatt eine Ölquelle geopfert hätte. Das Gebäude hätte ein Werk Otto Wagners sein können und war vor kurzem mit viel Bedacht von Anbauten aus Glas und Beton flankiert worden. Ein kühner Kontrast zu Otto Wagner, aber allemal noch besser, als schlecht und recht nachgeäfft, fand selbst Vossi.

„Wenn schon, möchte ich hier verrückt sein", sagte er zu Rita. Roberto hatten sie zu Hause gelassen. Sie wussten nicht, was sie erwartete und er musste nicht von allem haben. Allerdings zeigte sich Primarius Doktor Fey von seiner besten Seite. Er schien nur aus einem Grund Psychiater geworden zu sein, nämlich, um herauszufinden, warum sein Patient unter totalem Gedächtnisverlust litt und was ihn ausgelöst haben könnte. Zwar hatte er die Mutter kennengelernt, hielt sie aber, wie er selbst sagte, für bedingt aufnahmereif. Sie war so gut wie keine Hilfe.

„Als er uns gebracht wurde, sprach er Kauderwelsch. Wir verstanden kein Wort. Dann fanden wir heraus, er sprach Griechisch. Nun, da wir wissen, wen wir vor uns haben, können wir mit Aufgabe zwei beginnen, ihn von seiner Amnesie zu heilen. Würden Sie mir dabei helfen, Commissario?"

„Aber natürlich, so gut ich kann und meine Mitarbeiterin kann vielleicht noch besser. Auf dem Gebiet Psyche ist sie mir sicherlich überlegen, schon, weil sie eine Frau ist."

Professor Fey lachte anerkennend: „Ich weiß, was Sie meinen. Ich muss mich in meinem Beruf auch immer sehr anstrengen, um mit meinen Kolleginnen mithalten zu können. Also erstens, warum genau suchen Sie meinen Patienten? Was ist an den Sensationsmeldungen in den Medien dran?"

Rita zählte alles von A bis Z auf und Vossi übernahm den medizinischen Teil, indem er den Vortrag der Psychologin sinngemäß wiederholte. Doktor Feys Gesicht wurde immer ernster. Danach fasste er zusammen: „Wir brauchen also einen Neurologen und einen HNO-Spezialisten, die meinen Patienten von der Hyperakusis heilen und ich muss versuchen, seine Amnesie zu bezwingen. Wünschen Sie uns allen Erfolg. Im Übrigen glaube ich, dass ich vor der leichteren Aufgabe stehe. "

„Was, glauben Sie, Primarius, hat die Amnesie ausgelöst?"

„Ein schreckliches Erlebnis. Eine Amnesie tritt plötzlich auf. Vielleicht wusste er bis zuletzt gar nicht, dass er der Täter war und erfuhr es erst aus der Suchmeldung mit seinem Bild im TV. Das kann ihn wie ein fürchterlicher Schlag getroffen haben und peng! Genaueres dazu werden wir ausgraben müssen. Es ist eine Aufgabe wie bei archäologischen Grabungen. Denken Sie sich ein riesiges Gräberfeld. Das wäre unser Gehirn. Und dann nehmen Sie einen Mokkalöffel und beginnen zu graben. Eine Sisyphusarbeit für Jahrzehnte. Vor einer solchen Aufgabe stehen wir. Aber es kann plötzlich Klick machen, unser Mann reibt sich die Augen wie ein Erwachender und weiß mehr oder weniger plötzlich, wer er ist, wo er wohnt, wo er zuletzt den Wagenschlüssel ablegte und mit welchen Ziffern das Zahlenschloss seines Fahrrades aufgeht."

„Und was ist der Worst Case?"

„Lässt sich nicht vorhersagen. Einen traurigen Rekord hält der US-Amerikaner William Powell. Er war 2004 zusammengeschlagen und ohnmächtig nahe einer Fast-Food-Filiale in Georgia aufgefunden worden. Erst 2015, also elf Jahre später, fand er zu sich zurück."

„Trug Alexis Konstantinos Handschuhe, als er bei Ihnen eingeliefert wurde?"

„Ja."

„Wie erklären Sie sich das, Dottore? Wir fragten uns, ob eine seiner Hände vielleicht entstellt sei. Etwa durch Verbrennungen oder Ähnliches?"

„Er hat eine Narbe am Rücken seiner rechten Hand, die auf eine Verletzung vor Jahren zurückgehen muss. Dürfte aber nichts Ernsteres gewesen sein. Bei einem Geiger, Mitglied des Symphonieorchesters, kann man das schon als Schutzmechanismus verstehen. Vielleicht, weil ihm seine Mutter bereits als Kind einschärfte: ‚Pass auf deine Hände auf, zieh Handschuhe an.' Vielleicht, weil er sich einmal geringfügig verletzt hat und wochenlang nicht spielen konnte. Ich hatte einmal einen international angesehenen Solopianisten. Der trug Handschuhe, weil er meinte, das wäre gut gegen eine etwaige Arthritis im Alter. Er hatte sogar ein spezielles Paar für Wanne und Dusche."

„Würden Sie mich verständigen, wenn sich der Zustand von Alexis Konstantinos soweit stabilisiert hat, dass ich mit ihm sprechen kann?“, fragte Vossi fast bittend.

„Nein, Commissario. Das geht ab nun alles nur über den Dienstweg, also über Anfrage durch den Amtsrichter. Ich muss an den Schutz und die Privatsphäre meines Patienten denken, sonst mache ich mich eines schweren Berufsvergehens schuldig. Jedenfalls können Sie Befragungen oder gar Verhöre vorerst vergessen.“

„War nur eine Frage“, lenkte Vossi ein. „Und dann hätte ich noch eine. Sie hat nichts mit der Privatsphäre Ihres Patienten zu tun. Ich stelle Sie ganz allgemein: Liegt im Falle Hyperakusis eine Schuldunfähigkeit vor?“

„Hyperakusis selbst ist nicht direkt mein Fach, die Auswirkungen auf den Geisteszustand schon eher. Ich sage Ihnen zum vorliegenden Fall ganz konkret: Der Richter wird einzig und allein nach Sachverständigenurteil entscheiden. Ich würde als solcher sehr wahrscheinlich für nicht schuldfähig plädieren. Ich komme aber als Sachverständiger nicht in Frage, da Ihr Mann mein Patient ist und ich damit als befangen gelten würde. Also haben Sie in diesem Punkt schon einmal die Nase vorn.“

„Es geht mir nicht darum, die Nase vorne zu haben, Primarius. Auch wenn ich die Opfer vor mir liegen und ihre Angehörigen um sie trauern sah, bin ich des Mitleids für Ihren Patienten, meinen Mann, wie Sie sagen, fähig.“

Mit „Das glaube ich Ihnen beiden sogar und zwar vorbehaltslos“, wollte Fey das Gespräch beenden, doch Vossi gab in einem Punkt nicht nach. Er wollte eine DNA-Probe von Alexis Konstantinos. „Ein Muss, das müssen Sie verstehen.“

„Gut, können Sie haben."
„Wir hätten das nötige Besteck dabei."
„Okay, da spricht wohl nichts dagegen."
„Rita, machst du das? Ich fahr schon los. Du nimmst dir danach bitte ein Taxi."

Im Palazzo Prozzi kam ihm Roberto mit dem übersetzten Tagebuch von Alexis Konstantinos entgegen. Vossi hätte es gerne vor dem Gespräch mit dessen Mutter gelesen gehabt, aber sie wartete schon im Besprechungszimmer. Zu seiner großen Überraschung kannte er die Frau aus den Tagen seiner Kindheit im Lager der Vertriebenen. Doch darauf wollte er später zurückkommen.

Sie sah ihn anklagend an, mit den Gräuelgeschichten der Zeitungen vor sich aufgefächert wie die Tatwaffe, mit der man ihren Sohn ruiniert hat. Vossi versucht es dennoch im Plauderton. Schließlich wollte er möglichst viel über ihren Sohn erfahren. Davor musste er sich aber fragen lassen, wie man ihren Sohn solch ungeheuerlicher Verbrechen auch nur verdächtigen konnte. Vossi entschärfte, indem er ihr versicherte, es ginge nicht um Verdächtigungen, schon gar nicht um ungerechtfertigte Beschuldigungen, sondern einzig und allein um Wahrheitsfindung.

Nach einem kräftigen Schluck aus dem Wasserglas und einer Tablette aus ihrer Handtaschenapotheke beruhigte sie sich zusehends und war nach dem Schock in der Nervenheilanstalt sichtlich froh, einfach reden zu können: „Alexis ist ja auch als Kammermusiker aktiv. Das Ensemble tritt als Musica Miramare auf und gilt in den Musikzentren Europas als eines der Extraklasse. Das Verhängnis begann mit einer Einladung, beim jährlichen Terrassenfest des Gestüts Lipica den kulturellen

Teil zu bestreiten. Auf dem Programm stand Joseph Haydns Vogelquartett. Alexis war davon nicht sehr erbaut. Pferde mochte er nicht. Doch die Gage war üppig, dank Sponsoring einer heimischen Bierbrauerei. Und ins slowenische Lipica war es nur ein paar Kilometer. Also praktisch ein Heimspiel. Mitten im zweiten Satz setzte sich ein dickes, fettes Insekt auf seine bogenführende Rechte. Ich konnte es von meinem Platz aus auf seinem Handrücken ganz deutlich sehen."

Die Signora schüttelte sich förmlich bei der Erinnerung an den Zwischenfall, holte tief Luft und fuhr fort: „Ich sah, wie Alexis es auf seiner Hand fixierte, dann die Augen schloss, um sich auf die Musik zu konzentrieren, sie dann wieder öffnete und versuchte, das Vieh wegzublasen. Vergebens. In der Pause besah ich mir den Einstich. Um ihn herum war die Haut gerötet und ich konnte förmlich zusehen, wie die Wunde anschwoll."

„Was war das für ein Insekt?", wollte Rita nicht länger warten.

„Höchstwahrscheinlich eine Pferdebremse, sagten die Ärzte. Etwas ganz Alltägliches auf einem Gestüt. In diesem Fall aber eine Bremse mit Borrelien infiziert. Zunächst bekam Alexis Halsschmerzen und Husten. Zwei Tage später brachte ich ihn mit 40 Grad Fieber ins Krankenhaus. Dort begann ein Kampf um sein Leben. Als er nach elf Tagen aus den Fieberträumen erwachte, ergaben die Untersuchungen, dass die Borrelien nicht nur die Gehirnhaut, sondern auch Gehirnzellen entzündet hatten. Unter anderem war eine totale Genickstarre die Folge. Für einen Geiger des Symphonieorchesters ein vernichtender Befund. Doch dank seiner hartnäckigen Neurologin und einer ihm immer wieder Mut machenden Physiotherapeutin nahm er die Hürde. Ich war dabei, als er nach eineinhalb Jahren unter dem aufmunternden Applaus seiner Kollegen wieder seinen Platz im Orchestergraben einnehmen konnte. Sein Spiel hatte nicht gelitten. Aber er war nicht mehr derselbe."

„Wie meinen Sie das?", fragte Vossi nach.

„Bestimmte Töne und Geräusche lösten heftige Migräneanfälle aus. Das nahm in letzter Zeit zu. Und obwohl er keine Schwierigkeiten hatte, ganze Konzerte auswendig runterzuspielen, konnte er sich an Episoden des Alltags einfach nicht mehr erinnern. Es gab Abende, da hätte er beispielsweise nach einem Konzert nicht sagen können, ob er überhaupt mitgewirkt hatte. Es kam vor, dass er sich für eine Aufführung zurechtmachte, die tags zuvor mit Erfolg über die Bühne gegangen war. Das alles machte mir schreckliche Sorgen. Er aber meinte, das werde sich schon geben, es brauche eben seine Zeit."

„Was hat seine Neurologin dazu gesagt?"

„Er lehnte es entschieden ab, sich ihr anzuvertrauen. ‚Ich will ihr die Freude über ihren Erfolg wegen dieser Bagatelle nicht verderben', war sein Argument. Pure Rücksichtnahme, so war er." Sie hielt eine Sekunde inne, um ihre Worte wirken zu lassen. Dann fragte sie mit angstgeweiteten Augen: „Was soll jetzt werden?"

„Das weiß wirklich nur der Primarius, Signora", sagte Vossi und kam nun zum Persönlichen: „Ich kenne Sie von früher, Signora Konstantinos. Als Theodora. Theodora Axis, im Block vier, habe ich recht?"

„Sind Sie ein Landsmann?", fragte sie auf Griechisch.

„Nein, Signora, wir sind Istrien-Vertriebene. Ich war der kleine Bruno Vossi und Sie gaben damals in der Cantina das Essen aus, stimmt's?"

„Vossi? War Ihr Vater der Uhrmacher, der unseren Wecker reparierte?"

„Nicht Vater, Großvater, Madam."

„Ach nein. Wie klein doch die Welt ist!“

„Die Welt vielleicht nicht, aber unsere Ecke hier ganz bestimmt. Sie stammen ja, glaube ich, ursprünglich aus Athen.“

„Nein, Patras. Zuerst kämpfte mein Vater gegen die Wehrmacht. Und als der Nazi-Spuk vorüber war, ging es gegen die eigenen Faschisten, die sich um den König scharten und teils schlimmer waren als ihre deutschen Vorbilder. Am 5. Februar 1949 kamen sie. Kurz nach Tagesanbruch schlugen sie die Tür unseres Hauses mit ihren Gewehrkolben in Splitter und holten Vater aus dem Bett. Jemand hatte ihn verraten. Sie nahmen ihn mit und erschossen ihn zwei Tage später auf dem Rathausplatz.“ Abrupt hielt sie inne: „Mein Sohn ist eines Mordes nicht fähig, Commissario, niemals.“

„Ich werde diesen Ihren letzten Satz immer bedenken, Signora und jedes Für und Wider unserer bisherigen und zukünftigen Recherchen abwägen.“

„Wie wird es jetzt weitergehen?“

„Die Ärzte sind dabei, das herauszufinden. Fürs Erste sind die am Zug, nicht wir.“

„Werde ich von Ihnen hören, Commissario?“

„Wir werden Sie über jede neue Erkenntnis auf dem Laufenden halten und Informationen nur da zurückhalten, wo es aus ermittlungstechnischen Erwägungen unumgänglich erscheint. Das verspreche ich nicht nur, ich gelobe es Ihnen, Signora.“

Nach diesem Gespräch vertiefte sich Vossi in die Seiten der Übersetzung von Alexis’ Tagebuch. Roberto las parallel aus einem Pack Kopien. Sie überschlugen die Zeilen bis zum Todestag der Friseurin Mia. Dazu die Eintragung: „Ich habe einen Satz Schlüssel in meiner Jacketttasche gefunden, mit dem Hinweis ‚Hintertür‘ auf dem Anhänger. Er gehörte zum Salon Brioli. Bin zurück, um mich zu überzeugen. Er passte. Bin ich jetzt auch noch Kleptomane? Gott seh vor. Der Salon war ein einziger Saustall. Habe saubergemacht. Arme Signora. Ihre Gehilfin taugte wohl nichts. Sie hat mir nur zur Hälfte das Haar geschnitten. Auf der linken Seite ist es so lang wie davor. Aber womit habe ich den Haarschnitt bezahlt? Ich habe extra einen Hunderter im Restaurant Pergolato wechseln lassen. Dabei habe ich einen Campari-Orange getrunken. Macht sechs Euro. Und mit 94 Euro kam ich nach Hause. Ob ich darüber mit dem Kommissar sprechen soll? Im Fernsehen ist er ja immer recht freundlich. Besser nicht. Am Ende glaubt er, ich hätte ihr etwas angetan. In meinem jetzigen Zustand wäre ich wehrlos. Ich weiß nur, ich habe dieser Südländerin kein Haar gekrümmt. Aber wie reimt sich das alles?“

Vossi stöhnte leicht. Roberto blickte auf, musterte ihn kurz und vertiefte sich wieder in seinen Kopien. Vossi blätterte weiter. Zum Mord in der Fangokabine schrieb Alexis Konstantinos: „Ein Jammer, diese vortreffliche Masseurin tot. Wie sehr haben mir doch ihre Hände in der schlimmsten Phase meiner Genickstarre geholfen. Erwürgt mit einer Krawatte. Schrecklich. Habe nachgesehen. Mir fehlt eine Krawatte. Der Mörder wird sie doch nicht mit meiner erdrosselt haben? Nicht auszudenken. Sollte vielleicht doch diesen Commissario kontaktieren. Muss ihn erst mal kennenlernen. Werde ihn beobachten.“

Vossi legte das Buch zur Seite, nahm seine Brille ab und wandte sich an Roberto: „Hast du das gesehen? Valentina Scutti behandelte Konstantinos nach dem Stich der Pferdebremse als Physiotherapeutin. Vermutlich hat ihr Mann das gewusst. Hätte er sich nicht vom Balkon gestürzt, hätte er uns schon längst auf die richtige Spur zu unserem Geiger bringen können.“

„Ein bisschen viel ‚hätte', meinen Sie nicht auch, Commissario?"

„Dennoch. Ich frage mich, ob wir uns nicht zu sehr auf den Schlaksigen konzentrierten."

„Bestimmt nicht, Commissario. Schließlich geriet der Schlaksige sehr konkret wegen der Aufzeichnungen der Überwachungskamera vom Hotel Imperial in Verdacht."

„Ich weiß. Rita hat mich aus dem Café Tommaseo weggeholt, damit ich sie mir ansehe."

„Und danach", ereiferte sich Roberto, „danach habe ich noch ausführlich mit den Kindern von Valentina Scutti gesprochen, den Nachbarn im Mietshaus, dem Anwalt des Ehemanns und mit der Bankangestellten, die am Tag des Vorfalls in der Fangokabine Valentina Scutti anrief, um ihr zu sagen, das Geld der Versicherung für die Entschädigung sei auf ihrem Konto eingegangen. Wir haben bestimmt nicht einfach nur Daumen gedreht und darauf gewartet, dass der Schlaksige im Polizeikommando auftaucht und uns lächelnd sagt: ‚Ich war's.' Bestimmt nicht."

„Aber, aber, Roberto. Ich habe die Frage doch mir gestellt und nicht dir."

„Ich bitte, Sie, Commissario. Für Sie gilt doch dasselbe. Sie waren doch auch Klinken putzend unterwegs und haben jeden Stein umgedreht. Zum Beispiel, als Sie die Abschiedsfeier im Visavis überstürzt verließen, nur weil Capitano Scappo irgendetwas von einem Irren erzählte, der mit seinem Stock auf ein Auto einschlug."

„Interessant, dass du das erwähnst. Was meinst du, war das unser Konstantinos?"

Roberto dachte eine Weile darüber nach und meinte: „Ich glaube nicht, dass es dabei um die Musik im Autoradio ging. Vielleicht fühlte sich der Mann mit dem Stock gefährdet und hat überreagiert."

„Trotzdem, wie viele Männer gehen heute noch mit Stock und Hut? Sogar in London sind sie inzwischen eine bedrohte Art."

Vossi blätterte dazu weiter in Alexis Konstantinos' Tagebuch: „Hör dir seine letzte Eintragung an, Roberto: ‚Habe eine neue Peugeot-Werkstätte auf der anderen Seite der Grenze gefunden. Gegenüber Eis gegessen. Nettes Mädchen hinter der Bar. Hasst wie ich Radios, bravo.'"

Mit diesen Worten gab er die Bögen mit den Übersetzungen weiter an Rita: „Würdest du das bitte kopieren und die Kopien an Primarius Doktor Fey weitergeben?"

„Aber bestimmt nicht zum Nulltarif!"

„Sondern?"

„Dafür muss er mit uns kooperieren."

„Rita, Rita, dir sitzt der Schalk im Nacken." Der Lacher darüber tat beiden gut. Doch jetzt wurde sie nachdenklich: „Armer Hund, dieser Alexis. Ist dir klar, dass wir jederzeit ähnlich ausrasten könnten, nach einem Zecken- oder Pferdebremsenbiss?"

„Na ja, in einem von zehn Fällen, sagt die Statistik."

Und wenn du besonderes Pech hast, bist du einer von Zehntausend, entwickelst eine Hyperakusis, stößt alle um und schlägst alles kurz und klein. Ich muss mal mit meinem Sohn Guido darüber reden. Meinst du, gibt es viele Zecken in Padua?"

„Ich habe noch nie von einem derartigen Fall gehört", beruhigte Vossi.

„Was meinst du in der Sache selbst zu Alexis Konstantinos? Schuldfähig oder nicht?"

„Frag mich was Leichteres, Rita. Jedenfalls seh ich schon, wie sich allerlei Ferndiagnostiker von Rang und

Namen in Talk-Shows darüber ereifern. Ich weiß nur, letztverantwortlicher Sachverständiger möchte ich in diesem Fall nicht sein."

Jelena war über die Wendung im Fall Serienmörder sehr enttäuscht. „Keine Verfolgungsjagd auf den Dächern Triests? Keine Schießerei? Kein Vossi als strahlender Held, leicht verletzt in meinen Armen, ich ihn verzweifelt an mich drückend? Kein Orden mit drei Wangenküssen vom Präsidenten der Region?"

Sie freundete sich erst mit der Wendung in seinen Fällen an, nachdem er geschworen hatte, dass sie mit ihrem Tipp „der Mörder konnte seine Opfer nicht riechen" einen wertvollen Hinweis gegeben hatte. Dass dieser die Angelegenheit eher verkompliziert hatte, weil es im Endeffekt um den Gehörsinn ging, ließ Vossi unerwähnt. Sie hätte diese Sichtweise sowieso nie gelten lassen. Und einer von ihren Martini Cocktails, der das Kofferpacken für die Fahrt in den Jahresurlaub erleichtern konnte, war wichtiger als ein Gerangel um Tatsachen.

Es sollte ein Abenteuerurlaub werden. In einem angemieteten Wohnmobil zu echten geographischen und kulturellen Highlights Europas und doch fernab vom Touristenstrom. Alles Geheimtipps sozusagen. An den Fluss Uvac zum serbischen Grand Canyon, von dort weiter zum Felsenkloster Ostrog und nach Ohrid mit einer Erholungspause am Ohrid See. Dummerweise hatte er das Verzeichnis mit den Kirchen und Kapellen entlang der Route auf dem Wohnzimmertisch liegen lassen. Jelena hielt sie ihm mit einem strengen Blick unter die Nase. Mit „alles nur Wegmarkierungen" beging er schmählichen Verrat an den Perlen der Baukunst Ostroms und des frühen Mittelalters. Denn Kirchen, Klöster, Bibliotheken und verrußte Ikonen waren Jelenas Sache nicht. Und die Fahrt mit dem Wohnmobil hatte sie ohnedies schon davon abhängig gemacht, dass Kultur außen vor bleibe und er bereit sei zu kochen, zu spülen und sie bis in den Tag hinein schlafen zu lassen. Vossi versprach alles mit ehrlicher Miene und gekreuzten Fingern hinter seinem Rücken. Die sie im Spiegel sah, weshalb sie „schwör nochmal und mit beiden Händen“ kommandierte. Dann aber überlegte sie es sich anders und sagte: „Schwör lieber nicht, Meineid bringt Unglück.“

Der letzte Arbeitstag vor dem Jahresurlaub war da. Sein Team hatte inzwischen alles hervorragend sortiert und mit der DNA-Probe von Alexis Konstantinos aus der Psychiatrischen Heilanstalt verglichen. Die Haare, die aus dem Frisiersalon Brioli stammten, passten, die Haare aus der Duschkabine passten, das Blut durch den Dornenstich auf dem Parkplateau des Einkaufszentrums passte, die Fusseln im Gesicht des Taxifahrers Djamal stammten von seinem Handschuh und last not least passten die Reifen von seinem Peugeot zu den genommenen Gipsabdrücken vor der Autowerkstätte. Damit war die Indizienkette geschlossen.

Nach dem Tag im Büro noch eine Nacht zu Hause und dann, in aller Früh, ab in die Schluchten des Balkans. Da Jelena gerne länger schlief, hatte Vossi die famose Idee, die Nacht vor der Abfahrt vor dem Haus im Wohnmobil zu schlafen. So könnte sie liegenbleiben, während er in aller Herrgottsfrüh den Klöstern des Heiligen Cyrill entgegenfuhr.

Nachdem alle in die Ferien verabschiedet waren, pflanzte sich Lorenzo vor seinem Schreibtisch auf. Vossi erhob sich, da er meinte, er wolle sich verabschieden. Stattdessen sagte Lorenzo: „Setz dich wieder. Du wirst es brauchen. Roberto hat allerlei Wäschestücke bei der Hausdurchsuchung des Werkstättenbesitzers gesichert.

Und siehe da: Es fand sich Blut des Mechanikers auf einem der Hemden seines Chefs. Unserer Meinung nach dorthin gekommen, als man ihm den Schädel einschlug. Es landete in der Wäsche. Offensichtlich hat ihn der Täter übersehen. Ein kleiner rotbrauner Fleck auf rotbraunem Hemd, das fällt nicht gleich auf."

„Du meinst?"

„Was denn sonst?"

„Aber so ein Hemd würde der Täter doch sofort entsorgen."

„Wie denn? Wenn er Krimileser ist, weiß er, dass wir es finden würden."

„Er wäscht es sofort."

„Dann würde seine Frau Fragen stellen, an die sie sich erinnert und die sie im Gespräch mit uns vielleicht nicht unerwähnt lässt."

„Bloß um sicherzugehen: Darf ich davon ausgehen, dass sich an der Wäsche aus Alexis Konstantinos' Wohnung nichts fand?"

„Das hat uns stutzig gemacht. Dem Mechaniker den Schädel eingeschlagen und nirgendwo Blut? Nicht auf den Schuhen, den Hosen, den Hemden?"

„Wir müssen den Werkstättenkrösus Ricci zum Reden bringen. Roberto und Rita aber lass ziehen. Schließlich ist Ferragosto. Sogar der Papst geht auf Urlaub. Roberto soll, wie geplant, mit seiner Ludmilla nach Sizilien und Rita mit ihrem Sohn, wie geplant, nach Kalifornien. Ich schaffe es auch so, vorausgesetzt du hilfst mir dabei. Können wir das so vereinbaren?"

„Klar doch. Ich habe mit Stipe telefoniert. Auch er ist mit von der Partie. Zu dritt zwingen wir Ricci in die Knie."

„Stipe und du, ihr vertragt euch wieder?"

„Wieso, war was?"

Nach diesem Gespräch fuhr Vossi nach Hause und eröffnete Jelena, der Urlaub müsse um ein, zwei Tage verschoben werden. Den Fall Mechanikermord müsse er erneut öffnen. Jelena schien das nicht das Geringste auszumachen. Vossi wollte sie schon fragen, ob sie ihn richtig verstanden habe. Doch siehe da, sie hatte, denn sie schleppte ihr Bettzeug vom Wohnmobil wieder ins Haus und stemmte Koffer. Dabei schien sie beunruhigend happy.

27

Knapp vor der Abfahrt zum Werkstättenbesitzer Ricci meldete sich ein Taxifahrer bei Vossi. Das Fundamt schicke ihn, denn er habe ein Handy gefunden, das unter Umständen 10.000 Euro wert sein könne. Er musste Vossi nachhelfen, der in seinen Gedanken schon bei der Fragerunde mit dem mutmaßlichen Mörder von Mechaniker Ninko war.

„Die versprochene Belohnung", sagte der Mann und zappelte wie einer, der sein ganzes Geld auf einen Außenseiter gesetzt hat und ihn auf der Zielgeraden sieht.

„Das ist sehr lobenswert, Signore, aber die Belohnung ist vor ein paar Stunden verfallen. Die Polizei, ihr Freund und Helfer, hat ganze Arbeit geleistet und den Täter bereits ausgeforscht. Dennoch vielen Dank, es kann uns in der Aufarbeitung sehr nützlich sein."

Vossi dachte dabei an den unbekannten Eigentümer, der das Gerät vergessen oder verloren hatte oder dem es gestohlen worden war. Denn Alexis Konstantinos hatte sein Handy noch. Es war in der Wohnung gefunden und als jenes identifiziert worden, von dem der Anruf an den Friseursalon Brioli zwecks Terminvereinbarung abgegangen war.

Als Vossi nach dem Handy griff, zog der Taxifahrer wie elektrisiert seine Hand zurück: „Moment mal, und was bekomme ich dafür?"

„Fünf Prozent vom Wert des Handys. Funktioniert es noch?"

„Ja, ich habe den Akku aufgeladen und seither fragt es nach dem Pin."

„Dann schätze ich den Wert des Handys auf maximal hundert Euro, also sind wir bei fünf Euro."

„Was? Wenn ich das gewusst hätte, wäre ich nicht hierhergekommen. Da kostet ja die Fahrt mehr."

„Dann hätten Sie sich unter Umständen der Fundunterschlagung schuldig gemacht. Nach dem Gesetz macht sich strafbar, wer sich eine fremde bewegliche Sache rechtswidrig zueignet. Eine Fundunterschlagung liegt auch dann vor, wenn der Fundgegenstand keinen Marktwert hat. So will es das Gesetz, mein Herr."

Der Taxifahrer fiel von 10.000 auf null und reagierte entsprechend: Er schmiss das Handy wie eine Niete einfach auf Vossis Schreibtisch.

„Moment, darüber müssen wir ein Protokoll anfertigen", sagte Vossi pflichtgetreu.

„Dazu müssten Sie mich verhaften. Ich gehe jetzt, habe genug Zeit verloren."

Später fand die Technik heraus, dass das Handy einer Touristin aus der Slowakei gehörte. Sie könne es abholen.

„Behalten Sie's, ich bin in Assisi, danach Rom und dann geht es nach Hause."

Wenig später trafen Vossi, Lorenzo und Dottore Lamberti als Trio Finale in der Kfz-Werkstätte ein. Nach einem leichten Small Talk als Aufwärmer, gab Ricci an, dass er verkaufen werde. Nein, seine Frau werde nicht zu ihm zurückkehren. Sie wolle bei ihrer Mutter wohnen bleiben und Arbeit suchen. Danach eröffnete Vossi: „Wir haben ein Problem, Signore Ricci. Unser Mann von der Spurensicherung fand Blutspritzer an Ihrem Hemd, die unser Forensiker, Dottore Lamberti, eindeutig als Blut Ihres Mechanikers Ninko Glubovic identifizieren konnte. Wie erklären Sie sich das?"

„Unmöglich."

„Hatten Sie vielleicht mit ihm einen Streit, der in Tätigkeiten ausartete?"

„Ich, Streit mit Ninko? Zu keiner Zeit. Ganz abgesehen von unserem freundschaftlichen Verhältnis: Mit Ninko konnten Sie keinen Streit anfangen. Dazu war er zu sehr Florett.“

„Wie meinen Sie das? So spitz?“

„Nein, so biegsam.“

„Sind Sie in diesem Sport vielleicht aktiv?“

„Ja, Degen.“

„Hm. Haben Sie vielleicht Ninko Ihr Hemd geborgt, was den Blutspritzer erklären könnte?“

„Nein, außerdem war Ninko viel schlanker als ich.“

„Signore Ricci, hatten Sie vielleicht ein Verhältnis mit Ihrem Freund Ninko?“

„Sie meinen, ob ich bi oder schwul bin? Nein, bin ich nicht, hatte ich nicht. Lässt sich eine tiefempfundene Männerfreundschaft wirklich nur so erklären?“

„War nur als Frage gemeint, Signore Ricci. Ihr Alibi hat nämlich eine Lücke. Andrea Trotti von der Wechselseitigen Versicherung kann zur Dauer Ihres zufälligen Zusammentreffens keine genaue Zeitangabe machen. Das haben wir inzwischen überprüft.“

„Aber ich weiß es. Für die Zeit, die es braucht, um eine Zigarette zu rauchen.“

„Und wie kommt Ninkos Blutfleck an Ihr Hemd?“

Lorenzo nahm es aus seiner Tasche und legte es wie eine Tatwaffe auf den Tisch.

Ricci besah es und beteuerte: „Dieses Hemd habe ich seit Jahren nicht getragen. Es wäre mir inzwischen viel zu klein.“

„Na sehen Sie, aber Ninko würde es passen. Ich habe auch Hemden, die mir längst nicht mehr passen. Meine Frau trägt sie ab und an und sie sieht darin sogar richtig schick aus. Könnte es nicht sein, dass Ihre Frau ...?“

„Sie meinen Tina hat ...?“

Bei Vossi und Lorenzo fiel gleichzeitig der Groschen.

„Wäre sie dazu physisch in der Lage, was meinen Sie?“

„Wir trainierten seit Jahren im selben Fechtverein. Sie war gut am Florett.“

„Aber bei einem früheren Gespräch sagten Sie, sie käme als Täterin nicht in Frage, weil sie bestimmt danebenhauen würde.“

„Gott, was sagt man nicht alles im Zorn.“

„Wo könnten wir Ihre Frau jetzt am ehesten antreffen?“

Ricci gab ihnen zwei Adressen. Die ihrer Mutter und die der Schwester. Dazu die Telefonnummern und die Handynummer seiner Frau Tina Ricci. Unter keiner wurde geantwortet. Auf gut Glück entschied sich Vossi für die Adresse der Mutter. Da er verhindern wollte, dass Ricci Kontakt mit seiner Frau aufnahm, bevor er sie ins Verhör nehmen konnte, forderte er ihn auf, mitzukommen. Dottore Lamberti verabschiedete sich, er fühlte sich nicht mehr gebraucht und wollte zurück in sein Labor.

Lorenzo übernahm das Steuer, Ricci schwieg die ganze Fahrt im Fond des Wagens, Vossi versuchte, sich von dieser Tina ein Bild zu machen. Er kannte sie ja kaum. Alle Befragungen hatte Roberto durchgeführt und dabei seine Vorgehensweise dem Stand der Ermittlungen angepasst. Und wenn jemand nicht zum Kreis der Verdächtigen gehörte, fragte man anders. Da ging es primär um Informationen. Jetzt aber lag die Sache anders. Ganz anders. Vossi kiefelte im Stillen an seiner Entscheidung, diese Ricci unter ‚kein Alibi, aber nicht verdächtig‘ abzulegen.

„Sie warten bitte im Wagen“, beschied er Oliviero Ricci vor Ort. Die Wohnung von Tinas Mutter lag im zweiten Stock. Niemand antwortete auf das Läuten. In der Wohnung blieb es vollkommen still. Eine Katze kam herangeschlichen und miaute. Ihr Wassertreten vor der verschlossenen Tür war ein deutliches Zeichen dafür, dass sie dahinter wohnte.

Lorenzo zückte seinen Sesam-Öffne-Dich, Vossi läutete Sturm und sagte „Polizei, bitte öffnen Sie."

Daraufhin ging die Tür zur Nachbarwohnung auf. Eine Frau im Bademantel mit nassen Haaren öffnete und sagte: „Frau Lipadi ist verreist."

„Wir möchten Signora Ricci sprechen, ihre Tochter. Ist sie ebenfalls verreist?"

„Nein, ich habe Tina heute Morgen noch gesehen. Ist etwas passiert?"

Vossi sagte nur: „OK, Lorenzo. Gefahr in Verzug. Du bist dran."

Lorenzo brauchte trotz Spezialwerkzeug mehrere Minuten, um das Schloss zu knacken. Tina Ricci lag auf dem Sofa, ihre Hand hing wie das Ende einer Kordel schlaff von ihrem Körper, ein Glas stand auf dem Couchtisch vor dem Sofa, daneben eine leere Tablettenpackung und zwei aufgebrochene Tablettenstreifen. Vossi wählte noch im Vorzimmer die Notarztnummer. Im selben Moment ertönte ein Martinshorn und gleich darauf stürmten ein Notarzt und zwei Rotkreuzmänner die Wohnung. Er hörte Kommandos wie „Magenpumpe", „etwas mehr Druck, ich brauche Sauerstoff", „kein Puls", „Defibrillator", „Schock auslösen". Im Nu herrschte in dem Raum eine Atmosphäre wie in einem Operationssaal. Das große Rätsel aber blieb, wie konnten die so schnell vor Ort sein? Er hatte die Verbindungstaste zur Notrufnummer noch nicht einmal gedrückt.

Im Raum wurde es plötzlich sehr still. Die gebeugten Männer richteten sich wie auf ein Zeichen auf. Der

Mann mit der Aufschrift Notarzt auf seinem Rücken sagte „zu spät“. Er sagte es wie einer, der seinen Zug ganz knapp verpasst hat und vor den automatisch geschlossenen Türen der Waggons tatenlos zusehen muss, wie er abfährt. Er drehte sich um und ging. Ein anderer des Trios sagte zu Vossi, „mein Beileid, es wird gleich jemand kommen, um sich um alles zu kümmern“ und ging ebenfalls. Vossi sah Lorenzo an, Lorenzo sah Vossi an und Tina Ricci lag da wie ein Etwas, das nicht mehr gebraucht wurde. Der erste Satz, den Lorenzo danach sagte, war: „Da hätte Stipe auch nichts mehr ausrichten können.“

Vossi grübelte nur. Später stellte sich heraus, dass die Tote kurz vor ihrem Suizid eine Botschaft auf dem Handy der Mutter hinterlassen hatte, die diese erst Stunden danach abhörte. Sofort hatte sie den Notarzt alarmiert. Deshalb war die Rettung schon da, während Vossi noch die Notrufnummer in sein Handy eintippte.

Tina Riccis ganze Hinterlassenschaft für ihren Mann war ein Abschiedsbrief von zwei Zeilen: “Tut mir leid. Denk an die schönen Stunden nur.“

„Geständnis ist das keines“, sagte Lorenzo und reichte Vossi den Brief wie ein Lehrer seinem Schüler eine Schularbeit mit Vier minus.

28

Seit zwei Tagen war er nun schon offiziell im Urlaub und trotzdem hing Vossi noch immer in seinem Büro rum. Die Fälle der Friseurin Mia Vaccaro, der Masseurin Valentina Scutti und des Taxifahrers Djamal Jurkovic hatte er als „Strafsache Alexis Konstantinos“ gebündelt und sie mit der Staatsanwältin besprochen. Beide stimmten darin überein, den Mord an Ninko Glubovic getrennt in Evidenz zu halten. Danach legte er die Strafsache Alexis Konstantinos unter Wiedervorlage ab. Alles Weitere hing vom Genesungsprozess des Beschuldigten ohne Gedächtnis ab. Das Amtsgericht hatte den Antrag auf Einvernahme an Primarius Doktor Fey abgeschickt. Vossi war überzeugt, der legte ihn ebenfalls auf den Wiedervorlage-Stapel.

Lorenzo berichtete, dass er in der Wohnung der Mutter Tina Riccis kein zusätzliches Indiz hatte finden können, das ihre Täterschaft im Mord am Kfz-Mechaniker Ninko Glubovic weiter erhärten würde. Blieb also nur das Hemd, die von Lorenzo gesicherte Tatsache, dass sie es getragen hatte, und ihr Abschiedsbrief mit dem Satz „Tut mir leid.“ Was aber tat ihr leid? Ihr Selbstmord, der Tod ihres geliebten Ninko oder dass sie ihn getötet hatte? Was besagte schon der Blutspritzer an dem bewussten Hemd? Sie trug es, als sie sich nahekamen. Also hätte eine kleine Wunde an Ninko dafür gereicht, eine aufgekratzte Kruste nach einem Mückenstich, Nasenbluten, ein Kratzer nach der Rasur oder tausenderlei andere naheliegende Möglichkeiten für eine Übertragung.

Was tat ihr also leid?

Somit boten sich trotz aller Bemühungen, den Mord an dem Mechaniker zweifelsfrei aufzuklären, immer noch zwei mögliche Täter an. Einer saß in der Klapse und hoffte auf Heilung und eine mögliche Täterin lag erkaltet im Leichenschauhaus. Beim Sortieren der Unterlagen kam Vossi der Zettel mit der Telefonnummer Tina Riccis unter die Augen, die ihm ihr Ehemann vor dem Einsatz gegeben hatte. Ein Check bei der Telefongesellschaft ergab, dass sie mit Ninko mehrmals täglich telefoniert hatte, nicht aber am Tag vor dem Mord und am Mordtag selbst. Das roch sehr nach Streit, nach irgendeinem Eklat zwischen den beiden. Ein Gespräch mit Tina Riccis Mutter bestätigte diese Vermutung. Eine gefasste Frau. Sie schien zum Selbstmord ihrer Tochter zur Hälfte Ärger und zur Hälfte Trauer empfinden: „Verliebt sich in diesen Mechaniker. Nicht zu fassen. Sogar ihren Mann wollte sie mit ihm verlassen und von hier wegziehen."

„Hat sie Ihnen das mitgeteilt?", fragte Vossi hellhörig geworden.

„Ja. Und ganz verzweifelt war sie, weil er nichts davon wissen wollte."

„Signora, gab es einen unmittelbaren Anlass für Ihre Tochter, Knall und Fall abzuhauen, oder schwelte das schon länger?"

„Und ob es einen Anlass gab. Sie hatte von einem Erbe von einem Onkel erfahren. Lächerliche 350.000 Euro. Überschäumend vor Zukunftsplänen meinte sie, von diesem Geld könnte sie den Rest ihres Lebens mit dem Mechaniker leben. Keine Ahnung vom Wert des Geldes gehabt. Woher auch? Was ist die Folge? In lumpigen 350.000 Euro sieht man ein ganzes Vermögen. Dass ich nicht lache."

„Und Ninko wollte nicht?"

„Nichts wollte er von ihr wissen. Er hat mich sogar angerufen und mich gebeten, ich möge sie von ihm fernhalten. Sie solle nicht immer anrufen. Stellen Sie sich das einmal vor."

Für Vossi war damit alles klar. Sie hatte von ihrem Erbe erfahren. Sie hatte Ninko Glubovic angerufen und gesagt „Du, ich bin reich. Wir können sofort los in deine geliebte Heimat, zu deiner Mutter, zu deinem Dorf am Fluss." Aber er wollte nicht. Er verschmähte ihr Angebot, er verschmähte sie. Vielleicht fuhr sie dann in die Werkstätte, um ihren Wunschtraum nochmals anzusprechen, ihn umzustimmen, für sich zu gewinnen. Er aber blieb unerbittlich. Und da lag die Eisenstange. Auf dem Werkzeugtrolley. Da lag sie also und Ninko lachte sie aus oder er redete ihr zu und wandte sich danach von ihr ab. Und da schlug sie zu. Als Amazone des Fechtsports war sie darin geübt. Ja, so musste es gewesen sein. Ein Lachen, ein sich Abwenden und die griffbereite Eisenstange, das waren wohl die Auslöser der Tat.

„Und wie erklärst du dir den Schlag auf den Werkzeugtrolley?", wollte Lorenzo wissen, als er Vossis Überlegungen serviert bekam. „Du glaubst doch nicht wirklich, dass sie beim ersten Mal daneben schlug."

„Vielleicht unser Geiger. Der wartet auf die Reparatur an seinem Wagen, gerät in Rage, greift sich die Stange und schlägt zu. Aber nicht in Richtung Ninko. Ninko war für ihn gar nicht erreichbar. Der stand vermutlich zu diesem Zeitpunkt unter dem Wagen und arbeitete am Auspuff. Und wir wissen von der Serviererin des Eissalons in Nova Gorica, wie unser Geiger sich von solchen Attacken befreit. Er schlägt zu, entschuldigt sich und macht sich vom Acker. Unser Geiger verbeulte den Trolley, ich bin mir da jetzt ganz sicher."

Lorenzo bedauerte: „Beweis ist das keiner. Es fehlt uns diese eine Mikrobe, diese kleine Mikrobe, das klare unumstößliche Indiz, um sie zu überführen."

„Und das post mortem, was sowieso ein Schönheitsfehler ist“, brummte Vossi missmutig.

„Leider! Doch jetzt pack deine Sachen und ab in den Urlaub.“ Er reichte Vossi die Hand und drückte fest zu.

Jelena kam das verkündete „jetzt gehts los“ offensichtlich zu früh. „Unmöglich, ich habe übermorgen einen Termin beim Notar.“

„Beim Notar? Willst du dich wegen zwei Tagen Urlaubsverschiebung scheiden lassen?“

„Das nicht. Aber ich habe mich entschlossen, den Weingarten meines betagten Verehrers zu kaufen.“

„Den mit der tollen Lage?“

„Ja, den.“

„Den, dessen sechshundert Liter wir nie trinken werden können?“

„Genau den.“

„Na, dann Prost.“

Das Telefon läutete. Vossi entschied: „Nein, jetzt ist Urlaub.“

Doch Jelena hatte schon abgehoben, reichte Vossi den Hörer und sagte „Lorenzo“. Was der zu berichten wusste, klang wie Musik in Vossis Ohren. Er habe nochmals die hundert Kleinteile durchforstet, die sie aus der Kfz-Werkstätte mitgenommen hatten. „Und da war sie, deine Mikrobe.“

„Was ist es?“

„Ein künstlicher Fingernagel. Stammt eindeutig von Tina Ricci. Wir haben die übrigen neun finden können und der Kleber passt auch. Und jetzt kommt’s: Darauf eine Spur vom Blut ihres Opfers. Das gute Stück muss ihr beim Zuschlagen abgebrochen sein. Wie heftig der Schlag war, wissen wir.“

Vossi wäre am liebsten zurück in den Palazzo Prozzi. Und Jelena stand nach dem Kauf des Weingartens ganz und gar nicht der Sinn nach Balkanklöstern und rußgeschwärzten Ikonen. Deshalb versuchte er, den Vermieter des Wohnmobils telefonisch zu überreden, gegen eine Stornogebühr den Vertrag aufzulösen. Der aber blieb stur.

So kam es, dass Vossi die nächsten drei Wochen nicht zu Hause schlief, sondern im Wohnwagen davor, Frühstück mit Blick auf das Fenster seines Schlafzimmers, hinter dem Jelena jeden Tag schlummern konnte, so lange sie nur wollte. Wahrscheinlich würde sie noch Jahre vom schönsten Urlaub ihres Lebens schwärmen.